KB150926

침묵의 세계

침묵의 세계

막스 피카르트

최승자 옮김

까치

DIE WELT DES SCHWEIGENS, 2009 ED

by Max Picard

역자 **최승자**
시인이며 번역가로서 시집으로는 「이 시대의 사랑」(문학과지성사)과 「즐거운 일기」(문학과지성사) 등이 있고, 역서로는 「빈센트 반 고흐 : 열정의 삶」(도서출판 청미래), 「짜라투스트라는 이렇게 말했다」(청하출판사) 등이 있다.

침묵의 세계

저자 / 막스 피카르트
역자 / 최승자
발행처 / 까치글방
발행인 / 박후영
주소 / 서울시 용산구 서빙고로 67, 파크타워 103동 1003호
전화 / 02 · 735 · 8998, 736 · 7768
팩시밀리 / 02 · 723 · 4591
홈페이지 / www.kachibooks.co.kr
전자우편 / kachibooks@gmail.com
등록번호 / 1-528
등록일 / 1977. 8. 5
초판 1쇄 발행일 / 1985. 8. 10
 2판 1쇄 발행일 / 2001. 2. 10
 3판 1쇄 발행일 / 2010. 7. 30
     14쇄 발행일 / 2024. 9. 5

값 / 뒤표지에 쓰여 있음

ISBN 978-89-7291-467-9 03850

LINGUA FUNDAMENTUM
SANCTI SILENTII

언어는 성스러운 침묵에 기초한다

Maria-Culm 사원 제단에 새겨진 글
(괴테의 일기에서)

막스 피카르트의 "침묵"에 대하여

고백을 해야 할까? 막스 피카르트의 「침묵의 세계」를 처음 읽게 되었을 때 내가 당황했다는 것을. 책을 펼치기만 하면 그 어디에서나 우리는 피카르트가 침묵에 대해서 말하고 있는 것을, 그것도 극히 강렬하게, 그러나 경외심을 가지고 말하고 있는 것을 볼 수 있다. 나는 처음에는 그가 이야기하는 침묵이 그 무엇의 단순한 결핍이 아니라 능동적인 그 무엇이라는 것을 확신할 수 없었다. 그러나 지금은 그렇지 않다. 피카르트의 「침묵의 세계」는 그가 이 책을 착상했을 때 그의 영혼 속에서 울렸던 것과 꼭 같은, 아니 거의 같은 현(弦)을 지금 이 시간 내 영혼 속에서 울리고 있다. 사실 지난해 내내 나는 그 어느 때보다도 더 말 그 자체 속에 내재되어 있는 신비를 보다 직접적으로 또한 생생하게 의식하고 있었다. 나는 사람들이 존재론, 즉 존재의 철학, 인간 언어의 철학에 값할 가치가 있는 것이라고 부를 만한 무엇인가를 깨닫게 되었다. 그리고 내가 그와 같은 것을 깨달을 수 있었던 것은 하이데거가 횔덜린과 릴케를 읽고서 자신의 마음속에 일어난 생각들을 요약한 몇 페이지의 글을 본

덕택일 것이다. 나는 하이데거의「휴머니즘에 관한 편지」속의 다음과 같은 진술을 지금 생각하고 있다. "언어는 존재의 집이다." 그러한 진술을 추상적인 낱말로 바꾸려고 한다면 매우 난감한 일이 될 것이다. 그러나 그것은 의심의 여지 없이 극히 풍부한 직관을 보여주고 있다. 그리고 역설적인 것 같기도 하지만, 그것은 막스 피카르트가 침묵에 관해서 이야기하는 이 책이 의미하는 바를 우리가 인정할 수 있는 존재의 철학의 수준에서, 언어의 가치와 실체에 관해서 —— 언어 일반의 실체의 가치뿐만 아니라 말 그 자체의 실체의 가치에 관해서 —— 이해한 뒤에 우리가 출발할 때만 그렇다.

물론 적대적인 비판의 관점에서 보면, 즉 경험주의적이며 진화론적인 철학 —— 그 뿌리는 19세기에, 아니 18세기의 감각-지각과 관념연합론의 철학의 연장선상에 더욱 깊이 뻗어 있다 —— 의 전통에서 보면, 막스 피카르트의 침묵의 형이상학은 그 어떤 의미도 가질 수 없다. 그리고 그것은 단순히 불합리한 것처럼 보일 것이다. 왜냐하면 그러한 경험론 철학에서는 말 그 자체가 오직 기호(sign)의 한 변형이기 때문이다. 우리는 위대한 훔볼트가 언어는 단순한 기호 체계로 환원될 수 없는 것이라고 가장 명확하게 이미 단언한 바 있음을 기억해야 할 것이다. 그는 언어는 신의 피조물인 인간 그 자신에게 직접적으로 주어진 은혜로 간주해야 한다는 전제 위에서 그러한 견해를 밝혔다. 만약 우리가 훔볼트의 견해를 받아들인다면, 말이 말로서 침묵의 충만함에서 나오게 된다는 생각을 어떻게 받아들일 수 있는지를, 그리고 이러한 침묵의 충만함이 말하자면 말에 그 적절한 기능을 어떻게 주는지를 이해하는 —— 아니 오히려 인식하는 —— 것이 곧 가능할 것이다. 예를 들면, 피카르트는 두 사람이 이야기를 나눌 때는 항상 제삼자가 듣기 마련이며, 그 제삼자가 바로 침묵이라고 말한다. 그러나 그러한 진술의 의미는 진정한 의미에서의 이야기와 단순한 지껄임을 구별할 수 있을 때만이 이해할 수 있다. 두 사람이 단순히 지껄이고 있을 때 제삼자인 침묵의 경청자, 즉 경청하는 침묵은 더 이상 존재하지 않는다. 그것은 아마도 이 행위에 관여하고 있는 진짜 인간은 없고 단순히 자동 인형의 기능만이 있기 때문이다. 더구나 하이데거가 극명하게 지적한 것처럼 우리들의 이야기는 오늘날 단순한 지껄임으로 —— 그의 표현을 따르면 "수다(gerede)"로 —— 타락하고 있는 듯하다. 그리고 사실이 그렇다면, 우리는 침묵의 가치, 그것의 존재론적 성격, 그것의 존재의 깊이, 그것의 존재에서의 깊이를 인정하기는 점점 더 쉽지 않을 것이다.

피카르트의 이 책에서 독자들은 피카르트가 침묵과 사랑, 침묵과 신앙, 침묵과 시의 관계와 같은 주제들에 관해서 전면적인 일련의 논의를 —— 도달하는 것이 매우 어렵다는 것을 오늘날 발견하게 되는 그러한 실체에 대해서 각각 구체적으로 접근하게 되는 논의를 —— 발견할 수 있을 것이다. 우리는 명상(contemplation)의 의미를 이해하지 못하게 되었다는 바로 그러한 뜻에서 실체에 도달하는 것이 어렵다는 것을 안다. 그리고

"명상"이라는 말 그 자체는 대부분의 우리의 동시대인들에게 는 사어(死語)가 되었다. 이런 문제는 피카르트 자신이 그의 또 다른 저서「우리 안의 히틀러」에서 이야기하고 있는 오늘날의 존재의 불연속성에 관한 감탄할 만한 비판을 인용함으로써 쉽 게 풀 수 있을 것이다.

어떤 의미에서 침묵은 —— 특히 명상의 침묵은 —— 현재, 과 거, 미래를 하나로 만든다. 예를 들면, 사랑은 이야기보다는 오 히려 침묵에 의해서 드러난다. 그리고 바로 그러한 사실에 의 해서 우리는 사랑하는 사람들이, 말하자면, 어떻게 시간의 차 원을 초월하여 고양되는가를 이해할 수 있을 것이다. 서로 사 랑하는 사람들에게 때때로 베풀어지는 예감과 통찰력의 은혜 는 이러한 침묵의 초시간적인 성격과 바로 연결되어 있다.

좀더 이야기해보기로 하자. 사람들은 이 침묵 속에서 우리가 신앙이 자랄 수 있는 고유의 토양, 즉 그것이 함양될 수 있는 자연의 토대를 찾을 것이라고 말할지도 모른다. 예를 들면, 저 미증유의 사건, 강생(Incarnation)과 인간 사이에서 침묵은 완충 지대로 존재하며, 그리하여 인간은 신에게 다가감으로써 신 그 자신을 둘러싸고 있는 침묵에 가까이 가게 된다고 말이다. 막 스 피카르트는 한 놀라운 문장 속에서 신앙의 신비가 항상 침 묵을 신 자신의 둘레에 펼쳐놓는 것은 신의 사랑의 표지라고 쓰고 있다. 우리는 무엇보다도 그러한 경험 —— 외경스러운 것 이나 거룩한 것에 본질적으로 참여하는 —— 을 출발점으로 삼 아 피카르트의 메시지의 보다 깊은 의미를 철저히 이해할 수 있을 것이다. 그러나 반면에 우리의 세계는 세속화되어가고 있다. 그리고 그것이 모독당하고 능욕당하면 당할수록 —— 이 때문에 말은 이제 더 이상 성역이 존재하지 않으므로, 어떤 현실적인 일에 대해서도 언급하려고 하지 않는다 —— 이 책은 그만큼 더 이해하기 어려운 위험에 처하게 된다. 심지어 공감하지 않는 독자에게는 공허한 말들의 무의미한 나열로 치부될 위험까지 있다.

피카르트의 이 책을, 나의 기억이 잘못되지 않았다면, 메테를링크의 침묵에 관한 유명한 구절들과 비교해보는 것도 흥미로운 일이다. 그와 같은 비교를 하게 된 이유는 메테를링크가 결코 진정한 사상가는 아니었다고 생각하기 때문이다. 그는 오히려 전형적인 문필가였다. 그는 한 사상의 언저리를 헤매고 다녔을 뿐 결코 그것을 정확하게 표현하지는 못했다. 만일 그가 하나의 사상을 용케도 명확하게 드러낸 적이 있었다면, 그것은 매력적인 신비로운 후광을 잃어버렸을 것이다. 피카르트는 메테를링크와는 정반대되는 사람이다. 그보다 더욱 깊게 집중적으로 사색한 현대인은 찾아보기 어렵다. 그러나 그의 사색은 전제로부터 시작하여 결론으로 나아가는 방법론적인 것이 아님을 밝혀둘 필요가 있으며, 굳이 그것을 내 나름으로 표현한다면 관조의 사색(a thinking which sees)이라고 할 수 있겠다. 피카르트의 사상을 칸트와 그의 추종자들의 글 속에서 흔히 볼 수 있는 철학적 표현으로 나타내고 싶은 유혹을 느끼는 사람도 있을 것이다. 이 경우 십중팔구는 "이성적 직관"이라는 표현이

될 것이다. 그러나 그것은 이 글과는 전혀 관계가 없는 철학의 관념론을 너무나 강하게 연상시킨다. 그럼에도 불구하고 독일의 관념론 철학자 셸링의 후기 작품이 피카르트와 어떤 깊은 유사성을 가지지 않는가, 그리고 헤겔의 체계 구축병(system-building mania)을 타기해온 많은 다른 현대의 형이상학자들과도 실로 그렇지 않는가 하고 생각하게 된다.

우리는 현대의 철학자 ── 단순히 아카데믹한 강단 철학자의 경우가 아닌 한 ── 가 보다 더 시적인 지향을 보이고 있다는 것을 또한 주목해야 한다. 우리는 주변의 어디에서나 잃어버린 아틀란티스가 심연에서 다시 솟아오르고 있음을 볼 수 있다. 다시 찾은 이 대륙에서 본질적으로 하나였던 사상과 시의 재일치가 처음부터 다시 이루어지고 있다. 피카르트의 글이 제 위치를 찾는 것은 바로 이 대륙에서이다. 물론 분명히 거기에서는 배제해야만 할 어떤 엄청난 혼란이 있기는 하다. 피카르트는 기독교인이며 그것도 가톨릭 신자이다. 이런 점에서 피카르트의 책에 의해서 울리는 영혼의 현은 하이데거, 심지어 릴케에 의해서 울리는 영혼의 현과는 전혀 다르다. 피카르트는 릴케의 「두이노의 비가」를 상찬하지만, 거기에는 많은 유보 조건들이 붙어 있다.

자기 기만의 두려움 없이 적어도 이렇게는 말할 수 있다고 나는 생각한다. 피카르트의 모든 명상적인 활동은 일종의 존재의 전체성을 지향하고 있으며, 이러한 전체성은 오늘날 기술의 진보뿐만 아니라 기술을 맹목적인 도구로만 삼는 사람들의 힘에의 의지에 의해서도 위협받고 있다. 물론 그 사람들 자체도 이러한 도구들이 그들이 봉사해야 할 사람들의 주인 —— 물론 역시 맹목적인 주인 —— 이 되어가는 것을 바라볼 수밖에 없는 위험을 안고 있다. 나는 그런 경고의 심각성을 과장할 수도 있는 것이 아닌가 하는 의문이 들기는 하지만, 그러나 피카르트의 자세에는 허무주의적 염세주의의 기미가 그 어디에도 없다는 것을 다시 한 번 강조해야 하겠다. 그의 경고는 오히려 글자 그대로 예언적 확신이다. 그리고 그는 페기와 블루아와 동일한 의미에서 예언자인 것이다. 그의 발언은 종말론적 의식으로부터 —— 최후의 그것, 즉 죽음, 심판, 지옥, 천국을 깨닫는 데에서 —— 나온다. 그러나 주목할 점은 이 책의 분위기는 그럼에도 불구하고 놀라울 정도로 평화롭다는 것이다. 그가 이 책에서 찬양하는 침묵은 "일체의 지성을 초월하는 평화" 바로 그것이다.

가브리엘 마르셀

차례

책 머리에

침묵이란 그저 인간이 말하지 않음으로써 성립되는 것이 아니다. 침묵은 단순한 말의 포기 그 이상의 것이며, 단순히 자기 마음에 들면 스스로 옮아갈 수 있는 어떤 상태 그 이상의 것이다.

말이 끝나는 곳에서 침묵은 시작된다. 그러나 말이 끝나기 때문에 침묵이 시작되는 것은 아니다. 그때 비로소 분명해진다는 것뿐이다.

침묵은 하나의 독자적인 현상이다. 따라서 침묵은 말의 중단과 동일한 것이 아니며, 그것은 결코 말로부터 분해되어나온 것이 아니다. 그것은 독립된 전체이며, 자기 자신으로 인하여 존립하는 어떤 것이다. 침묵은 말과 마찬가지로 생산적이며, 침묵은 말과 마찬가지로 인간을 형성한다. 다만 그 정도가 다를 뿐이다.

침묵은 인간의 근본 구조에 속한다.

그러나 이 책을 통해서 독자가 어떤 "침묵의 세계관"으로 끌려간다거나 독자가 말을 경시하도록 미혹당하지는 않을 것이다. 인간을 진정한 인간으로 만드는 것은 침묵이 아니라 말이다. 말은 침묵에 대해서 우월권을 가지고 있다.

그러나 말은 침묵과의 관련을 잃으면 위축되고 만다. 따라서 오늘날 은폐되어 있는 침묵의 세계는 다시 분명하게 드러내어져야 한다. 침묵을 위해서가 아니라 말을 위해서.

사람들은 아마도 침묵에 대하여 무엇인가 말로써 이야기할 수 있다는 사실에 놀랄지도 모른다. 그러나 놀라는 것은 다만 침묵을 존재하지 않는 것으로, 무(無)로서 이해할 때뿐이다. 그러나 침묵은 "존재"이자 하나의 실체이며, 말이란 모든 실체에 대해서도 이야기할 수 있는 힘을 가지고 있다.

말과 침묵은 서로에게 속해 있다. 말은 침묵에 관하여 알고 있고, 마찬가지로 침묵은 말에 관하여 알고 있다.

침묵의 모습

1

침묵은 결코 수동적인 것이 아니고 단순하게 말하지 않는 것이 아니다. 침묵은 능동적인 것이고 독자적인 완전한 세계이다.

침묵은 그야말로 그것이 존재한다는 사실 때문에 위대하다. 침묵은 존재한다. 고로 침묵은 위대하다. 그 단순한 현존 속에 침묵의 위대함이 있다.

침묵에는 시작도 없고 끝도 없다. 침묵은 모든 것이 아직도 정지해 있는 존재였던 저 태고 때부터 시작된 듯하다. 말하자면, 침묵은 창조되지 않은 채 영속하는 존재이다.

침묵이 존재할 때에는 그때까지 침묵말고는 다른 어떤 것도 결코 존재하지 않았던 듯이 보인다.

침묵이 존재하는 곳에서는 인간은 침묵에 의해서 관찰당한다. 인간이 침묵을 관찰한다기보다는 침묵이 인간을 관찰한다. 인간은 침묵을 시험하지 않지만, 침묵은 인간을 시험한다.

오직 말만이 존재하는 세계는 상상할 수 없지만, 오직 침묵만이 존재하는 세계는 아마도 상상할 수 있을 것이다.

침묵은 자기 자신 안에 모든 것을 가지고 있다. 따라서 침묵은 아무것도 기대하지 않는다. 그것은 언제나 완전하게 현존하며 자신이 나타나는 공간을 언제나 완전하게 가득 채운다.

침묵은 시간 속에서 발전하거나 성장하지 않는다. 그러나 시간은 침묵 속에서 성장한다. 마치 시간이라는 씨앗이 침묵 속에 뿌려져 침묵 속에서 싹을 틔우는 것 같다. 침묵은 시간이 성숙하게 될 토양이다.

침묵은 보이지 않지만, 분명하게 현존한다. 침묵은 그 어느 먼 곳까지라도 뻗어가지만, 우리에게 가까이, 우리 자신의 몸처럼 느낄 정도로 가까이 있다. 침묵은 잡을 수는 없지만, 옷감처럼, 직물처럼 직접적으로 감지할 수 있다. 침묵은 언어로써 규정할 수는 없지만, 확실한 것이며 분명한 것이다.

멂과 가까움, 멀리 있음과 지금 여기 있음 그리고 특수와 보편이 그처럼 한 통일체 속에 나란히 존재하는 것은 침묵말고는 다른 어떤 현상에도 없다.

<h2 style="text-align:center">2</h2>

침묵은 오늘날 아무런 "효용성도 없는" 유일한 현상이다. 침묵은 오늘날의 효용의 세계에는 맞지 않는다. 침묵은 다만 존재할 뿐 아무런 다른 목적도 가지고 있지 않다. 침묵은 이용할 수가 없다.

다른 큰 현상들 모두가 효용의 세계에 병합되었다. 하늘과 땅 사이의 공간마저도 비행기들이 다니는 데에 소용이 되는 하나의 밝은 갱도 같은 곳일 뿐이다. 물과 불도 효용의 세계에 흡수되었고, 그리하여 그것들은 단지 이 효용의 세계의 한 부분을 이루고 있는 한에서만 인식될 뿐이다. 그것들은 더 이상 독자적인 존재를 가지고 있지 않다.

그러나 침묵은 효용의 세계 외부에 위치한다. 침묵으로는 아무것도 할 수가 없고, 침묵으로부터는 진정한 의미에서 아무것도 생기지 않는다. 침묵은 "비생산적"이다. 그 때문에 가치 없는 것으로 여겨진다.

그럼에도 불구하고, "유용한 모든 것들"보다는 침묵에서 더 많은 도움과 치유력이 나온다. 무목적적인 침묵은 지나치게 목적 지향적인 것의 곁에 있다. 그 무목적적인 것이 지나치게 목적 지향적인 것 곁에 갑자기 나타나서, 그 무목적성으로써 놀라게 만들고 목적 지향적인 것의 흐름을 중단시킨다. 그것은 사물들 속에 들어 있는 만질 수 없는 어떤 것을 강력하게 만들어주며, 사물들이 이용당함으로써 입게 되는 손실을 줄여준다. 그것은 사물들을 분열된 효용의 세계로부터 온전한 현존재의 세계로 되돌려보냄으로써 사물들을 다시금 온전한 것으로 만든다. 그것은 사물들에게 성스러운 무효용성(無效用性)을 준다. 왜냐하면 침묵 자체가 무효용성, 성스러운 무효용성이기 때문이다.

3

무엇보다도 우리는 아껴야 한다.

순수한 법칙 속에서

신성하게 세워진 황무지를(횔덜린).

이 침묵 속에는 성스러운 황무지가 존재한다. 왜냐하면 황
무지와 신이 세우신 것은 하나이기 때문이다. 여기에는 법칙에
의해서 질서가 자리잡는 움직임이란 없다. 침묵은 그 존재와
활동이 하나이다. 마치 한 별의 전체 궤도가 갑자기 하나의 빛
으로 응축될 때처럼, 침묵은 그 존재와 활동이 하나이다.

침묵은 자기 안에 들어 있는 사물들에게 자신의 존재가 가지
고 있는 힘을 떼어준다. 사물의 존재성은 침묵 속에서 더욱 강
력해진다. 사물들이 가지고 있는 발전 가능한 요소는 침묵 속
에는 존재하지 않는 것 같다.

요컨대, 이 존재성의 힘을 통해서 오직 존재만이 가치 있는
한 상태, 말하자면 신적인 상태를 가리킨다. 사물들 속에 깃든
신적인 것의 자취는 침묵의 세계와 연관됨으로써 보존된다.

침묵이라는 원초적 현상

침묵은 하나의 원초적 현상이다. 말하자면 아무것에도 소급시킬 수 없는 원초적 주어져 있음(所與)이다. 그것은 다른 어떤 것에 의해서도 대치될 수 없으며, 그 배후에는 창조주 자신말고는 그것과 연관될 수 있는 것은 아무것도 존재하지 않는다.

침묵은 사랑, 믿음, 죽음, 생명 등과 같은 다른 원초적 현상들과 마찬가지로 본래적으로 자명하게 존재한다. 그러나 침묵은 이미 이 모든 것들보다 앞서 존재했고, 이것들 모두 속에 들어 있다. 침묵은 원초적 현상들 중에서 가장 먼저 태어났다. 침묵은 사랑과 믿음과 죽음 같은 다른 원초적 현상들을 감싸덮고 있으며, 그것들 속에는 말보다는 침묵이, 눈에 드러나 보이는 것보다는 드러나지 않은 것이 더 많이 들어 있다. 또한 한 인간 속에도 그가 평생토록 쓸 수 있는 양보다 더 많은 침묵이 들어 있다. 그것이 인간이 드러내는 모든 것을 신비롭게 만든다. 인간 속의 침묵은 그 자신의 삶 저 너머로까지 뻗어나간다. 이 침묵을 통해서 인간은 과거의 세대들 그리고 미래의 세대들과 결합된다.

원초적 현상들 앞에서 우리는 다시 시작의 위치에 서게 되고, 그리하여 우리는 평소 우리와 더불어 살고 있는 "단순한 파생적 현상들"(괴테)을 떠나게 되는 것이다. 그것은 하나의 죽음과도 같다. 우리는 홀로 버려진 채 새로운 시작과 마주해 있는 것이다. 그 때문에 우리는 불안해한다. "원초적 현상들이 우리의 감각에 그 모습을 드러낼 때 그 원초적 현상들 앞에서 우리는 일종의 두려움을 그리고 불안감까지도 느끼게 된다."(괴테) 따라서 침묵 속에서 인간은 다시금 시원적(始原的)인 것 앞에 서게 된다. 모든 것이 또다시 처음부터 시작될 수 있고, 모든 것이 다시 새로이 창조될 수 있다. 어느 순간에나 인간은 침묵을 통해서 시원적인 것의 곁에 있을 수 있다. 침묵과 결합하면 인간은 침묵의 원초성뿐만 아니라 모든 것의 원초성에 참여하게 된다. 침묵은 항상 인간을 위해서 준비되어 있는 유일한 현상이다. 다른 어떤 원초적 현상도 침묵처럼 그렇게 어느 순간에나 존재하지는 않는다.

성(性)은 인간이 그 어느 때에나 뜻대로 할 수 있는 또다른 원초적 현상이다. 침묵의 원초적 현상은 오늘날 파괴되어버린 까닭에 인간은 너무도 지나치게 성의 원초적 현상에 매달린다. 그리하여 인간은 성이 다른 원초적 현상들의 대열 속에서 보호되지 않고 질서를 지키지 않으면 모든 기준을 잃어버리고 그릇되게 된다는 것을 깨닫지 못한다.

침묵은 어떤 태고의 것처럼 현대 세계의 소음 속으로 뛰어나와 있다. 죽은 것으로서가 아니라 살아 있는 태고의 짐승처럼 침묵은 거기 누워 있다. 그 침묵의 넓은 등이 아직 보이기는 하지만, 그 태고의 짐승의 몸 전체가 오늘날의 전반적인 소음의 덤불 속에서 점점 더 깊이 가라앉고 있다. 그 태고의 짐승은 점차적으로 자신의 침묵의 심연 속으로 가라앉고 있다. 그럼에도 불구하고 때로 오늘날의 모든 소음은 다만 그 태고의 짐승, 즉 침묵의 드넓은 등에 붙은 벌레들의 울음소리에 불과한 것 같다.

말의 침묵으로부터의 발생

1

말은 침묵으로부터 그리고 침묵의 충만함으로부터 나온다. 그 충만함은 말 속으로 흘러나오지 못할 때에는 그 자체로 인하여 터져버리고 말 것이다.

침묵으로부터 발생하는 말은 그 이전에 선행한 침묵을 통해서 그 정당성을 인정받는다. 물론 말에게 정당성을 부여하는 것은 정신이지만, 침묵이 말에 선행했다는 것이 바로 정신이 창조적인 작용을 한다는 표시이다. 즉 말을 배태한 침묵으로부터 정신이 말을 끌어내오는 것이다.

인간이 이야기하기 시작할 때면 언제나 말은 다시금 침묵으로부터 탄생한다. 말은 그렇게 당연하게, 아무렇지도 않게 침묵으로부터 탄생한다. 마치 말이란 다만 침묵을 뒤집어놓은 것, 즉 침묵의 이면일 뿐이라는 것처럼. 그리고 사실상 그것 —— 침묵의 이면 —— 이 말인 것이다. 말의 이면이 침묵인 것처럼.

어떤 말 속에든, 그 말이 어디서 왔는가를 보여주는 한 표시로서 어떤 침묵하는 것이 들어 있고, 또한 어떤 침묵 속에든 침묵으로부터 이야기가 생긴다는 한 표시로서 어떤 이야기하는 것이 들어 있다.

따라서 말은 본질적으로 침묵과 연관되어 있다.

다른 사람에게 이야기할 때에야 비로소 그는 말이 이제는 침묵이 아니라 인간에게 속해 있음을 체험하게 된다. 그것을 그는 다른 사람이라는 대자(對者)를 통해서 체험한다. 대자를 통해서 처음으로 말은 이제 침묵이 아니라 완전히 인간에게 속하게 된다.

그러나 두 사람이 이야기를 주고받는 자리에는 언제나 제삼자가 있다. 즉 침묵이 귀기울이고 있는 것이다. 말들이 대화를 나누는 두 사람의 좁은 공간 속에서 움직이는 것이 아니라, 말들이 먼곳으로부터, 침묵이 귀기울이고 있는 그곳으로부터 온다는 것이 그 대화를 폭넓게 만들어주며, 그리고 그것을 통해서 말은 더한층 충만해진다. 그러나 그뿐만이 아니다. 말하자면 말들은 침묵으로부터, 즉 저 제삼자로부터 이야기되고, 그리하여 화자(話者) 자신으로부터 나올 수 있는 것보다 더 많은 것들을 듣는 사람에게 주게 된다. 따라서 그러한 대화에서 제삼의 화자는 침묵이다. 플라톤의 「대화」의 끝 부분에는 언제나 침묵 자체가 이야기하고 있는 것처럼 보인다. 책 속에서 그때까지 이야기했던 사람들이 침묵의 경청자가 된 것이다.

2

천지 창조가 시작될 때 신이 인간에게 말을 했다는 이야기를 우리는 듣고 있다. 인간은 아직은 정말로 감히 말을 할 수 없었던 것 같다. 아직은 말을 가질 자신이 없었던 것이다. 그래서 신은 자신이 인간에게 말을 함으로써 인간으로 하여금 말에 익숙해지도록 하려고 했던 것 같다.

"온 지상에 퍼져 있는 아름답고 힘이 있고 다양한 언어들을 생각해보면, 언어들 속에는 거의 초인간적인 어떤 것이 있는 것처럼 보인다. 즉 인간으로부터 태어난 것이 아니며, 오히려 때때로 인간의 손에 의해서 망가지고, 그 완전성을 침해받았던 무엇인가."(야콥 그림).

모든 피조물들과 마찬가지로 언어의 기원도 불가해하다. 왜냐하면 그 기원은 창조주의 완전한 사랑에서 나왔기 때문이다. 끊임없이 완전한 사랑 속에서 살 때에야 비로소 인간은 언어와 피조물의 기원을 알 수 있다.

3

불확실하고 멀리까지 미치며 역사 이전적인 침묵으로부터 분명한 한계가 있고 철저히 지금 여기 있는 것인 말이 생겼다.

침묵은 이름할 수 없는 천 가지의 형상 속에 그 모습을 드러낸다. 소리 없이 열리는 아침 속에, 소리 없이 하늘로 뻗어 있는 나무들 속에, 남몰래 이루어지는 밤의 하강 속에, 말 없는 계절들의 변화 속에, 침묵의 비처럼 밤 속으로 떨어져내리는 달빛 속에, 그러나 무엇보다도 마음속의 침묵 속에. 이러한 침묵의 모습들에게는 이름이 없다. 그럴수록 이 이름 없는 것들로부터 대립물로서 생기는 말은 더한층 분명해지고 확실해진다.

침묵의 자연 세계보다 더 큰 자연 세계는 없다. 그리고 그 침묵의 자연 세계로부터 형성되는 언어의 정신 세계보다 더 큰 정신 세계는 없다.

침묵은 하나의 세계로서 존재하고, 침묵의 세계성에 말은 자기 자신을 하나의 세계로 형성하는 법을 배운다. 침묵의 세계와 말의 세계는 서로 마주해 있다. 따라서 말은 침묵과 대립하고 있다. 그러나 적대관계 속에서 대립하는 것이 아니라, 말은 다만 침묵의 다른 한 면일 뿐이다. 인간은 말을 통해서 침묵의 소리를 듣게 된다. 진정한 말은 침묵의 반향(反響)인 것이다.

4

음악의 소리는 말의 소리처럼 침묵과 대립하는 것이 아니라, 침묵과 평행한다.

음악의 소리는 침묵 위를 흘러가듯이 침묵에 떠밀려 표면 위로 나온 것이다.

음악은 꿈꾸면서 소리하기 시작하는 침묵이다.

음악의 마지막 소리가 사라졌을 때보다 침묵이 더 잘 들릴 때는 없을 것이다.

음악은 멀리까지 미치며, 단번에 전 공간을 점령할 수 있다. 그러나 그런 일은 일어나지 않는다. 음악은 느릿느릿 수줍게 리듬을 통해서 공간을 차지하고, 언제나 다시 같은 멜로디로 되돌아온다. 그리하여 음악의 소리는 마치 전혀 움직이지 않았던 것처럼 보이고, 도처에 있으면서도 동시에 한정된 한 장소에 있는 것처럼 보이기도 한다. 바로 이것, 즉 공간적인 멂과 가까움, 무한과 유한이 음악을 통해서 부드럽게 병존하고 있다는 것이 영혼에게는 하나의 은총이자 위안이다. 음악 속에서 영혼은 멀리까지 떠돌 수 있고 그러면서도 그 어디에서나 보호받고, 그리하여 안전하게 다시 돌아오게 된다. 그렇기 때문에 음악이 신경질적인 사람들에게 진정 작용을 해줄 수 있는 것이다. 음악은 영혼이 불안감 없이 있을 수 있는 어떤 넓이를 영혼에게 가져다준다.

5

언어는 단지 하나의 세계에 딸린 부속물이 아니라 또 하나의 세계이다. 언어는 모든 목적성을 초월하는 충만함을 지니고 있다. 언어에는 단순히 의사소통에 필요한 것 이상의 것이 있다.

물론 언어는 인간에게 속한 것이지만, 또한 자기 자신에게도 속한다. 언어 속에는, 인간이 자기 자신을 위해서 끌어낼 수 있는 것보다 더 많은 고통과 기쁨과 슬픔이 있다. 언어는 마치 인간과는 무관하게 자기 자신을 위해서 고통과 슬픔과 기쁨과 환희를 지니고 있는 것 같다.

그리고 언어는 자주 자기 자신에 관해서 그리고 자기 자신을 위해서 시를 짓는다. 예를 들면 언어는 여름새(Sommervogel은 나비를 뜻한다/역주)라는 시를 짓는다. 여름새는 언어의 여름을 뚫고 날아가는데, 그러나 보라, 그 날개는 여름새를 또한 겨울을 뚫고 창가의 얼음꽃 —— 그것은 언어가 그 나비를 위해서 혹한의 겨울에 자라도록 만든 것이다 —— 으로 데려가며 또한 그 날개는 여름새를 마치 언어의 겨울이란 존재하지 않는다는 듯이 피어 있는 "5월의 꽃"에게로도 데려간다.

6

침묵은 말이 없이도 존재할 수 있지만, 말은 침묵이 없이는 존재할 수 없다. 말에게 침묵이라는 배경이 없다면, 말은 아무런 깊이도 가지지 못한다. 그렇기는 하지만 침묵이 언어보다 우월한 것은 아니다. 반대로, 자기 자신만을 위한 침묵, 즉 말 없는 침묵의 세계란 다만 창조 이전의 것일 뿐이다. 그것은 완성되지 않은 창조일 뿐만 아니라 위협적인 창조이다. 말이 침묵에서 발생한다는 것, 그것에 의해서 비로소 침묵은 창조 이전에서 창조로, 무역사성에서 인간 역사로, 인간 가까이로 나오게 된다. 그리하여 침묵은 인간의 일부, 말의 합법적 일부가 된다. 그러나 무엇보다도 진리는 오직 말을 통해서만 형태를 지니게 되는 까닭에 말은 침묵 이상의 것이다.

따라서 인간은 말을 통해서 비로소 인간이 된다. "고대 그리스인이 인간의 본질을 '살아 있는 로고스'라고 정의한 것은 우연일까? 인간에 대한 그러한 정의를 후세에 이성적 동물, 이성을 가지고 있는 생물이라는 의미에서 해석한 것은 물론 틀리지는 않지만, 그것은 인간 존재에 관한 그러한 정의가 나오게 된 현상학적 기반을 감추고 있다. 인간은 말하는 존재로서 그 모습을 드러내는 것이다."(하이데거)

침묵으로부터 말이 나온다는 것, 그것에 의해서 침묵은 비로소 완성된다. 침묵은 말을 통해서 비로소 그 의미와 진정한 가치를 얻게 된다. 말을 통해서 침묵은 야성적인 인간 이전의 것에서 길들여진 인간적인 것이 된다.

언어의 인상학적인 모습은 이렇다. 즉 언어는 침묵의 표면을 뚫고 나온 용암 덩어리들과도 같다. 그 덩어리들은 침묵의 표면 위에 여기저기 흩어져 누워 있고, 그 침묵의 표면에 의지해서 서로 연결되어 있다.

그리고 바다의 부피가 육지의 부피보다 더 큰 것처럼, 침묵의 부피가 언어의 부피보다 더 크다. 그러나 육지가 바다보다 더 큰 존재의 힘을 가지고 있듯이, 바다보다 더 큰 존재성을 가지고 있듯이, 언어는 침묵보다 더 강하다. 언어는 어떤 더 센 존재의 강도(强度)를 지니고 있는 것이다.

7

침묵은 철저히 인간의 본질 속으로 엮어져 들어간다. 그러나 언제나 침묵은 다만 그 위에서 보다 고귀한 것이 나타나게 하는 하나의 토대일 뿐이다.

즉 인간의 정신 속에서 침묵은 숨은 신(Deus Absconditus)에 관한 앎으로서 나타난다.

인간의 영혼 속에서 침묵은 사물들과의 무언의 조화로서 또한 들을 수 있는 조화(Harmonie), 즉 음악으로서 존재한다.

인간의 육체 속에서 침묵은 미(美)로서 나타난다.

그러나 미가 단순히 육체라는 물질 이상의 것이듯이, 음악이 영혼 속의 들을 수 없는 어떤 것 이상의 것이듯이, 스스로를 드러내는 신이 숨은 신 이상의 것이듯이, 언어는 침묵 이상의 것이다.

8

결코 인간은 스스로 침묵에서 말을 창조할 수는 없었을 것이다. 말은 침묵과는 완전히 다른 것이므로, 결코 인간이 스스로 침묵으로부터 말을 향한 도약을 할 수는 없었을 것이다.

그리고 침묵과 말 같은 서로 대립되는 두 현상이 마치 서로가 서로의 일부인 것처럼 그렇게 함께 결합되어 있다는 것, 그것 역시 결코 인간에 의해서가 아니라 오직 어떤 신적(神的)인

행위에 의해서 이루어질 수 있는 것이다. 말과 침묵의 병존, 그것은 말과 침묵이 하나인 저 신적인 상태를 가리키는 한 표시이다.

침묵으로부터 말이 나왔다고밖에 생각할 수 없다. 왜냐하면 신의 말씀 자체, 곧 그리스도가 신으로부터 —— "이 미만(彌漫)해 있는 침묵"으로부터 —— 인간에게로 강림한 현상 속에 모든 시대를 초월하여 침묵으로부터 언어로 변화한 것이 예시되어 있었기 때문이다. 즉 2,000년 전에 나타난 말(복음)은 이미 태초부터 인간에게로 오는 중이었고, 그 때문에 태초부터 침묵과 말 사이에는 틈이 생겼던 것이다. 2,000년 전의 그 사건은 너무도 엄청난 것이어서 태곳적부터의 모든 침묵이 말에 의해서 파열되었다. 침묵은 그 사건 이전에 이미 흔들리다가 이내 파열되었다.

침묵, 말 그리고 진리

1

말은 침묵 이상의 것이다. 그것은 말을 통해서 진리가 그 모습을 드러내기 때문이다. 침묵 속에도 역시 진리가 있기는 하지만, 그 속에 진리가 있다는 것은 침묵의 경우에는 말의 경우만큼 특징적인 것이 되지 못한다. 침묵 속에 진리가 있다는 것은 다만 그 침묵이 존재 일반의 질서 속에 있는 진리에 참여하는 한에서이다. 침묵 속에서 진리는 수동적이다. 진리는 침묵 속에서는 잠들어 있는 것과 같다. 그러나 말 속에서 진리는 깨어 있고, 말 속에서 진리와 허위에 대한 능동적인 결단이 내려진다.

말은 그 자체가 본질적으로 짧다. 그것은 다만 침묵 속의 한 틈에 불과한 것처럼 보인다. 말은 진리를 통해서 비로소 그 지속성을 얻게 되고, 진리를 통해서 하나의 독자적인 세계가 된다. 그리고 진리를 통해서 말에 지속성이 생기는 까닭에 말은 소멸하지 않는다. 말이 생겨서 나왔던 침묵은 이제는 진리를 둘러싸고 있는 신비로 변하게 된다.

진리가 없다면 말은 침묵 위에 드리워진 막연한 말의 안개에 불과할 뿐이며, 진리가 없다면 말은 하나의 불분명한 중얼거림으로 와해되고 말 것이다. 진리에 의해서 말은 분명한 것, 확고한 것이 된다. 그리고 진실된 것과 거짓된 것을 가르는 선(線)을 받침대로 하여 말은 스스로를 확고한 것으로 만든다. 진리를 발판으로 하여 말은 스스로를 안정시킨다. 진리를 통하여 말은 침묵과 마주하여 독립적인 것이 되고, 우리가 이미 말했듯이 하나의 세계가 된다. 그리하여 말은 자신의 배후에 하나의 세계, 즉 침묵의 세계를 가질 뿐만 아니라 자기 곁에 또 하나의 세계, 즉 진리의 세계를 가진다.

그렇기는 하지만 진리의 말을 위해서는 침묵과의 연관이 꼭 필요하다. 그러한 연관 없이는 진리는 지나치게 엄격하고 경직된 상태가 되기 때문이다. 그렇게 된다면, 다만 개개의 진리만이 있게 될 것이다. 개별적 진리의 지나친 엄격함은 그 관계가, 즉 진리의 체계가 부인된 것 같은 인상을 줄 것이다. 그러나 진리에서 본질적인 점은 진리는 어떤 개별자처럼 존재하는 것이 아니라 한 체계 속에 연관되어 있다는 점이다.

침묵의 가까움은 또한 용서와 사랑의 가까움을 뜻한다. 용서와 사랑을 위한 자연적인 토대가 곧 침묵이기 때문이다. 그러한 자연적인 토대가 존재한다는 것은 중요하다. 그러면 용서와 사랑이 먼저 스스로를 나타내 보일 수 있는 수단을 창조해야 할 필요가 없기 때문이다.

2

"진리란 없다"고 한 사람이 말했다. 그러자 다른 한 사람이 말했다. "그렇지만 당신 자신이 감히 진리란 없다는 것을 하나의 진리로 주장하고 있다."

이 한 문장 속에 나타나는 논리적인 힘은 원래부터 언어 속에 들어 있는 논리에 의하여 진실은 언어 속에서 저절로 드러난다는 것을 보여주는 한 증거이다. 자신의 구조를 통해서 언어는 인간에게 진실을 가져다준다. 인간이 진실을 찾기 전에, 진실은 언어 구조를 통해서 인간에게로 밀려든다.

이것 또한 인간이 자기 자신의 힘으로 언어를 획득한 것이 아니라 진리 자체인 어떤 한 존재에 의해서 언어가 인간에게 주어진 것임을 보여주는 한 증거이다.

따라서 언어는 구조적으로 그 속에 나타나는 진리에 부응한다. 바로 그 때문에 모든 것은 말 속으로 뚫고 들어간다. 말 속에서 충만함을, 진리를 통해서 승화할 수 있는 힘을 얻기 때문이다. 침묵에서 말로, 말의 진리로 떠미는 어떤 경사(傾斜)가 있고, 그 경사의 힘이 진리를 더 멀리, 말로부터 세상의 현실 속으로 떠미는 것이다.

진리는 언어의 논리 속에 하나의 객관적인 사실로서 들어 있다. 이 객관적인 사실은 인간에게 인간 자신의 바깥에 있는 어떤 것, 즉 객관적인 것 일반을 가리켜주고 있다. 인간은 말을 함으로써, 객관적으로 주어진 어떤 진리의 확실성을 상기하게 된다.

언어 속에 들어 있는 이 객관적인 것 때문에 언어 속에는 한 개인이 거기서 끌어낼 수 있는 것보다 더 많은 것이 들어 있고, 개인에게 필요한 것보다 더 많은 것이 들어 있다. 모든 인간의 일생이 끝날 때까지 그리고 그 너머에까지 지속될 정도로 그 속에는 많은 것이 들어 있다.

이 객관적인 것 때문에 언어 속에는 흔히 인간이 언어를 통해서 표현하려고 하는 것 이상의 것이 표현된다. 그리고 그것 때문에 인간은 언어를 통해서 자신의 생각을 언어 속에 집어넣는 것 이상의 것을 알게 된다.

그리하여 인간은 또한 언어를 통해서 높여진다. 언어는 인간 이상의 것이기 때문이다.

인간이 진리를 언어로 완전히 표현할 능력이 없다는 것, 그 것은 인간 본질의 일부이다. 진리로는 완전히 채워지지 않은 말의 공간을 인간은 슬픔으로 가득 채운다. 그러면 그때 그는 한마디 말을 침묵으로까지 연장시킬 수 있고, 말은 그 침묵 속 으로 함몰한다.

오직 그리스도만이 말을 진리로 완전히 채울 수 있다. 그 때 문에 그리스도의 말씀은 우울하지 않다. 그의 말의 공간은 다 른 그 어떤 것도 아닌 진리로 가득 찬 까닭에 그 안에 우울이 들어설 자리가 없다.

3

진리의 주위에는 광휘가 있다. 그 광휘는 진리가 곳곳으로 뻗어나가려고 한다는 하나의 증거이다.

진리를 둘러싼 광휘, 그것은 미이다. 그리하여 진리는 멀리까지 뚫고 나갈 수가 있다. 미의 광휘는 눈에 띄지 않게 진리에게 길을 준비해준다. 미는 진리의 선도자(先導者)인 것이다. 미는 진리를 위해서 미리 모든 것을 점령해놓는다. 그리하여 진리는 이미 도처에 존재해 있다. 불신자의 나라에까지(in partibus infidelium).

침묵 속에도 미가 있다. 미는 일차적으로 침묵 속에 존재한다. 침묵에 미가 없다고 한다면, 침묵은 자신의 무게로 인해서 다시 가라앉아버릴 것이며, 마땅히 지상의 밝음 속에 있어야 할 많은 것들을 끌고서 아래로 내려갈 것이다. 미는 침묵을 느슨하고 유동적인 것으로 만든다. 그리하여 침묵 또한 지상의 밝음의 일부가 된다. 미는 침묵에서 지하적(地下的)인 요소들을 빼앗고, 미는 침묵을 지상의 빛 속으로, 인간에게로 끌어올린다. 침묵 위에 누워 있는 미의 광휘는 진리의 말에 깃들어 있는 광휘의 전조이다.

신인(神人, 즉 그리스도)에게서 말과 진리와 광휘는 하나의 일체를 이룬다. 여기에서는 선후관계도 없고 병존관계도 없다. 완전한 일체가 있을 뿐이다. 그리고 이 일체 속에는 모든 일들까지도, 즉 인간의 시작과 인간의 죄와 그 구원까지도 병존하고 있다.

말 속의 침묵

1

말과 침묵은 하나의 일체를 이룬다. 침묵 없는 말을 보는 것은 셰익스피어에서 주인공들의 중후함이 없는 광대들을 보는 것과 같고 혹은 정화(靜化)되지 않은 중세 회화 속의 성자의 순교를 보는 것과도 같다. 말과 침묵, 주인공과 광대, 순교와 정화 ── 그것은 하나의 일체이다.

말은 자신이 솟아나온 침묵과의 연관 속에 계속해서 머물러야만 한다. 말이 다시 침묵으로 향하는 것은 인간의 본질에서 볼 때 당연하다. 자신이 생겨서 나왔던 그곳으로 다시 향하는 것은 인간 본질에서 당연한 것이다.

인간의 말은 진리에 의해서만 결정되는 것이 아니라 자비에 의해서도 결정된다. 자비 속에서 말은 다시 자신의 근원으로 되돌아간다.

중요한 것은 말은 자비를 통하여 침묵과 연결되어 있다는 점이다. 그 때문에 애초부터 모든 말에는 자비가 들어와 있고, 말은 이미 자신의 구조 안에 어떤 자비의 영향을 지니고 있다. 거대한 침묵과 결합되어 있는 말 속에는 거대한 자비가 들어 있다.

 단지 다른 말에서 나온 것일 뿐인 말은 딱딱하고 공격적이다. 그러한 말은 또한 고독하다. 현대의 우울은 인간의 말 대부분을 침묵과 분리시킴으로써 말을 고독하게 만들었다는 데에서 기인한다. 이러한 침묵의 제거는 인간의 내부에서 하나의 죄책감으로 존재하고, 그 죄책감이 우울로 나타난다. 이제는 침묵의 가장자리가 아니라 우울의 어두운 가장자리가 말을 감싸고 있다.

 따라서 말이 침묵에서 태어난 뒤에도 말에는 침묵이 깃들어 있다. 말의 세계는 침묵의 세계 위에 세워져 있다. 말이 마음 놓고 문장들과 사상 속에서 멀리까지 움직여갈 수 있는 것은 오직 그 밑에 드넓은 침묵이 펼쳐져 있을 때뿐이다. 그 드넓은 침묵에게서 말은 자신이 드넓어지는 법을 배운다. 침묵은 말에게는 줄타는 광대 밑에 펼쳐져 있는 그물과도 같다.

 말 속에 있는 무량한 정신은 말 위에 자신의 무량한 아치를 세울 수 있도록 자기 아래에 침묵의 무량함을 필요로 한다. 물론 정신은 제 혼자서 무량해질 수 있는 능력을 지니고 있다. 그러나 정신 아래의 침묵이 정신이 자신의 무량함 속에서 움직일 수 있도록 도와준다. 침묵은 정신의 무량함을 위한 자연적 토대인 것이다.

 요컨대 침묵은 정신을 위한 자연적 토대이다. 정신의 말 속에 있는 말할 수 없는 어떤 것이 정신을 침묵과 결합시켜주고, 정신을 침묵 속에 깃들게 한다.

말은 반드시 침묵과 함께 있어야 한다. 침묵의 투명한 유동적인 성질이 말 자체를 투명하고 유동적인 것으로 만들어준다. 말은 침묵 위에 떠 있는 밝은 구름, 침묵이라는 호수 위의 밝은 구름과 같다.

침묵은 말에게는 자연이며 휴식이며 황야이다. 말은 침묵에게서 활기를 얻고, 말 자신으로 인해서 생긴 황폐를 침묵으로 정화시킨다. 침묵 속에서 말은 숨을 죽이고 자신을 다시금 원초성으로 가득 채운다.

똑같은 말이라도, 침묵에서 나오게 되면 언제나 다시 새로운 것으로 나타난다. 그 때문에 진리는 늘 똑같은 말로 표현되어도 경직되지 않는다.

정신도 또한 말에게 청신함과 젊음과 근원적인 것을 줄 수 있다. 자연에 의한, 자연적인 침묵과의 결합에 의한 청신함과 원초적인 것도 있지만, 정신에 의해서 산출되는 다른 청신함과 원초적인 것도 있다. 완벽은 자연적 침묵의 원초성과 정신의 원초성이 한 인간 속에서 서로 만나 결합할 때 달성된다. 단테와 괴테의 경우처럼.

"보다 준엄하고 굳건한 정신이여, 이제 너는 지상에서 최후를 마쳤다. 그리고 네 가슴 위의 마지막 저녁 뇌우 속으로 또 하나의 부드럽고, 장난스런 태양이 흘러들어와 그 저녁 뇌우를 장미와 황금으로 가득 채웠다. 지구와 무상한 세계를 형성했던 지상적인 것들은 너에게는 너무도 작고 가벼운 것이었다. 너는 삶의 배후에서 삶보다 더 높은 것을 찾았기 때문이다. 필멸의 것도 결코 불사의 것도 아닌 너의 자아가 아니라 영원, 태초적인 것, 곧 신(神)을 찾았기 때문이다. 이 현세의 허상은 악한 것이든 선한 것이든 너에게는 아무런 상관도 없었다. 이제 너는 올바른 실재 속에서 휴식하고 있다. 죽음이 네 어두운 가슴으로부터 답답한 생(生)의 구름들을 완전히 거두어갔고 네가 그리도 오랫동안 찾아다녔던 영원한 빛이 베일을 벗고 나타났다. 그리고 그 빛의 한 줄기인 너는 다시금 불 속에 머물고 있다."
(장 파울, 「거인[Titan]」)

장 파울의 말들은 마치 보이지는 않지만 밑으로부터 침묵에 의해서 조종되는 둥근 풍선들과도 같다. 그렇다. 이 말들을 통해서 소리 내어 말해지는 모든 것들이 이미 이전에 언젠가 침묵 속에서 일어났던 것처럼 보인다. 그것이 그 말들에게 확실함과 친밀감과 숭고함을 준다. 꿈속을 헤매듯 그 말들은 이전에 침묵 속에서 일어났던 저 행위들을 뒤좇아 따라하고 있다.

괴테의 경우에 말은 침묵에 대하여 장 파울의 경우보다 더 자의식적이다. 침묵에 대한 말의 승리가 우선적으로 중요하다. 그것은 결코 승전(勝戰)은 아니지만, 자신이 말을 통해서 비로소 인간이 되었음을 알고 말을 거느리는 인간의 아름다운 자각과 긍지인 것이다.

2

인간은 자신이 나왔던 침묵의 세계와 자신이 들어갈 또 하나의 침묵의 세계 —— 죽음의 세계 —— 사이에서 살고 있다. 인간의 언어 또한 이 두 침묵의 세계 사이에서 살고 있고, 이 두 세계에 의해서 유지되고 있다. 그 때문에 말은 이중의 반향을 가지고 있다. 말이 나왔던 곳으로부터의 반향과 죽음이 있는 그곳으로부터의 반향을.

순결함과 소박함과 원초성을 말은 자신이 나왔던 침묵으로부터 얻는다. 그러나 미미한 지속성, 덧없는 사라짐, 허약함 그리고 말이 자신이 명명하는 사물들과 결코 완전하게 일치하지는 못한다는 사실은 두 번째 침묵, 즉 죽음으로부터 온다.

장 파울의 언어에는 침묵의 그 두 세계의 자취가 뚜렷이 나타나 있다. 순결하고 원초적인 동시에 작별의 채비와 덧없는 사라짐을 위한 것이.

오늘날 말은 그 침묵의 두 세계와는 거리가 멀다. 말은 소음에서 생겨나서 소음 속에서 사라진다. 오늘날 침묵은 더 이상 하나의 독자적인 세계가 아니다. 침묵은 다만 아직 소음이 뚫고 들어가지 않은 곳일 뿐이다. 그것은 소음의 중지일 뿐이다. 소음장치가 어느 한순간 작동을 멈추면 그것이 오늘날의 침묵이다. 즉 작동하지 않는 소음이 침묵이다. 이제는 더 이상 여기에 말이 있고 저기에 침묵이 있는 그런 것이 아니다. 다만 여기에 말해지는 말이 있고 저기에 아직 말해지지 않은 말이 있을 뿐이다. 그리고 그 아직 말해지지 않은 말이라는 것도 지금 존재하고 있을 뿐이다. 아직 말해지지 않은 말들은 마치 사용되지 않은 연장들처럼 주위에 서 있다. 위협적으로 혹은 권태롭게.

언어 속에는 또 하나의 침묵, 죽음으로부터 나오는 침묵도 없다. 오늘날에는 진정한 죽음이 없는 까닭이다. 오늘날 죽음은 더 이상 하나의 독자적인 세계가 아니다. 그것은 다만 수동적인 어떤 것일 뿐이다. 즉 생명이라고 불리는 것의 중지, 그 최후의 끝일 뿐이다. 다 비워버린 생명 —— 그것이 오늘날의 죽음이다. 죽음 자체가 그렇게 죽음을 당했다.

오늘날의 죽음은 이렇게 말해졌던 저 죽음과는 거리가 멀다. "인간은 자신의 생애에서 오직 한 번 죽는다. 그리고 죽음의 체험이 없기 때문에 죽음에 실패한다. 죽음에 성공하기 위해서는 이미 죽음에 임했던 경험 많은 사람들의 지침에 따라서 죽는 법을 배워야만 한다. 금욕은 우리에게 이러한 죽음의 체험을 준다."(플로렌스키)

더 이상 침묵과 결합되어 있지 못하면 말은 더 이상 재생할 수 없고 자신의 본질을 잃어버린다. 오늘날 언어는 자동적으로 말하고 있는 듯하다. 그리고 자기 자신을 흩뿌리면서, 자기 자신을 공허하게 만들면서 언어는 종말로 치닫고 있는 듯하다. 현대의 언어 속에는 마치 자신의 공허함에도 불구하고 살아남으려고 애쓰는 듯한 어떤 격렬함과 집요함이 있고, 그 공허함이 종말을 가져오리라고 예기하는 듯한 어떤 절망적인 것이 있다. 그리고 교체되는 이 집요함과 절망이 언어를 불안하게 만든다. 언어를 침묵으로부터 분리시킴으로써 인간은 언어를 고아로 만들었다. 그것은 이제 더 이상 모어(母語, Muttersprache)가 아니라, 고아의 말(Waisensprache)일 뿐이다. 사실 자주 인간은 자신이 그 출생처로부터 분리시켜버린 언어를 두려워하는 것 같다. 인간은 더 이상 말을 다른 사람에게 전달할 자신이 없는 것이다. 그는 자기 자신에게 더 많이 이야기한다. 마치 말을 으깨고 파괴하여 없애버리고 싶은 듯이 그리고 다만 잔해에 지나지 않게 된 말을 자기 자신의 내부의 공허 속으로 내던지려는 듯이.

그러나 시인들의 언어 속에서만은 이따금씩 침묵과 연결되어 있는 진정한 말이 나타난다. 그것은 망령과도 같다. 자신이 다만 하나의 망령으로서 거기 있을 뿐이며, 자신은 다시금 사라져버릴 수밖에 없다는 비애로 가득 찬 망령인 것이다. 시의 아름다움은 그러한 말이 나타났다가 다시 사라져버리는 어두운 구름이다.

3

말은 다시 침묵 속으로 가라앉는다. 말은 망각될 수 있다. 말에 망각이 있는 것 역시 말이 지나치게 강하게 존재하지 않도록 하기 위해서인 것 같다. 말의 침묵에 대한 우월권이 그 때문에 완화되는 것이다.

말이 망각 속에 가라앉는다는 것은 사물이 우리에게 잠시만 속해 있을 뿐, 소환 명령에 따라서 언제든 그것이 온 곳으로 되돌아간다는 한 표시이다.

말은 침묵 속에 가라앉아 망각된다. 그리고 그 망각은 용서를 준비하고 있다. 그것은 언어의 구조 속에 사랑이 짜여져 들어 있다는 한 표시이다. 말은 인간이 망각 속에서 용서까지 하도록 인간의 망각 속으로 가라앉는다.

말의 사라짐, 즉 망각은 또한 죽음을 준비한다. 인간을 비로소 인간이 되도록 하는 말이 사라지듯 인간 자신도 사라지고 소멸한다. 언어의 구조 속에는 죽음도 짜여져 들어 있다.

오늘날 말은 망각을 빼앗긴 것 같다. 모든 말들이 인간을 온통 둘러싸고 있는 잡음어(雜音語)(이 책 "잡음어" 장 참조)의 수중에 들어 있다. 모든 것이 일반적인 잡음어 속에서 계속 솟아오르고 사라진다. 모든 것이 일반적인 잡음어 속에서 동시에 존재하고, 그러면서도 결코 존재하지 않는다. 말의 현존도 없고 망각도 없다. 이제는 더 이상 직접적으로 인간에 의해서 망각되는 것이 아니라, 망각은 인간 밖으로, 일반적인 잡음어 속으로 이전되는 것이다.

그러나 그것은 결코 망각이 아니며 다만 잡음어 속으로 사라지는 것에 지나지 않는다. 따라서 이제는 용서도 존재하지 않는다. 왜냐하면 사라져버린 바로 그것이 언제나 또다시 잡음어 속으로부터 떠오르기 때문이다. 인간은 한 사물 혹은 한 말에서 해방되지 못하며 또한 한 사물 혹은 한 말을 결코 소유하지도 못한다. 현대인의 신경과민은 거기에서 비롯된다.

4

말은 침묵에서 나와서 다시 침묵으로 돌아간다고 우리는 말했다. 마치 침묵의 배후에는 어떤 절대적인 말씀이 있어서 인간의 언어가 침묵을 뚫고 그곳으로 움직여나가는 것 같다. 인간의 말은 마치 그 절대적인 말씀에 의해서 유지되고 있는 것 같다. 절대적인 말씀이 존재하기 때문에 인간의 말은 흩어져 사라지지 않는다. 말이 절대적인 말씀 속에서 보호되지 않는다면 인간은 언제나 처음부터 새로 말을 정복해야만 한다. 인간의 모든 말은 저 절대적인 말씀의 주위에서 움직이는 것 같다.

침묵은 저 절대적인 말씀을 상기시킨다. 나라마다 서로 다른 언어들은 그 절대적인 말씀을 발견하려고 하는 서로 다른 시도들 같다. 그것은 마치 말들이 그 절대적인 말씀에 도달하려고 서로 다른 방향에서 시도해보기 위해서 스스로 서로 다른 언어들로 나누어지기로 협약한 것 같다. 그 여러 언어들은 절대적인 말씀을 찾으려고 하는 여러 탐험대들처럼 보인다.

오직 하나의 언어밖에 없다면, 그 인이는 침묵에 대해서 지나치게 의기양양한 자세가 될 것이다. 그러면 그 언어는 지나치게 이겨서 얻은 것, 정복하여 얻은 것으로 그리고 침묵은 지나치게 정복당한 것으로 보일 것이다. 그리고 인간은 이 유일한 것, 대단한 것으로 인하여 오만불손해질지도 모른다. 그리고 실제로 인간은 오직 한 언어를 만인과 공유했을 때 오만불손해졌다. "보라, 그들은 한 민족이고 한 언어를 쓴다. 그것은 겨우 그들의 행동의 시작일 뿐, 그 후로는 그들이 계획하는 모든 것이 그들에게는 불가능하지 않게 되었다."(「창세기」)

그러나 많은 언어들이 존재하게 되면, 곧 언어와 언어가 관련을 맺게 되면 어느 것도 독점적인 것이 되지 못하며 모두가 다수 중의 하나가 된다.

특이한 것은 이제 더 이상 단 하나의 언어가 존재하지 않는다는 점이 아니라, 여러 언어들을 통해서 진리가 전달된다는 점이다. 이제 모든 언어들을 통해서 오직 하나의 진리가 말해진다는 사실을 토대로 하여 언어들의 새로운 통일체가 존재하게 된다.

침묵과 말 사이의 인간

1

말하기 직전의 순간에 말은 아직도 자신이 방금 떠나온 침묵 위에서 떠돈다. 그것은 침묵과 말의 중간에서 떠돈다. 말이 어디로 향할지는 아직 불확실하다. 다시 침묵 속으로 완전히 되돌아가서 그 속에서 사라져버릴 것인가, 아니면 소리가 되어 침묵으로부터 분명하게 떠날 것인가. 말이 어느 곳으로 향할지를 결정하는 것은 인간의 자유이다.

　말해진 말은 침묵 속에 있는 말과 대립된다. 그것은 단순히 다른 사람과의 의사소통만을 의미하는 것은 아니다. 말해진 말은 침묵 속에 있는 말과는 질적으로 다르다. 소리가 됨으로써 말은 침묵으로부터 끌려나와 다른 사람에게 전달될 뿐만 아니라 또한 강조되며 그로 인해서 아직 침묵 속에 있는 다른 말들에 대해서 우선권을 가지게 된다. 말해진 말은 한 개념을 그 개념이 침묵 속에서 고립되어 있는 것보다 더 많이 고립시킨다. 개념은 소리가 되는 그 순간에는 오직 홀로 존재하며, 그 개념이 소리가 됨으로써 이제는 오직 그 개념만이 유효하다는 것이 선언되는 것이다. 물론 침묵 속에 있는 한 개념도 다른 개념들과 뚜렷하게 구별되기는 하지만, 어떤 개념이 유효한가 하는 결정은 아직 확정적으로 내려지지 않았다. 다만 침묵 속의 말만을 가지고 있을 때에는 인간이 아직은 결단의 모험을 하지 않는다. 음성을 통해서나 혹은 말을 쓸 때에나 비로소 인간은 자신의 말과 완전히 일치된다.

침묵 속에 있는 말은 가시적인 것을 초월하는 한 세계 속에 위치해 있다. 그것은 바로 침묵이다. 말이 가지고 있는 투명한 미광(微光)은 저 비가시적 세계의 미광으로부터 비롯된다. 말이 인간 속에서 침묵하고 있을 때 그 비가시적 세계의 미광이 말 위에 내린다.

2

침묵은 인간의 마음속에 비애를 불러일으킨다. 침묵은 인간에게 말에 의한 죄로의 전락이 아직 일어나지 않았던 상태를 회상시키기 때문이다. 침묵은 인간으로 하여금 인간의 타락(아담과 이브의 타락/역주) 이전의 상태를 그리워하게 만든다. 동시에 침묵은 인간을 불안하게 만들기도 한다. 왜냐하면 인간이 침묵 속에 있을 때에는 어느 순간에든 다시 말이 나타나서 그와 함께 죄 속으로의 그 최초의 전락이 또다시 일어날 수 있기 때문이다. 그 때문에 시인은 대담무쌍하게 보인다. 왜냐하면 시인은 다름아닌 말을 다루는 사람인데도 인간이 말로 인해서 죄에 빠진다는 것을 염두에 두지 않고 있는 듯하기 때문이다. 그렇기는 하지만 인간은 시인에게 마음이 끌린다. 시인의 언어는 아직도 원초적이기 때문이다. 요컨대 시인의 말은 인간에게는 그것을 통해서 자신이 인간이 되었던 그 최초의 말처럼 보이고, 그것이 인간에게 기쁨을 준다.

3

인간이 침묵하고 있다는 것은 주관적으로가 아니라 현상학적으로, 저 언어의 창조 행위가 임박했던 때의 상태 속에 있다는 것이다. 다시 말하면, 한 인간이 침묵하고 있을 때, 그는 최초로 언어를 기다리고 있는 사람의 모습으로 눈앞에 서 있는 것이다. 침묵 속에서 인간은 물론 말을 가지고 있지만, 오히려 그 말은 막 소멸되려고 하고 있다. 즉 인간은 침묵 속에서는 자신이 말을 얻었던 그분(창조주)에게 그 말을 되돌려줄 태세가 되어 있는 것이다. 거의 모든 침묵 속에 어떤 성스러움이 들어 있는 것도 바로 그 때문이다.

따라서 침묵 속에서의 인간은 말을 되돌려주려고 하는 자와 같은 상태에 있다. 그러나 그 다음 순간, 말을 할 때에는 그는 침묵으로부터 막 말을 받은 사람과 같다. 침묵 속에서 인간은 더 이상 존재하지 않을 것 같지만, 최초의 말과 함께 그는 다시 태어난다. 오랜 침묵 뒤에 다시 말하기 시작한 사람을 잘 보면,

그는 마치 말에 의해서 이제 막 눈앞에 나온 것처럼 보인다. 인간은 말을 통해서 새로 확인되는 것이다.

그리하여 침묵으로부터, 마치 어떤 창조적 행위에 의해서인 듯 철저히 다른 말이 계속해서 생긴다. 따라서 신의 창조 행위가 인간의 근본 구조 속에 구현되어 있는 것이다.

그러한 창조력이 인간 속에 스며들어 있다는 것, 그것은 결코 인간이 가진 특별한 것이 아니라 당연한 것이다. 인간을 인간이게 하는 그 창조력은 말과 마찬가지로 당연히 인간에게 속해 있다.

그러나 말이 더 이상 침묵과의 연관을 가지지 못하게 되면, 이전에 침묵이 있던 자리에는 공허와 심연이 있게 된다. 말들은 이전에 침묵 속에서 그러했듯이 이제는 그 공허 속에서 사라져버린다. 그 공허 속에서 흡수되는 것이다. 그리고 그 마지막 말마저 그 공허의 심연 속에서 사라져버릴 때, 자신이 이제 더 이상 인간이 되지 못하리라는 무서운 불안이 내부에 생긴다.

4

따라서 침묵 속에서의 인간은 자신의 파멸 —— 침묵이란 말을 완전히 상실하기 시작하는 것일 수도 있다 —— 과 자신의 부활 사이의 그 중심에서 살고 있다.

신앙 역시 거기에 중심점을 두고 있다. 즉 침묵 속에서 인간은 자신을 인간이 되게 해주었던 말을 단념하고 자신이 그 말을 얻었던 바로 그분, 즉 신에게 말을 되돌려줄 태세가 되어 있다는 것이다. 말이 자신에게 새로 주어질 것이라고 믿으면서.

바로 이 중심에서 파스칼은 자기 자신을 파멸시켰고, 다시 「메모리알(*Mémorial*)」과 「팡세(*Pensées*)」의 파스칼로 부활했다. 그리하여 그 자기 파멸 뒤의 그는 최초로 말을 부여받은 사람과도 같았다.

그는 이제 오직 단편적으로밖에 말할 수가 없었다. 「메모리알」과 「팡세」의 문장들 모두가 완전히 어떤 최초의 문장 같다. 마치 그는 언제나 자기 자신이 실제로 시작되었던 그곳에서 다시 시작하려고 한 것 같다. 그리고 그는 자신에게 말을 주고 자신을 새로 태어나게 했던 저 사건을 언제나 다시 반복하면서 그 사건으로부터 떠나려고 하지 않은 것 같다. 그 단편들은 단순한 단편이 아니라 인간 부활의 총체이다.

침묵 속의 마성(魔性)과 말

1

침묵 속에는 치유력과 우호적인 것만 있는 것이 아니라 어두운 것, 지하적(地下的)인 것, 무시무시한 것, 적의에 찬 것, 침묵의 지하로부터 불쑥 튀어나올 수 있는 것, 즉 저승적인 것, 마성적(魔性的)인 것도 있다. "무한한 우주의 영원한 침묵은 내 영혼 속에 전율을 불러일으킨다."(파스칼)

침묵으로부터 생기는 말은 침묵 속의 파괴적인 것과 마성적인 것에 접하게 될 위험에 놓여 있다. 어떤 지하적인 것, 위협적인 것이 어느 순간에든 말 속에 나타나서 침묵으로부터 말 속으로 들어오려고 하는 우호적인 것과 평온한 것을 밀어낼 수가 있기 때문이다.

그러나 이 위협적인 것, 마성적인 것이 말 속으로 뚫고 들어오고 말 속에서 자리를 차지하게 되는 것은 오직 말이 정신으로 가득 차 있지 않을 때뿐이다. 말 안에 깃든 정신은 마성적인 것을 제압할 힘을 지니고 있기 때문이다. 침묵에게서 무서운 것이 제거된다. 그 무서운 것은 말에 의해서 추방당한다. 말 속에는 정신, 말하자면 진리와 질서가 있기 때문이다. 침묵의 마성적인 것은 정신에 의해서 길들여지고, 그렇게 길들여지면 침묵은 고분고분한 이로운 짐승처럼 말을 따르고, 자기 안에 있는 원초적인 것과 자양분이 풍부한 것을 말에게 줌으로써 말을 돕는다.

따라서 우리는 정신에 의해서 마성적인 것으로부터 풀려난 언어로 이야기한다. 인간은 정신이 작용하고 있는 언어에 의해서 어느 정도 보호받으며 구원받는다.

말에 깃든 정신 속에는 신의 말씀(Logos)의 자취가 남아 있다. 그것에 의해서 말은 마성적인 것을 제압한다.

말은 침묵과의 연관을 잃게 되면 모든 악마적인 것에게로, 즉 침묵의 저승적인 것으로부터 나올 수 있는 악마적인 것에게로 넘어가기도 한다. 그러면 이제 침묵은 더 이상 말을 위해서 침묵하는 것이 아니라, 다만 자기 자신을 위해서 침묵하게 된다. 이제 침묵은 위협적으로 말과 대립하여 존재하게 되고, 그리하여 침묵이 인간에게서 말과 말의 소리까지도 빼앗아가지 않을까 하는 불안이 인간의 마음속에 스며들게 된다.

인간은 자주 침묵의 본성인 악마적인 것을 이용하기도 한다. 예심 판사가 범인과 마주 앉아 오랜 시간 동안 침묵하고 있을 때, 침묵의 자연적－악마적인 힘이 매우 커져서 피고의 의지는 자신이 숨기는 것을 더 이상 감출 수 없게 된다. 침묵의 본성인

악마적인 것이 범인의 의지가 성취하려고 했던 은폐의 가면을
깨부수는 것이다.

2

언어의 발생은 확실히 "우리가 아무것도 알 수 없는 선사적
(先史的) 사건"(셸러)이다. 그것은 거인족과 올림포스 신들 이전
의 신들의 제압과 같은 선사적 사건이다. 즉 올림포스 신들의
승리가 없었다면, 암흑과 지하적인 것이 지상을 지배했을 것이
다. 말 속에 깃들어 있는 정신이 침묵 속에 들어 있는 악마적인
것을 이기지 못했다면 침묵이 모든 것을 장악하여 악마적으로
황폐시켰을 것이다.

일찍이 침묵이 모든 것을 장악했고, 지구는 침묵의 소유였
다. 지구는 마치 침묵 위에 얹혀 있는 것 같았다. 말하자면 지
구는 침묵의 가장자리에 불과한 것이었다. 그러나 말이 생기자
악마적인 침묵은 붕괴되었다. 그럼에도 불구하고 침묵으로부
터 지구를 한조각 한조각 떼어내어야 할 것처럼 보였다. 마치
원시림을 한조각 한조각 벌채해서 개간하듯이, 말 속에 깃들어
있는 정신을 통해서 이 침묵의 원시림으로부터 말을 받쳐주고
키워주는 침묵의 우호적 토양이 생기는 것이다.

그러나 흔히 밤에는 침묵의 본성이 다시 강대해진다. 그러면
마치 말에 대한 습격이 준비되어 있는 것처럼 보인다. 어두운
숲은 말을 습격하기 위해서 침묵이 모이는 장소처럼 보이고,

집집의 밝은 벽들은 말의 보석처럼 보인다. 그때 어느 집 이 층 방에 불빛이 나타나고, 그러면 이제 말이 생전 처음으로 이루어지고 있는 것처럼 보인다. 그리고 침묵의 거대한 상(像)은 자신의 주인 —— 말 —— 을 기다리는 고분고분한 짐승처럼 거기 누워 있다.

3

마티아스 클라우디우스의 시(詩) 속에는 침묵하는 밤에 대한 말의 위력이 뚜렷하게 나타난다.

> 달이 뜨고
> 밝고 맑게 황금빛
> 작은 별들이 하늘에 찬란하다.
> 숲은 캄캄한 채 침묵하고 있다.
> 그리고 초원에서 놀랍게도
> 흰 안개가 솟아오른다.

이 시 속에서 밤의 마성적인 침묵은 말의 밝음에 의해서 극복된다. 달과 별, 숲, 초원과 안개는 말의 밝은 빛 속에서 서로를 발견한다. 말의 빛 속에서 밤은 휘영청 밝아져 달, 별, 숲, 초원, 안개는 낮 —— 그 낮의 빛으로부터 말이 내려왔다 —— 으로 가는 길을 발견하게 된다. 그리하여 침묵은 이제 더 이상 어둡지 않다. 침묵은 침묵 위에 내리는 말의 광휘에 의해서 투명해진다. 말을 통해서 침묵은 악마적인 고립 속에 이제 더 이상 존재하지 않는다. 침묵은 말의 우애 좋은 자매가 된다.

말과 몸짓

"말의 기원을 몸짓에서 찾는 것은 잘못이다."(콩디야크, 비랑, 베르그송) 몸짓은 말과는 전혀 다른 범주에 속한다. 몸짓은 그것을 야기시킨 충동들로부터 해방되어 있지 않다. 몸짓은 그 충동들과 뒤섞여 있고 그 충동들의 일부이며, 그것은 대개 한 욕구를 표현한다. 그것과는 반대로 말은 단순히 존재의 일부에 불과할 뿐인 의욕을 표현하는 것이 아니라, 한 존재로서의 전체를 표현한다. 말에는 충동적 의지보다는 존재적인 것이 들어 있다. 더구나 말은 제 스스로 존재를 창조할 만큼 특수한 존재이다. 그와는 달리 몸짓은 다른 현상들에게 주려고 떼어낼 수 있을 만큼 비축된 존재를 전혀 가지고 있지 않다. 몸짓은 지나쳐가는 것이며 스쳐가는 것이며 현존하지 않는 것이다.

인간은 결코 몸짓으로부터 단계적으로 언어에 이를 수는 없었을 것이다. 왜냐하면 몸짓은 무엇인가 해방되지 못한 어떤 것을 가지고 있고, 나아가서 몸짓 자체가 확실하게 해당되지 못한 것이기 때문이다. 오직 어떤 특별한 창조적 행위를 통해서만이 몸짓에서 자유로운 것이 나올 수 있다. 말과 몸짓을 나란히 놓으면 우리는 대뜸 다른 인상을 느끼게 된다. 말은 분명하고 자유롭고 주체적이며 자기 자신 위로 솟아오르고, 자신이 태어났던 침묵만을 제외하고는 모든 것을 앞서간다. 반면 몸짓은 자유롭지 못하고 해방되어 있지 못하며 아직도 완전히 자기 자신을 드러내기 위한 시도의 수단인 물질 자체와 혼합되어 있다. 몸짓은 아직도 그 물질 속에서 그 물질에 묶여 있어서 말 속에 깃든 정신처럼 자유롭게 그 물질에 다가가지 못한다. "몸짓은 생리적, 심리적 반사작용의 불분명함을 가지고 있다. 몸짓은 그러한 반사작용에서 태어나며 이번에는 다시 그 반사작용을 불러일으킬 수 있다(몸짓이 이해하기 쉬운 까닭은 바로 그러한 점에 있다). 몸짓은 결코 말의 투명함을 가지고 있지 않다."(바우호퍼) 확실히 어린아이들의 경우에는 몸짓이 말에 선행한다. 그러나 본질적인 것은 그것이 아니라, 어린아이에게 어쨌든 말이 나타난다는 사실이며 그것도 어떠한 몸짓도 선행된 적이 없는 것처럼 나타난다는 사실이다. 중요한 점은, 어린아이들에게는 몸짓이 말에 선행한다는 것이 아니라 몸짓으로부터의 해방이라는 창조적 행위가 다시 한 번 일어난다는 사실이다.

언어는 철저히 존재적이다. 너무도 존재적이어서 언어의 발생에 관한 것들은 모두가 중요하지 않으며 그런 것은 모두가 실제로 이 언어의 존재성의 위력에 삼켜진 것처럼 보인다. 언어가 무엇인가로부터 생성되어나온 것이라고 하더라도 그러한 생성은 문제가 되지 않으며 그러한 생성이란 결코 실재하지 않을 것이다. 그것은 존재성에 완전히 흡수될 것이기 때문이다.

"우리가 볼 수 있는 동물계와 긴 세월이 요구되는 그 발달과 완성을 각각의 형태대로 관찰하는 주의력 깊은 눈을 가진 어떤 정신적 존재가 있다면, 인간을 알게 되기 이전에는 이런 결론을 내리리라. 즉 새들에게서 그렇게 절묘한 소리를 울리는 것은 포유류에게서는 점차적으로 소실되며, 그리하여 원숭이 이후의 어떤 생물에게서는 소리가 완전히 없어질 것이라고. 그러나 보다 우위의 창조적 힘을 가진 존재는 거의 언제나 옛 생명이 소멸되고 죽은 듯한 곳에서 보다 높은 생명의 은혜와 기적의 씨를 뿌리고 싹을 틔우며, 죽음으로부터 새로운 창조물들을 불러일으키는 법이다."(슈베르트)

언어는 인간 존재 자체에 속한다. 언어는 인간 존재의 일부이며 그 자체와 융합되어 있다. "언어란 나의 깊은 확신에 의하면, 직접적으로 인간 내부에 자리잡고 있는 것이어야 한다. 인간이 어떤 단 하나의 말을 단순히 물질적 자극으로서가 아니라, 명확하게 발음된 하나의 개념을 표현하는 소리로 이해할 수 있기 위해서는 언어는 완전하게 그리고 연관을 가지고 인간 내부에 자리잡고 있어야 한다."(훔볼트)

언어는 그 기원을 어떤 다른 존재자로부터 끌어낼 수밖에 없다. 물론 그것도 언어라는 존재자보다 더 강한 존재자로부터.

고대의 언어

1

황금 시대에 관한 우화들에서는 인간이 모든 동물들과 나무들과 꽃들과 풀들의 언어를 알아들었다고 한다. 그것은 침묵의 충만함에서 막 나왔던 그 최초의 언어 속에는 아직도 모든 것을 포함하는 충만함이 존재하고 있었다는 사실을 상기시키는 듯하다.

이 최초의 언어는 한 마리 새처럼 침묵의 표면으로부터 하늘의 궁륭을 향해 솟아올랐다. 그런데 그 언어는 새이자 동시에 하늘이었다.

이 최초의 언어는 지상의 모든 소리들 위에 궁륭을 만들었고, 자연 전체의 모든 목소리들이 그 안에 함께 모였다. 지상에서 솟아오르는 모든 것이 하늘의 궁륭에 수용되듯이, 지상의 모든 음성들은 언어라는 그 한 하늘에 수용되었다. 모든 음성들이 그 언어의 하늘 속으로 들어가서 그 일부가 되었고, 따라서 그 하늘 안에서는 어떠한 음성도 이해되었다.

이 언어의 하늘은 모든 음성들의 고향이었다. 모든 음성들이 이 언어의 하늘에서 자기 자신에게 이르고 다른 것에게로 이르렀다. 이 언어는 그 자신의 위력에도 불구하고 드러나지 않게 존재했다. 침묵 그 자체처럼 드러나지 않게.

2

고대의 언어는 방사형(放射形)으로 세워져 있다. 언제나 한 중심으로부터 시작하여 ── 그 중심은 침묵이다 ── 다시 그 중심으로 되돌아간다. 중심으로부터 언제나 새롭게 시작하는 그것은 그 분출물이 궁형을 그리며 중앙으로부터 뻗어나갔다가 다시 중앙으로 되돌아가서 그 속으로 사라지는 분수와도 같다.

"현대의 저술들 속의 사상은 똑바로 앞으로 걸어가는 사람의 움직임에서 생기는 듯 보인다. 그와는 달리 고대의 저술들 속의 사상은 날면서 원을 그리며 앞으로 나아가는 한 마리 새의 움직임에서 생기는 것처럼 보인다."(주베르)

예전의 언어에는 소심함과 강력함이 혼합되어 있다. 소심함은 언어가 이제 막 침묵에서 걸어나왔기 때문이고, 강력함은 언어가 자신이 다시 지워져서 소멸되지 않도록 스스로를 보호해야 했기 때문이다.

"강철 화살들이 가득 찬 화살통, 단단하게 감긴 닻줄, 날카로운 음, 약간만으로도 대기를 찢어놓는 청동 나팔, 그것이 히브리어이다. 히브리어는 조금밖에 할 수 없지만, 히브리어로 말하는 것은 망치로 모루를 치는 것과 같다."(르낭, 「이스라엘 민족사[*Histoire du peuple d'Israël*]」)

거의 변하지 않으면서, 거대한 벽의 일부처럼 말들은 거기 서 있다. 마치 자신이 침묵으로부터 내보내졌던 것처럼 다시 침묵으로 되불려갈 것을 기다리고 있는 듯이. 말은 자신이 침묵에 의해서 조종되고 있음을 느끼는 듯하며, 언제나 침묵 쪽을 되돌아보는 것 같다. 침묵으로부터 다른 어떤 말, 어떤 보다 높은 말, 즉 교정(校正)이 생기는 일도 언제나 있을 수 있었던 것이다.

따라서 예전의 언어는 자기 자신을 안전하게 해야 했으므로 정적(靜的)이었다. 말들은 말뚝들과 같았고, 그 말뚝들은 모두가 독자적으로 존재함으로써 한 말에서 다른 말에 이르는 길이 거의 없었다. 언어의 건축은 수직적이었다. 말들이 차례로 수직으로, 기둥 모양으로 박혀 문장을 이루었던 것이다. "우리의 고대 율법 속에서의 언어는 대개 무겁고 강하게 울린다. 하나씩 끊어지고 짧다기보다는 느리고 힘들게 끌리기는 하지만 맥없이 질질 끌지는 않는다."(야콥 그림)

오늘날의 언어에서 현존하고 있는 것, 정적(靜的)인 것은 더이상 통하지 않는다. 오늘날의 문장은 동적(動的)인 것으로 변해버렸다. 한 말은 신속하게 다른 말로 이행되고 한 문장은 신속하게 다른 문장으로 움직여 나아간다. 언어의 건축술이 바뀌었다. 말이라는 수직적 기둥들은 쓰러져 눕고 그리하여 수평적인 것이 문장을 결정하고 있다. "수직으로 서 있는 기둥들이라면, 그 도주를 가로막을 것이다. 수직으로 서 있는 기둥들은 하나의 철책처럼 거기에 서 있을 것이다. 그러나 오늘날에는 모든 것이 수평으로, 도주의 방향으로 누워 있다."(피카르트, 「신으로부터의 도주」) 따라서 문장은 유동적이며 역동적인 것이 된다. 말들은 성급히 앞으로 밀치고 나아간다. 오늘날의 언어는 날카롭고 공격적이다. 언어의 내용 자체가 공격적이라기보다도 대개는 언어의 형태 속에 더 많은 공격성이 들어 있다. 오늘날의 언어는 극도로 긴장해 있고 침묵으로부터가 아니라 선행했던 말로부터 나오고 침묵이 아니라 다음 말로 가버린다.

3

고대의 언어에서 우리는 말의 발생, 즉 말이 침묵으로부터 나왔다는 것은 결코 당연한 것이 아니라는 점을 깨닫게 된다. 한 말이 침묵으로부터 나왔을 때, 그것은 하나의 사건이었다. 그래서 다시 새로운 한 말이 생기기 전에 휴지(休止, Pause)가 생겼다. 말들은 언제나 다시 침묵에 의해서 중단되었다. 그것은 마치 어느 때에나 자신의 가장자리를 둘러싸고 있는 항상 새로운 샘들로부터 그 물을 받아들임으로써 냇물이 생기는 것과 같다. 그렇게 어느 말 뒤에나 침묵이라는 새로운 샘물이 문장이라는 냇물 속으로 흘러드는 것이다.

고대의 언어에서 말은 다만 침묵의 중단일 뿐이었다. 모든 말들은 그 가장자리가 침묵에 둘러싸여 있다. 그렇게 됨으로써 말은 맨 먼저 자기 자신이 되며 그 다음에 비로소 다음의 말 곁에 있게 된다. 말은 침묵이 자신에게 주는 한계에 의해서 형상화되고 그 형태를 얻는다. 말과 말 사이에 침묵이 없다면, 말은 더 이상 조형적인 것이 되지 못한다. 말하자면 더 이상 인격체(Person)가 아니라 덩이(Masse)에 지나지 않는다.

고대의 언어에서는 두 개의 말 사이에 침묵이 가로누워 있었다. 그 언어는 침묵을 호흡했고 침묵을 말했다. 자신이 생겨나온 위대한 침묵을 향해서 침묵을 말했던 것이다.

"위대한 문체 속에서는 침묵이 대개 중요한 공간을 차지한다. 타키투스의 문체 속에서는 침묵이 지배적이다. 비천한 노여움은 폭발하는 듯하고 저열한 노여움은 말이 많지만, 미래의 정의를 기다리면서 말을 사건들에게 맡겨두기 위해서 침묵해야 할 필요가 있는 분노도 있다."(에르네스트 엘로)

4

학교에서 고대어를 가르친다는 것은 중요한 일이다. 왜냐하면 여러 가지 고대 언어들에는 침묵으로부터의 말의 유래와 말에 대한 침묵의 위력과 말을 위한 침묵의 치유 작용이 우리의 현대 언어에 비해서 뚜렷하게 드러나 있기 때문이다.

또한 중요한 점은 인간은 아무런 "효용성도 없는" 고대어를 통해서 순전히 목적 추구적인 세계로부터 해방된다는 것이다. 인간은 고대어로 "별로 할 것이 없지만", 고대어를 통해서 단순히 목적 추구적인 것을 넘어서는 어떤 것과 접촉하게 된다.

방언의 지속적인 보존도 중요하다. 일상에서 방언으로 말하는 사람은 표준어로는 아무런 장애 없이 한 말에서 다른 말로 나아갈 수가 없다. 그는 표준어에 이르기 위해서는 언제나 다시 방언으로부터 시작해야만 한다. 그에게는 이 표준어가 결코 어떤 자명한 것, 언제든 쓸 수 있는 것이 아니다. 그러한 사람이 표준어로 말할 때면 방언을 마치 제동기(制動機)처럼 끌고 다닌다. 그렇게 되면 말들은 쉽게 움직일 수 없다. 인간이 말에게 잡힌다기보다는, 잡혀서 이끌려간다기보다는 인간 자신이 말을 붙잡는 것이다. 말의 흐름을 중단시키는 침묵이 말이 틀에 박힌 것, 기계적인 것이 되지 않도록 지켜주듯이 그 정도는 크지 않을지라도 그와 비슷한 방식으로 방언은 말의 직접성을 보호한다.

다양한 방언들이 단 하나의 표준어로 용해된다면, 그리하여 그 표준어가 지나치게 넓게 뻗어나간다면, 그것은 아마도 언어의 본질에 완전히 어긋나는 것이며 따라서 인간의 본질에 어긋나는 것이리라. 인간과 관련된 모든 것의 경우, 어떤 한 현상의 양과 질 사이에는 특정한 관계가 있다. 인간적 현상은 일정한 양 이상으로 팽창되면 스스로 파괴되지 않을 수 없다. 아마 언어 역시 그러할 것이다. "영어의 진정한 장점은 그 지나치게 일반적인 확장으로 인해서 손상당했다. 새를 사랑하는 사람이라면, 확실히 참새들에게 많은 장점이 있다는 것을 인정해야 하겠지만, 참새의 번식력을 생각하면 펄쩍 뛸 수밖에 없을 것이다. 왜냐하면 까다로운 새의 종(種)들은 모두 사라져버리고, 온통 참새들의 왕국만이 남아 있는 세계에 대한 강박관념에 시달릴 것이기 때문이다."(바질 드 셀랭쿠르)

자아와 침묵

1

자기의 본질 속에 아직도 침묵이 존재하는 인간은 그 침묵으로부터 외부 세계로 움직여 나아간다. 침묵이 그 사람의 중심이다. 그때 그 움직임은 직접적으로 한 사람으로부터 다른 사람에게로 나아가는 것이 아니라, 한 사람의 침묵으로부터 다른 사람의 침묵으로 나아가는 것이다.

옛 대가들의 그림을 보면 인간은 이제 막 벽 틈에서 아주 힘들여 빠져나온 것처럼 서 있다. 그러한 인간은 노출되어 있다. 그는 지나치게 많이 밖으로 나온 듯이 보인다. 너무 멀리 앞으로 나와 있는 까닭에 그는 겁이 나 있다. 그리고 그는 자기 자신에게 속해 있기보다는 침묵에 속해 있다. 그는 멈추어 서서 자기 자신이 들어가서 사라질 수 있는 틈이 다시 열리기를 기다리고 있다. 침묵 속에서는 이러한 인간들 자신이 서로 만나기 전에 그들의 움직임 자체가 먼저 만나는 것처럼 보인다. 자주 어느 옛 대가의 그림에서 이제 막 침묵의 벽에서 저마다 제각기 빠져나온 많은 사람들을 볼 때면, 마치 내게는 그들이 한 대합실에 모여서 침묵의 거대한 틈이 눈앞에 나타나서 자신들 모두가 함께 그 안으로 사라지게 되기를 기다리는 것처럼 보인다.

현대 인간의 경우에 사정은 그 반대이다. 그 일차적인 요소는 외부를 향한 움직임이다. 그러한 움직임이 무엇인가를 적중시킨다면, 그것은 다만 우연에 의해서일 뿐이다. 그러한 움직임은 왜 그것이 일어나는가가 결정되기 전에 이미 일어났으며 항상 인간 자체보다 앞서 있다. 인간은 그러한 움직임을 따라잡기 위해서 뛰고 그래서 멀리 다른 사람들 속으로까지 뛰어들게 된다. 그는 경솔하게 다른 사람들 속으로 밀치고 들어가게 된 것이다. 그리하여 자기 자신은 물론 다른 사람들을 신경과민으로 만든다.

오늘날, 이 소음의 세계 한가운데에서도 침묵의 실체는 아직도 한 인간 속에 존재하고 있다. 밀라노 시의 중심부이자 매우 생기 넘치는 거리인 비아 토르니아에서 나는 낡아빠진 옷을 걸친 한 사람을 보았다. 그 옷은 그의 몸을 가리는 것 이상의 것이었다. 그 옷은 그의 일부였고, 그것은 그와 함께 시달려왔다. 그 옷은 갈색의 살가죽 같았다. 그는 서 있는 것도 아니었고 걸어가는 것도 아니었다. 나아가고 있었으나 멈춰 있었고 멈춰 있었으나 조금씩 앞으로 움직였다. 그의 얼굴은 부드럽고 발그스름했지만, 이마와 뺨에는 많은 주름살들이 패어 있었다. 그의 두 눈은 눈길과 마주치는 모든 것들 너머로 저 높은 곳을 응시하고 있었지만, 그러면서도 가까이서 어떤 것이 다가오기를 기다리고 있었다. 그의 왼팔은 마치 그의 몸이 그 팔을 놓아주지 않는다는 듯이 몸에 꽉 달라붙어 있었지만 그럼에도 불구하고 밑으로는 그쪽 손이 조금 밖으로 내밀어져 있었다. 나는 그 손 안에다 지폐 한 장을 놓았다. 그리고 그 다음은 알 수 없었다. 차마 알 수 있을 때까지 기다릴 용기도 없었다. 그 손은 이제 그 사람에게로 되돌아갔고, 그는 그 돈을 받아 넣었을까? 아니면 그 지폐를 다른 누구에게 주려고 그 손은 더 밖으로 뻗쳐져 다른 누구를 찾았을까? 그는 준다는 것과 받는다는 것 중간에, 멂과 가까움 사이에, 늙음과 젊음 사이에 살고 있었다. 말하자면 그는 침묵의 실체의 중심에서 살고 있었고, 그에게는 그 중심에서 모든 것이 서로 만나고 그 중심으로부터 모든 운동이 시작되었던 것이다.

침묵의 실체가 자신의 내부에서 활동하고 있는 인간이라면, 그의 모든 움직임은 그 자신의 침묵에 의해서 지배된다. 그래서 그의 움직임은 완만하다. 그의 움직임들은 서로 격하게 충돌하지 않는다. 그의 움직임들은 침묵에 실려다닌다. 그 운동들은 침묵의 파동일 뿐이다. 그럼에도 불구하고, 그러한 인간은 명백하게 현존하고 있으며 그의 말 또한 명백하게 현존하고 있다. 왜냐하면 그 사람이 침묵으로부터 떨어져나가는 것, 그것은 하나의 사건이고 따라서 그의 모습은 침묵 없이 인간의 말과 소음이 하나의 계속되는 잡음을 이루고 있는 곳에서 더욱 명백하게 나타나기 때문이다.

그러한 인간이 지니고 있는 고귀함은 그가 이 세상 속으로 침묵을 실어다준다는 점에서 연유한다.

그러한 인간은 안정(Ruhe) 속에서 경직되지 않는다. 왜냐하면 안정은 이때에는 침묵과 결합되어 있기 때문이다. 침묵은 모든 경계선을 넓히고, 그리하여 안정은 자기 자신을 넘어서 밖으로 뻗어나가게 되며, 그 때문에 결코 경직되지 않는다. 그때에는 불안정(Unruhe)도 인간을 소진시킬 수 없을 것이다. 그것은 침묵의 진동에 불과할 테니까.

그러나 침묵이 더 이상 작용하지 않는 곳에서는 "안정이 경직되는 까닭에 인간에게 도움이 되지 못한다. 그리고 불안정은 인간을 소진시키는 까닭에 그 속에서 인간은 견딜 수 없다. 그래서 그는 언제나 끊임없이 어느 하나에서 다른 것으로 무겁게 나아갈 수밖에 없고, 그의 모든 시작 속에는 불가피하게 불안함이 스며드는 것이다."(괴레스)

2

침묵의 힘이 미치는 곳에서의 개개인은 자신과 공동체 간의 어떠한 대립도 전혀 느끼지 않는다. 왜냐하면 개인과 공동체는 서로를 마주 보고 있는 것이 아니라 둘 다 똑같이 침묵을 마주 보고 있기 때문이다. 개인과 공동체 간의 차이는 침묵의 힘 앞에서는 더 이상 중요한 것이 되지 못한다.

　오늘날 개인은 침묵과 마주해 있지도 않고 공동체와 마주해 있지도 않으며, 다만 보편적인 소음과 마주해 있다. 개인은 그 소음, 그 보편적인 소음도 이제는 소유하지 못하고 침묵도 아직은 소유하지 못한 자에 불과할 뿐이다. 그는 소음으로부터도 고립되고 침묵으로부터도 고립되어 있다. 그는 버림받은 자인 것이다.

　침묵이 작용하는 세계에서 고독은 주관적인 것에 달려 있지 않으며 주관적인 것에서 유래되지 않는다. 고독은 어떤 객관적인 것으로서 인간 앞에 존재하고 있으며, 인간 자신의 내부 속에 있는 고독 역시 그러하다. 고독은 침묵으로서 인간 앞에 존재하고 있다. 옛 성자들이 고독 속으로 들어가서 마주쳤던 것은 자기 자신이 아니라 침묵의 객관적인 고독이었다. 그래서 그들 자신의 내적 고독은 객관적인 고독의 한 부분에 지나지 않았다. 성자는 그 객관적인 고독을 그것이 제삼자로부터 온 것인 양 받아서 가졌고, 그것을 당연한 것인 양 받았다. 따라서 성자의 고독은 오늘날의 "내적" 고독처럼 긴장되어 있지 않았다. 반대로 그것은 침묵의 위대한 객관적인 세계와 그 객관적인 세계의 고독과 결합되어 있음을 보여주는 하나의 표시였다. 그리하여 성자는 단순히 자신만의 고독으로부터 얻을 수 있는 것보다 더 많은 것을 그 고독으로부터 얻었다. 또한 그것은 그의 고독 바깥에 있는 것이었고, 자기 자신의 고독이 될 수도 있는 것 이상의 것이었다. 그러나 고독이 다만 인간 내부의 한 부분에 지나지 않는 곳에서는 인간은 고독에 의해서 소진되고, 고독에 의해서 수축된다.

3

자신의 내부에 침묵하는 실체가 아직 존재하는 사람은 언제나 자신의 내부를 살펴야 할 필요가 없다. 그에게는 모든 것을 의지의 도움으로 정돈할 필요가 없다. 서로 대립되는 것을 가라앉히는 침묵하는 실체의 힘에 의해서 많은 것들이 저절로 정돈된다. 그러한 인간은 서로 맞지 않는 여러 가지 특성들을 가지고 있으면서도 어떤 위기에 이르지 않을 수 있다. 침묵하는 실체 속에는 서로 대립되는 것들을 위한 충분한 공간이 있는 것이다.

그러한 때의 삶은 신앙과 지식, 원리와 미, 생명과 정신으로 따로 분열되지 않는다. 단순한 양극적(兩極的) 개념들이 아니라 온전한 실체가 인간 앞에 놓이게 된다. 인간의 현존재는 이것이냐, 저것이냐의 날카로운 양자택일 속에서가 아니라 그 중재 속에서 움직인다. 침묵하는 실체가 서로 대립되는 것들 중간에 존재하면서, 그것들이 서로에게 공격적이지 않도록 작용한다. 한쪽이 다른 한쪽에 닿으려면 그 드넓고 유화적인 침묵의 평면을 넘어가야만 한다. 그렇게 서로 대립되는 것들 사이에서 침묵하는 실체가 중재를 한다.

그럴 때에만이 인간은 자기 자신의 모순을 초월하게 되며, 유머를 가지게 된다. 침묵 앞에서 모순은 아무런 힘도 없으며, 아무것도 특별한 것이 없다. 그것은 침묵에 의해서 삼켜져버린다. 유머를 위해서는 "끝없는 쾌활함이 필요하며, 자기 자신의 모순을 완전히 초월하여 그 모순 속에서 괴롭고 불행해지지 않으리라는 확신이 필요하다."(헤겔) 침묵하는 실체가 없다면, 그 모순은 논란에 맡겨지고 그리하여 동요가 생긴다. "행복과 안락"은 사라지고 유머는 끝난다.

　　침묵하는 실체가 아직 자기 내부에 존재하고 있을 때 인간은 자신의 본성에 반대되는 것, 자신을 소진시키는 것을 더 잘 견딜 수 있다. 바로 그 때문에, 아직 침묵하는 실체가 가득 차 있는 동양 민족들이 침묵하는 실체가 거의 완전히 파괴된 서양 민족들보다 기계와의 생활을 더 잘 견디는 것이다. 기계와의 생활, 기술 자체는 해롭지 않다. 그것은 다만 인간을 보호해주는 침묵하는 실체가 없을 때 해로워진다.

　　우나무노는 괴테가 그의 내부에 있는 가능성들 전부를 발전시키지는 못했다고 말했다. 그러한 말은 다만 침묵과 아무런 관계도 없는 세계에서나 말해질 수 있다. 실현되지 않은 가능성들이 침묵에게는 하나의 자양분임을 사람들은 잊어버린다. 침묵은 그러한 실현되지 못한 가능성들에 의해서 강해지고 그리하여 이번에는 반대로 스스로를 실현시키는 다른 모든 가능성들을 강하게 키워준다.

　　침묵하는 실체 속으로 빠져드는 것들은 침묵이 인간 세계의 사물에 대해서 가지고 있는 자신의 몫이다. 그것은 침묵의 소유이다. 대화중에 무엇인가를 마음속에 그냥 보류시키고 말로 나타내지 않는 일이 더러 있다. 마치 자신의 내부에 있는 침묵에게 그 침묵의 몫을 주어야만 한다는 듯이.

흔히 한 민족 전체에게 오랫동안 어떤 가능성들이 전혀 보이지 않는 경우가 있다. 이를테면 시문학(詩文學)의 가능성 같은 것이 그렇다. 그러나 그 가능성은 그 민족에게 결여된 것이 아니라 다만 실현되지 않는 것일 뿐이다. 그것은 침묵 속에서 푹 쉬고 있을 뿐이다. 침묵 속에서 자기 자신을 회복시키고 있는 것이다. 그럼에도 불구하고 침묵 속에는 미가 존재하며, 그 미는 침묵하면서 모든 것에 스며들어가는 시로부터 생긴다.

오늘날에는 침묵하는 실체가 전혀 없다. 모든 것들이 반항적이며 위협적으로 언제나 동시에 존재한다. 그래서 그 지나치게 많은 것들을 침묵 속에 가라앉힐 수 없게 된 인간은 그것을 공허한 빈 말들 속으로 발산시켜 가라앉게 한다.

그러므로 오늘날에는 인간에게서 숱한 사물의 짐을 덜어줄 침묵하는 실체가 없다. 그 때문에 인간은 애초부터 지나치게 많은 사물들을 멀리하려고 한다. 말하자면 한 인간의 유형을 조사하여 그를 오직 그의 소질에 맞는 사물들과만 결합시키는 것이다. 오늘날 인간의 유형과 소질을 확인하려고 애쓰는 것도 그 때문이다.

오늘날 인간은 청소년을 그의 소질에 따라 교육시키려고 노력한다. 그의 소질에 알맞은 것만을 배우게 하는 것이다. 그러나 침묵하는 실체가 여전히 작용하고 있음을 아는 세계에서는 인간을 단순히 그 소질에 맞추어 멈추게 하지 않는다. 그를 초월하는 다른 것 속으로 뻗어가게 한다. 그가 언어적 재능이 없다고 할지라도 그리고 그와는 무관한 것이라고 할지라도 그에게 그리스어와 라틴어를 배우게 한다. 그 무관한 것을 침묵하는 실체가 흡수하여 그와 결합시켜주고, 그것이 그를 더 나아가게 하며 그의 한계를 넓혀준다. 올바른 교육, 올바른 가르침은 그러한 침묵하는 실체 위에 기초한다.

침묵하는 실체를 가지지 못한 인간은 오늘날 매순간마다 그 앞에 제공되는 지나치게 많은 사물들로 인해서 압박을 받게 된다고 우리는 앞에서 말했다. 매순간마다 언제나 새로운 사물들이 인간 앞에 나타난다는 것은 결코 아무렇지도 않은 일이 아니다. 왜냐하면 그 사물들과 관계를 가지지 않으면 안 되고 그 대상들에 대해서 응답할 수 있으려면 그 모든 대상들에 대해서 어떤 사랑과 열정을 가지고 있어야 하기 때문이다. 인간은 자기 앞에 있는 대상에 응답해야만 한다. 그것은 인간 본성에 속하는 일이다. 너무도 많은 사물들이 인간 앞에 몰려올 때, 그 대상들의 일부가 사라져버릴 수 있는 침묵하는 실체가 그의 내부에 없으면 그의 사랑과 열정이 그 대상들을 맞이할 수 있을 만큼 넉넉하지 못할 것이다. 그리하여 그 대상들은 정주하지 못한 채 위협적으로 그 인간 앞에 흩어지게 된다. 대상의 쇄도로부터 인간을 구하는 길은 정신분석학과 심층심리학과는 반대로 인간을 다시 침묵의 세계와 관련을 맺게 하는 데에 있다. 침묵의 세계 속에서 그 수많은 대상들이 저절로 정돈되고, 위대한 침묵의 세계 속에서 그 대상들은 분산되어 평형 상태가 되는 것이다.

한 인간의 내부에 침묵하는 실체가 존재하고 있을 때 그의 모든 특성들은 그 실체 속에 중심을 두게 된다. 그의 모든 특성들은 맨 먼저 침묵과 연결되며 그 다음에는 서로 연결된다. 그 때문에 그의 한 특성의 결함이 그렇게 쉽게 다른 특성에게까지 전염되지는 않는다. 그 결점은 침묵에 붙잡혀 있기 때문이다. 그러나 침묵하는 실체가 없다면 인간은 단 한 개의 결함에 의해서도 부식될 수 있고, 그리하여 그는 더 이상 한 인간이 되지 못하며 완전히 결함 그 자체에 불과해지게 된다. 그것은 마치 결함 그 자체, 악 그 자체가 인간의 모양을, 인간의 탈을 뒤집어쓰고 있는 것처럼 보인다.

또한 침묵하는 실체는 한 인간의 변화가 일어나는 곳이기도 하다. 물론 이 변화의 원인은 정신이겠지만, 침묵이 없다면 변화는 실현되지 못한다. 왜냐하면 변화할 때 인간이 자신의 모든 과거로부터 해방될 수 있는 것은 오직 그가 지나간 것과 새로운 것 사이에 침묵을 놓을 수 있을 때뿐이기 때문이다.

침묵이 결여된 오늘날의 인간은 더 이상 변신할 수가 없다. 다만 발전할 수 있을 뿐이다. 그 때문에 발전이 오늘날 그렇게 중요시되는 것이다. 발전은 침묵이 아니라 우왕좌왕하는 논란 속에서 생긴다.

변신을 위해서는 침묵의 실체가 필요하고, 또한 복(Glück)을 위해서도 그러하다. 증명할 수 없는 무엇인가로부터 내려오는 복은 기꺼이 광대한 침묵 속으로 빠져들 수 있는 곳으로 나아가는 것이다. 무한한 복은 오직 광대한 침묵 속에서만 안주할 수 있다. 복과 침묵은 공적과 요란스러움이 그런 것처럼 서로에게 속해 있다.

침묵이라는 자원이 모두 소모된 곳에서는 한 인간에 관한 모든 것은 공적이라는 말로 계산된다. 그러한 곳에서는 그 요란스러운 계산, 즉 공적은 더 이상 행복이 아니라 재산과 직위에 대한 권리를 부여하는 것이다. 그러나 침묵이 아직 널리 존재하고 있었던 세계에서 키케로는 폼페이우스를 위한 연설에서 이렇게 말했다. 즉 해적 토벌전에서 총지휘권을 폼페이우스에게 맡겨야 한다고, 그것은 단지 폼페이우스가 훌륭한 군인임이 증명되었기 때문만이 아니라 그에게는 복이 있기 때문이라고 말이다.

고뇌와 침묵 또한 서로에게 속해 있다. 침묵의 실체의 광대함 속에서 고뇌는 평정을 찾고, 그 광대함 속에서 단순한 고뇌의 격정은 사라진다. 그러면서도 고뇌 그 자체는 더욱 뚜렷하게 고뇌로 나타난다.

　물론 인간은 고뇌 속에서 탄식하지만, 그것은 침묵이 탄식하는 것과 같다. 눈물의 강 위를 지나서 인간은 침묵 속으로 되돌아가는 것이다.

인식과 침묵

1

"인간의 정신은 대상을 단순히 자기 눈앞에 보이는 대로 사실적으로만 받아들이는 것이 아니라, 그 정신의 운동을 통하여 대상을 초월하여 나아간다."(후설) 정신의 운동 속에는 대상의 주어져 있음(所與)에 따르는 것보다 더 많은 가능성들이 있다. 정신의 이러한 가능성들이 정신의 폭을 결정한다.

정신의 폭과 침묵의 폭은 서로에게 속해 있다. 정신의 폭은 자신의 외부에 자신에 상응하는 자연적 대응물을 필요로 한다. 물론 정신은 자율적인 것이고 자기 힘으로 그 폭을 창조할 수 있지만, 침묵의 폭은 정신이 폭넓어지도록 일깨우는 자연으로부터의 경고이다. 인간의 시선이 드넓은 침묵으로부터 출발할 때에는 인간의 눈은 특수한 것, 단순히 한 현상의 일부분에만 계속해서 집착하지는 않는다. 물론 신의 만유 포괄력에서 정신은 미량의 포괄력을 얻기는 하지만, 내재적 세계에서는 침묵이 인간의 시선을 포괄적인 것이 되도록 하는 원동력이다.

그때 인간의 시선은 단순히 인간의 어떤 한 부분, 이를테면 경제적인 것 혹은 심리적인 것 혹은 인종적인 것에만 한정되지 않는다.

그러나 인간의 시선이 어떤 한 부분만을 붙잡고 있을 때에는 그것을 보상받기 위해서 그 부분을 인위적으로 확대시키려고 하며 그리하여 그 부분(경제적인 것 혹은 심리적인 것 혹은 인종적인 것)을 절대화시킨다. 그러한 양적 팽창을 통해서 인간은 어떤 폭넓음을 가장한다. 그것은 인간이 전체적인 것, 포괄적인 것에 대한 동경을 가지고 있다는 한 표시이기도 하다.

그리하여 머지않아 인간은 그 부분을 오직 그것이 눈에 두드러지게 나타나거나 다른 부분과 뚜렷하게 대립되어 있을 때에만, 다른 부분들로부터 날카롭게 튀어나왔을 때에만 보게 되는 것이다. 서로 대립되어 있는 것들은 쉽게 눈에 띄며, 따라서 편협한 시선에게는 눈에 띄지 않는 한 사물의 전(全) 실체보다 더 쉽게 포착된다. 이를테면 인간은 생명의 전 실체를, 정신의 전 실체를 이제는 볼 수 없으며, 신앙의 전 실체를, 지식의 전 실체를 이제는 볼 수 없게 된 것이다. 인간은 생명과 정신, 신앙과 지식에 대해서 다만 서로 대립되어 있는 것들밖에 인식하지 못한다. 즉 "생명과 정신", "신앙과 지식"은 그것들이 서로 정면으로 충돌할 때에만 중시된다. 인간은 더 이상 생명과 정신 자체에 대해서, 신앙과 지식에 대해서 그것들 각자가 여전히 독자적으로 존재할 수 있는 여지를 허용해줄 수 있는 아량이 없다.

겉으로 보이는 것처럼 그렇게 많은 대립들이 있는 것은 결코 아니다. 오히려 현상들은 인간의 눈에 띄도록 대립적인 방향으로 조정되어 있다. 그렇지 않으면 현상들은 받아들여지지 않는다. 현상들은 현저하게 대립적인 형태로 인간의 눈앞에 주어져야 하며, 그렇지 않으면 인간의 시선에는 그것들은 존재하지 않는 것이 되기 때문이다.

예를 들면 오늘날 미국과 러시아 사이에는 실제로 대립이 존재하고 있다. 그리고 미국인과 러시아인들 —— 그리고 그들뿐만이 아니라 —— 은 그러한 대립을 과장한다. 그들이 그러한 대립을 지나치게 분명한 것으로 만드는 까닭은 현대인의 시선이 지나치게 분명한 것, 노골적인 것에만 익숙해져 있기 때문이다. 인간은 오직 과장되게 표현된 것만을 뚜렷하게 지각하는 까닭에 과장하는 것이다. 눈에 띄지 않게 존재하는 현상들은 오늘날에는 아무런 가치도 없으며, 그것들은 존재하지 않는 것이나 마찬가지이다. 그러한 과장으로 인해서 전쟁이 일어날 수도 있다. 만일 전쟁이 격정이나 어떤 정치적인 필연에서 생기는 것이 아니라, 단순히 어떤 현상들이 존재한다는 것을 인식하기 위해서 그 현상들을 과장해야만 하는 인간의 심리적 결함에서 일어난다면, 그것은 가장 경악스러운 일일 것이다.

2

인간이 침묵과 연관되어 있을 때, 인간은 자신의 지식으로 인해서 무거운 짐을 지지 않는다. 침묵이 그에게서 짐을 덜어주는 것이다. 예전의 인간은 아무리 많은 것을 알고 있었어도 짓눌리지 않았다. 그 지식을 침묵이 인간과 함께 짊어졌던 것이다. 지식은 인간 내부에서 울혈되지 않았고, 지식의 과잉은 침묵 속에서 사라졌으며, 그리하여 인간은 언제나 새로운 순수함으로 사물 앞에 섰다.

침묵은 인식의 틀 전체에 짜여져 들어가 있어서 모든 것을 벗겨서 드러내려고 하는 충동을 가지고 있지 않았다. 침묵은 많은 사물들을 언어로 언급하지 않음으로써 침묵에게도 사물들에 대한 한 몫을 부여하도록 했다.

그리고 그러한 인간의 세계에서 사물은 오늘날처럼(오늘날의 사물은 마치 인간이 자기를 떠맡도록 그리고 오직 자기와만 관계를 가지도록 인간에게 외치고 있는 듯하다) 그렇게 노골적이지 않았다. 사물은 인간보다는 침묵에 속해 있는 것 같았고, 따라서 인간은 사물을 그렇게 심하게 착취하지 않았으며 자기 자신을 위해서 사물을 그렇게 심하게 발전시키지 않았다. 그리고 한 사물에 관해서 규명된 것은 어떤 것이든 사물 그 자체보다는 그 사물 뒤에 있는 침묵을 가리키고 있었다. 규명된 것은 들릴 수 있게 된 침묵에 다름 아니다. 그것은 말하자면 저절로 인간 앞에 모습을 드러낸 침묵의 한 부분이었다.

인식은 결코 침묵으로부터 갈라져나온 것이 아니었다. 인식은 여전히 침묵과 연관되어 있었다. 말하자면 인식은 침묵의 질료로 만들어진 것이었고, 인식은 우리가 이미 말했던 것처럼 인간의 말뿐만 아니라 침묵에도 속해 있었다. 예를 들면, 헤로 도토스적 세계에 있는 지식은 무척이나 다양하고 다채롭지만, 그럼에도 불구하고 그 수많은 지식들 위에는 어떤 안식이 감돌고 있다. 그것은 신(神)들의 시선으로부터 비롯된 안식이다. 신들의 시선은 사물들 중에서 신들에게 속하는 것을 신들의 침묵 속으로 함께 데려가기 위해서 사물들에게 미리 보내져 있었다.

침묵과 말 사이에 이제는 아무런 차이도 없는 것처럼 —— 침묵은 더 이상 독자적인 현상이 아니다. 오늘날 침묵은 다만 아직 말해지지 않은 말에 불과하다 —— 규명된 것과 규명되지 않은 것 사이에도 아무런 차이가 없다. 규명되지 않은 것, 숨겨져 있는 것 역시 더 이상 독자적인 현상이 아니다. 그것은 다만 아직 규명되지 않은 것일 뿐이다.

그것은 오늘날 과학이 효용성이 없다는 뜻은 아니지만, 오늘날 과학에는 더 이상 인간과 대상 간의 진정한 만남이 존재하지 않는다. 그것이 바로 과학 활동의 결정적인 결함이다. 인간이 대상에 이르기 전에 대상은 모두 미리 장악되고 그리하여 대상은 그 어떤 것을, 즉 하나의 과학적 결과를 제시할 뿐이다. 그리고 그런 결과는 다른 어떤 것에 의해서도 제시될 수 있다. 그것은 또한 한 인간에게만 제시되어야 할 필요도 없다. 그런 과학적 결과는 어떤 기계장치를 위해서 만들어진 듯하다. 그러나 예전에는 인간이 한 대상의 맞은편에 나타나서 그 대상을 살필 때, 그것은 하나의 사건이었다. 그것은 마치 인간과 대상 간의 대화 같았다. 인간이 대상을 포착하고 파악함으로써 대상은 인간의 보호를 받게 되었다. 대상은 인간과의 만남을 통해서 대상 이상의 것이 되었고, 인간은 그 만남을 통해서 대상을 대상 이상의 것이 되도록 도와주었기 때문에 인간 이상이 되었다. 근대 자연 과학의 초기(갈릴레이, 케플러, 스왐메르담의 시대)에는 그러했다.

사물과 침묵

1

우리는 이 책의 첫 번째 장(章) "침묵의 모습"에서 침묵은 철저히 존재적이며, 순수한 현존재의 특징을 가지고 있다고 말했다. 이 존재성의 힘은 침묵 속에 있는 사물들에게로 옮아간다. 사물들의 존재성, 존재적인 것은 침묵에 의해서 강화된다. 발전성은 침묵의 세계와는 거리가 멀다. 발전성은 침묵에 대항하지 못하고 침묵에 대해서 아무것도 하지 못한다.

존재와 침묵은 서로에게 속해 있다. 현대의 시간처럼 더 이상 침묵과 연관되어 있지 않은 시간은 이제 사물의 존재성을 염두에 두지 않는다. 시간은 사물의 생성과 그 발전과 변화와 혁명에 몰두할 뿐이다. "인간이 생성되었다기보다는 존재했던 시절에, 옛사람들은 무한(無限)이 선물한 것에 대해서 보다 아이 같은, 보다 겸손한 마음씨를 가지고 있었다."(장 파울)

한 사물의 전부는 존재 속에 들어 있다. 생성은 존재의 작은 일부분만을 자신의 운동 속으로 끌어들인다. 따라서 생성을 묘사하는 말은 오직 그 생성 속에 존재의 부분들이 들어 있는 정도만큼만 한 사물의 실재에 접근할 수 있을 것이다. "존재와 생성의 관계는 진실과 환상의 관계와 같다."(플라톤, 「티메우스」) 확실히 오늘날 실존주의는 다시 존재성을 염려하고 있는 것 같다. 그러나 그것은 진정한 존재성이 아니다. 그것은 다만 존재의 부분들, 이를테면 불안, 근심, 불안전함, 죽음과 같은 존재의 속성들일 뿐이다. 그러한 것들이 인위적으로 확대되고 절대화되어 진정한 존재를 삼켜버린다.

2

모든 대상은 그 대상을 표현하는 말보다도 훨씬 먼 곳에서 기원하는 실체의 토대를 자신의 내부에 가지고 있다. 이 토대를 인간은 침묵으로 대할 수밖에 없다. 맨 처음 한 대상을 볼 때, 인간은 저절로 침묵하게 된다. 인간은 대상 속에 있는 말 이전의 상태에 대해서 자신의 침묵으로 응한다. 그는 침묵을 통해서 그 대상에게 경의를 표하는 것이다.

따라서 대상 속에 있는 이 토대를 인간은 말 속에 수용할 수가 없다. "어떤 높이에 이르면 관찰자는 자신이 보고 있는 것에 대해서 더 이상 말할 수 없게 된다고 에르네스트 엘로는 말한다. 대상이 말에 미치지 못하기 때문이 아니라 말이 대상에 미치지 못하기 때문이다. 그리하여 관찰자의 침묵이 그가 말하지 않은 사물들의 실체적인 그림자가 된다.……이 위대한 작가 에르네스트 엘로는 덧붙여 말한다. 그들의 말이란 동정심에서 다른 사람들을 방문하는 여행이라고 그러나 침묵이 그들의 조국이라고."(레옹 블루아,「절망자[Le Désespére]」)

사물의 이러한 바탕을 말로 옮길 수 없다고 해도 인간은 아무것도 잃지 않는다. 말로 할 수 없는 이 바탕에 의해서 인간은 말 이전의 원상태와 결합되는데, 그것은 중요한 것이다. 말로 할 수 없는 이 사물들의 바탕은 사물들이 인간 자신에 의해서 창조되어 조립된 것이 아니라는 증거이기도 하다. 만일 사물들이 인간에 의해서 만들어졌다면, 인간은 자신의 인식 속에, 말하자면 말 속에 그 사물들을 완전하게 소유하고 있었을 것이다.

침묵이 작용하고 있는 세계에서는 한 사물은 다른 한 사물보다도 침묵과 더 많이 결합되어 있다. 그러한 사물은 사물이 다만 다른 사물하고만 연결되어 있는 침묵이 없는 세계의 사물보다 더 독자적으로 존재하며, 더 자기 자신에게 속해 있다. 그러한 사물은 인간에게 자신의 본질을 직접적으로 제공한다. 그것은 마치 어떤 특수한 행위에 의해서 침묵으로부터 막 끌려나온 듯이 직접적으로 인간 앞에 서 있다. 그 사물은 침묵을 배경으로 하여 분명한 모양으로 서 있고, 따라서 인간은 그 사물을 다시 특별히 분명한 모양으로 만들 필요가 없다.

3

침묵의 드넓은 표면에서 시작하는 시선은 또한 그 드넓음으로써 사물들을 포용한다. 침묵의 드넓은 시선을 멀리 전체에까지 확대시키고 그리하여 그 시선은 한 사물의 전체를 포용하게 된다. 그것은 원자론적인 시선이 아니다. 오직 침묵의 드넓음 앞에서만 한 사물의 전체가 펼쳐지는 것이다.

침묵에서 나온 말은 침묵이 말에게 부여했던 원천성의 힘으로써 대상을 포용한다. 그리하여 대상은 그 말의 원천성에서 한 몫을 얻는다. 대상은 말을 통해서 높아지고, 대상의 본질은 확대된다.

말이 더 이상 원천성의 힘을 가지지 못한다면 단순한 소리가 될 뿐이다. 소리는 대상의 표면만을 건드릴 수 있을 뿐이다. 그것은 단지 사물에 레테르를 붙여줄 뿐이다. 그렇게 되면, 이 말-소리, 말-레테르는 마치 사물은 전혀 존재하지 않는다는 듯이 자기들끼리, 말-레테르끼리 살아간다. 그리고 사물들 또한 자기들끼리, 사물들끼리 살아간다. 왜냐하면 말이 파괴되면 말은 더 이상 사물을 지탱할 수 없고, 그리하여 사물은 말로부터 떨어져나가기 때문이다. 사물은 모든 규준(規準)을 잃어버리고 외연이 확대된다. 그렇게 되면, 마치 인간이란 도대체 전혀 존재하지 않는 듯이(오늘날의 세계에서처럼) 사물이 사물을 낳는다. 그리고 어떤 사물도, 새로운 사물조차도 더 이상 새로워 보이지 않는다. 모든 사물이 다만 예전부터 내려오는 한 흐름의 일부분 같고, 언제나 이미 거기에 존재했던 것 같기 때문이다. 그리하여 모든 사물이 쓸데없고 지겨워 보이는 것이다.

사물들 전체가 인간으로부터 등을 돌렸다. 예를 들면, 박물관에 있는 고대 신상(神像)들은 때로 하나의 반역처럼 거기 서 있다. 그 신상들은 자신을 내맡기기를 거부하고, 진정한 의미에서 더 이상 인간에게 말하지 않는다. 그들은 더 이상 인간에게 말하지 않는다. 그들은 마치 하나의 하얀 벽처럼 거기 함께 서 있다.

그것이 바로 자기 자신의 내부에서 움직이고 있는 이 사물들의 세계가 지닌 섬뜩하고 악마적인 것이다. 그러한 세계는 그 부피와 양을 통해서 인간을 설복시킨다. 하지만 말과 반목하는 그 단순한 사실성은 몹시 위험하다. 그것은 이 세계를 침식하고, 세계는 그것에 의해서 소진된다.

따라서 두 개의 위협적인 구조가 서로 대립하고 있다. 모든 사물을 소음 속으로 용해시키고자 하는 말 기계장치의 비세계와 말로부터 떨어져나가서 어떤 요란한 폭발 속에서 스스로 하나의 언어를 창조하게 되기를 기다리는 사물 기계장치의 비세계. 때때로 벙어리가 말을 얻기 위하여 마치 살이 찢겨져나갈 듯이 고함을 지르는 것처럼 오늘날 사물은 파열하고 폭발한다. 마치 자신의 몸을 찢어 한 소리를 내려는 듯이. 그것은 파멸의 소리이다.

역사와 침묵

1

인간의 역사, 개인과 국가의 역사의 흐름 속에는 어떤 정적이 존재한다. 그 정적 안에서는 아무런 "역사적인" 사건도 생기지 않는다. 겉으로 일어나야 할 모든 것들이 안으로 흡수되는 것이다.

그럴 때에는 마치 외부의 사건들은 자신들 밑에 있는 침묵을 방해하지 않으려고 가만가만 흘러가는 것처럼 보인다. 마치 침묵의 세계는 그런 식으로 침묵하는 사건들로부터 자양분을 취하는 것처럼 말이다. 역사 속에서 아무 일도 일어나지 않음으로써 역사가 마치 침묵을 운반하는 듯, 단지 그것에 지나지 않는 듯, 인간과 사건이 침묵 밑에 잠겨 있는 시대들이 있다. 예를 들면, 로마 제국의 종말에서부터 로마네스크 시대의 시작까지가 아마도 그러한 침묵의 시기일 것이다.*

_____

* 나의 관점과 일치하는 한 관점이 바로 자크 피카르(Jacques Piccard)의 논문

태곳적 인간들이 역사라는 것에 집착하지 않은 이유는 아마
도 그 때문일 것이다. 즉 태초에는 침묵이 훨씬 더 강력한 모습
으로 인간 앞에 서 있었고, 모든 사건들은 침묵에서 나와서 다시
침묵으로 되돌아갔던 것이다. 사건의 "역사"란 전혀 존재하지
않았고, 오직 침묵만이 존재했다. 현상들과 사건들은 다만 그곳
에서 침묵이 인간을 응시하는 장소들일 뿐이었다. 그러한 현상
들의 침묵으로부터 인간은 자기 자신의 침묵을 배웠던 것이다.

  역사는 두 가지 측면으로 살아간다. 그것은 낮의 측면, 가시
적인 것과 인식 가능한 것의 측면과 암흑의 측면, 불가시적인
것과 침묵의 측면이다.
  역사에서 기억되거나 기록되지 않은 수많은 사건들은 헤겔
이 말한 것처럼 어떤 "근거 없는 존재"를 가지고 있는 것이 아
니라, 바로 침묵을 위한 사건들이다.
  인간에게 어떤 결함이 있어서 지나치게 많은 역사의 사건들
을 받아들여 기억 속에 보관하기에는 인간의 관찰력과 기억력
이 부족하다고 말하는 것은 잘못이다. 모든 사건들을 관찰하여
기억 속에 보관하는 일이 인간의 구조의 한 부분을 이루는 것
은 결코 아니다. 사건들은 오직 인간에게만 속한 것이 아니라

  "속도의 단계에 대하여"(『가제트 드 로잔』, 1948년 5월 1일) 속에서도 발견된다.
"처음 약 10세기 동안 역사는 지극히 억제된 속도로 천천히 흐르는 듯했지
만, 그 이후부터 역사의 속도는 눈에 띄게 빨라진다. 그 이후부터 역사는 분
명히 우리가 한결같이 가속적이라고 부르고 싶을 만한 보폭을 취한다."

불가시적인 것, 침묵에도 속해 있기 때문이다.

역사가 되는 모든 것 가까이에는 언제나 침묵이 있다. 이를 테면, 침묵에 대항한 소음의 반란과도 같았던 제2차 세계대전이 종결될 무렵에는 적어도 며칠 동안 침묵이 강력하게 존재했다. 전쟁에 관한 어떤 말도 말해지지 않았다. 말해지기 이전에 침묵에 흡수되었던 것이다. 그때의 침묵은 그 어떤 잔인함보다더 심각했고 더 강했다. 아주 강력하게 존재했던 그 침묵은 치유력으로도 작용할 수 있었을 것이고, 그리하여 세계가 그 침묵 속에서 변화되어 새롭게 태어날 수도 있었을 것이다. 만일 그 침묵이 구태의연한 소음의 세계에 치여 파괴되지만 않았었더라면 말이다. 그것이 바로 종전 이후에 인류가 경험한 커다란 패배였다.

침묵은 큰 소음과 마찬가지로 역사의 일부를 구성하고 있으며 불가시적인 것은 가시적인 것과 마찬가지로 역사의 일부를 이루고 있다고 우리는 말했다. 그러나 대략 프랑스 대혁명 이후로 인간은 늘 역사로부터 오직 사실인 것, 소란한 것만을 받아들였을 뿐이고, 사실인 것과 나란히, 소란한 것과 나란히 역시 가치 있는 침묵은 받아들이지 않았다. 역사로부터 오직 사실인 것, 들을 수 있는 것만을 승인하는 것 역시 유물론이다.

확실히 역사의 인물들과 사건들은 위로는 볼 수 있는 것, 들을 수 있는 것에 닿아 있다. 그러나 밑으로는 침묵 속으로 깊이 뚫고 들어가 있다. 그들은 침묵의 배경 위에 새겨진 부조(浮彫)이다. 역사의 인물들과 사건들은 인간에게 자신들의 행위뿐만 아니라 침묵도 가져다준다. 그들은 수레처럼 침묵을 끌고다니는 짐승과 같다.

개개의 인간과 민족들의 무언의 괴로움 속에서 역사의 다른 측면, 즉 침묵하는 역사가 약간 분명하게 보인다. 개인과 민족들이 밖으로 분명하게 드러나는 것보다 더 많은 괴로움 속에서 살고 있는 것이다. 인간은 괴로움과 함께 역사의 소란함 속으로 들어가기보다는 침묵하면서 괴로워하는 것을, 괴로움 자체를 통해서 침묵의 세계와 결합되는 것을 더 좋아하는 것 같다. 한 민족이 폭군의 냉혹함을 참을성 있게 견디는 것은 오직 그렇게밖에 이해할 수가 없다.

역사의 소란함 한가운데에서 이렇게 괴로워하는 사람들은 마치 침묵의 세계로부터 온 사자(使者)와도 같고, 침묵의 세계와 동맹을 맺은 동맹자와도 같다. 그리고 그러한 인간들에게 그렇게 많은 괴로움이 부과될 수 있는 것은 오직 세계 내부에 있는 거대한 침묵이 그 괴로움을 인간 자체 속에 있는 침묵이 견딜 수 있도록 도와주기 때문인 듯하다. 그 괴로움이 비로소 견딜 수 없어지는 것은 오직 괴로움이 세계 내부에 있는 거대한 침묵으로부터 벗어나서 역사의 소란의 일부가 될 때 자기 자신을 짊어지지 않으면 안 될 때뿐이다.

2

우리가 이미 말했듯이 때때로 역사 속에는 침묵이 소란보다 더 뚜렷하게 나타나는 시기들이 있다. 그리하여 역사는 한 시기의 소란에서 다른 한 시기의 소란으로 직선적으로 흘러가는 것이 아니라, 자주 어떤 침묵의 한 시기에 의해서 소란의 흐름이 중단된다. 실로 그러한 침묵의 시기로부터 침묵은 소란스러워질 다른 한 시기 속으로 옮아갈 수 있다. 그러나 오늘날에는 거꾸로 되었다. 오늘날에는 소란과 소음이 역사의 침묵 속으로까지 옮아가고 있다.

오랫동안 몇 세기를 잠을 자는 듯, 침묵하고 있는 듯이 보이는 민족들이 있다. 예를 들면 지난 300년 동안의 스페인 민족이 그렇다. 그러나 그 침묵은 결코 공백이 아니었다. 그것은 또한 불모성의 징후도 아니었다. 그것은 그 민족 안에서 침묵이 다시 중요시되고 있다는 증거이다. 공업화로 인한 전반적인 소음과 동요와 연결되지 않았던 까닭에 스페인은 뒤진 것으로 간주되었다. 그러나 스페인이 결코 뒤지지 않았다는 것은 계속 어머니 곁에 있으려고 하는 혹은 어머니에게로, 침묵에게로 되돌아가려고 하는 아이가 뒤지지 않은 것과 마찬가지이다.

스페인 민족과 같은 민족의 침묵하는 실체 속에는 또한 다른 민족들을 위한 하나의 커다란 예비품, 하나의 커다란 도움의 힘이 깃들어 있다. 소란과 소음의 민족들인 우리 모두는 아직도 그러한 민족들의 내적 존재인 침묵하는 실체로 살아가고 있다. 그러한 민족이 수동적이고 잠자고 있으며 침묵하고 있는 것은 단지 자기 자신만을 위해서가 아니라 또다른 민족들을 위해서, 소음과 소란을 위해서이기도 하다. 이 민족과 아시아와 아프리카의 많은 민족들이 단지 자기 자신만을 위해서가 아니라, 우리들을 위해서 침묵을 보존한다. 우리가 그러한 민족들의 침묵이라는 재산의 한 몫을 가질 수 없다면, 우리는 지나치게 깨어 있음의 해독에 의해서 더욱 황폐해질 것이다. 지상의 모든 민족들은 서로에게 속해 있고, 그 때문에 우리는 저 민족들의 침묵으로 살아갈 수 있으며, 마찬가지로 저 민족들은 우리의 깨어 있음으로 살아갈 수 있다.

<h2 style="text-align:center">3</h2>

역사에서 침묵이 소란보다 더 큰 작용을 했던 때에는 새들의 소리 없는 비상, 희생 동물이 나타내는 무언의 표시, 자연의 말 없는 움직임 같은 전조(前兆)들이 중시되었다.

"죽기 며칠 전에 갈바가 말을 타고 로마를 향하는데 도중에 곳곳에서 희생 짐승들이 도살되었다. 한번은 손도끼를 맞고 미쳐 날뛰는 황소 한 마리가 고삐를 풀고 황제의 수레로 달려들어 수레를 피로 물들였다. 갈바는 그 직후에 살해되었다."(수에토니우스)

그 당시에는 인간의 실체가 아직도 침묵으로 가득 채워져 있었고, 그 때문에 인간 외부의 세계에 있던 침묵은 새들의 소리 없는 비상, 계절의 말없는 움직임과 같은 소리 없는 전조들로써 쉽사리 인간의 세계 속으로 들어올 수 있었고, 자신이 언제 인간 세계에 나타났는지를 전혀 깨닫지 못했다. 침묵은 인간의 곁에서 안주했다.

그러나 인간을 존속시켜주는 말씀의 세계, 즉 그리스도인의 세계는 그러한 징조의 세계에 의해서 위험에 처할 수도 있다. 그 때문에 그러한 징조들은 그리스도의 말씀으로 침묵 속에 봉해지게 되었다.

말씀이 행해지는 곳에서는 더 이상 징조가 말해질 필요가 없고 더 이상 그것을 감히 말할 수도 없다. 그러나 반대로 오늘날처럼 말이 견고하지 못하고 확실하지 못할 때에는 인간은 또다시 징조들을 찾게 된다. 그러나 그것들은 예전에 그랬던 것처럼 어떤 진실을 가리키는 것이 아니라, 다만 말이 파괴되었음을 보여준다. 징조들은 말이 파괴되었기 때문에 존재할 뿐이다. 물론 파괴된 말 자체도 어떤 징조이기는 하지만, 그것이 무엇의 징조인지는 유령의 징조와 마찬가지일 뿐이다. 말하자면 그것은 어떤 미래의 것을 가리키지 않고, 과거의 것, 파괴된 말의 잔해를 가리킬 뿐이다.

현대인에게 징조로서 통용되는 것이란 석고로 모조된, 그리고 쳐다보기만 해도 바스라져버리는 고대의 신상(神像)과도 같다.

4

인간이 침묵으로부터도, 가르침의 말씀으로부터도 옳은 것을 행할 수 없을 때에는 사건이, 역사 자체가 인간을 가르치는 일을 떠맡게 된다. 진리는 더 이상 말을 통해서 인간에게 이르지 못하게 되면, 사건들을 통해서 자기 자신을 드러낸다. 그리스도의 말씀을 통해서 인간은 악으로 향해서는 안 된다고 경고를 받았지만, 인간은 그 말씀에 귀기울이지 않았고, 그런 인간을 가르치기 위하여 사건이 보내졌던 것이다. 말씀에 의한 몰락의 경고를 받아들이지 않았던 인간은 이제 자신의 존재의 몰락이라는 **사실**을 통해서 그 몰락을 깨닫게 되었다. 진리는 사건들을 통해서 말했다. 말을 대신하여 전쟁과 다른 무서운 사건들이 존재하는 것이다. "인간들 사이에서 폭력과 증오와 범죄가 행해져서는 안 된다는 **가르침**을 더 이상 믿지 않았던 까닭에, 그것은 **전쟁**이라는 **사실**을 통해서 인간에게 실증되었다."(피카르트, 「우리 안의 히틀러」)

그리스도 시대에는 역사 자체가, 신성한 역사 자체가 말을 했다. 인간이 말을 버렸기 때문에 하느님 자신이 말 속으로 오셨다.

신화

신화는 침묵의 세계와 말의 세계 사이에서 움직인다. 여명 속에서는 모습들이 커 보이듯이, 침묵의 여명 속에 나오는 신화적 인물들의 모습은 커 보인다.

애초부터 그들에게는 말이라는 것이 없었던 것 같다. 그들의 행위가 말이었다. 그 행위들이 침묵의 벽에 커다랗게 쓰여 있다.

그 신화적 인물들이 이윽고 실제로 말을 할 때 그것은 마치 그들이 인간을 위하여 그 말들을 연습하는 것 같다. 그 말들이 미리 말해지는 것이다. 그 말들은 인간을 기다린다.

그러나 그리스도가 바로 직접 침묵으로부터 말 속으로 왔던 까닭에 (이 그리스도의 직접성이 또한 인간의 말에도 그 큰 직접성을 부여했다) 침묵과 말 사이의 세계는, 신화적 인물들의 세계는 모두 산산이 깨져버렸고, 그 세계는 더 이상 아무 소용이 없게 되었다. 신화적 인물들은 인간에게 더 이상 말을 미리 말해주지 않고 오히려 인간에게서 말을 몰수하고 그리하여 악마적인 마술을 부리는 악령들로 변했다. 그리스도의 탄생까지는 인간의 지도자(Führer)였던 신화적 인물들이 이제는 인간의 유혹자(Verführer)가 된 것이다.

그리스도가 출현하기 이전, 그리스도의 탄생 전의 마지막 몇십 년 동안에는 그 고대 세계 전체에 어떤 침묵이 스며들어 있었다. 그 고대의 신들은 침묵했다. 그들은 능동적으로 침묵했다. 그 고대의 신들의 침묵은 하나의 행동이었다. 그들은 장차 나타날 신, 그리스도에게 침묵을 바치고 있었다. 인간이 그 고대 신들에게 봉헌하기를 그만두자 이제 그들이 자신들의 침묵을 새로운 신에게 봉헌했다. 그들은 새로운 신이 자신들의 침묵을 말로 변화시키도록 침묵을 바쳤다.

형상과 침묵

형상(image)은 침묵하고, 침묵하면서 무엇인가를 말하고 있다. 형상 속에는 침묵이 분명하게 존재하고 있지만, 그 침묵 곁에는 말이 있다. 형상은 말하는 침묵이다. 형상은 침묵으로부터 말로 가는 도중의 정거장과 같은 것이다. 형상은 침묵과 말 사이의 경계에 서 있다. 그 경계의 최전선에서 침묵과 같이 서로 대치해 있지만, 그 긴장은 미에 의해서 용해되었다.

형상은 인간에게 말 이전의 현존을 상기시킨다. 그 때문에 형상이 그렇게도 인간을 감동시키는 것이다. 형상은 인간 내부에 현존에 대한 동경을 불러일으킨다. 그러나 그 동경 때문에 형상 앞에서 자신의 본질 —— 그런데 그 본질은 말이다 —— 을 방기할 때에는 인간은 심미적인 것에 의해서 위태로워진다. 그런 위험을 형상의 미가 고조시킨다.

사물의 침묵하는 형상을 보존하는 것은 영혼이다. 영혼은 사물에 대하여, 정신처럼 말을 통해서 이야기하는 것이 아니라 사물의 형상을 통해서 이야기한다. 따라서 사물은 인간 내부에서 두 번 존재한다. 한 번은 형상을 통해서 영혼 속에서, 또 한 번은 말을 통해서 정신 속에서.

따라서 영혼 속에는 말이 아니라 사물들의 형상이 들어 있다. 이제 영혼은 말이 창조되기 이전의 인간의 상태를 간직하고 있다.

영혼의 형상들은 보다 높은 곳을 가리킨다. 그곳에는 형상 이외에는 아무것도 없으며, 그곳에서는 형상이 언어처럼 말하고, 언어는 형상처럼 말한다. "우리는 실제 사고(思考)와 신의 사고가 서로 다른 것은 신의 사고는 사물들 자체를 하나의 언어로 하여 그것을 통해서 나타나지만 우리의 사고는 단지 우리가 보통 언어라고 부르는 것 속에서만 나타난다는 점이다."(졸거)

사물들은 마치 자신들의 형상을 인간의 영혼에게 바치고자 하는 것 같다. 영혼이 그 형상을 다시 신적인 것, 원초적 형상에게 넘겨주도록 한다.

오늘날 인간은 너무도 많은 사물들에 부딪치고, 너무도 많은 형상들이 인간의 영혼 속으로 밀려들어온다. 이제 인간의 영혼에는 어떤 침묵하는 평안도 존재하지 않는다. 다만 침묵하는 불안만이 있을 뿐이다. 오늘날 인간이 어찌할 바를 모르고 신경질적이 되는 것은 평안을 낳는 것을 그 본질로서 이행해야 할 형상들이 인간에게 불안을 가져다주기 때문이다. 이제 형상들은 더 이상 자신들의 침묵을 통해서 인간에게 평안을 주는, 주는 자로서 인간의 영혼 속으로 오는 것이 아니라 앗아가는 자로서 온다. 너무도 많은 형상들이 서로 밀고 당기기 때문에 그것은 인간의 영혼을 교란시키고 소진시킨다.

오늘날의 세계에서 침묵은 속박당하고 말았다. 오늘날에는 무언과 진공 상태가 침묵으로 행세한다. 실로 침묵은 지속적인 소음의 흐름 속에 나타난 어떤 "구조적 결함"처럼 보일 뿐이다. 그러므로 적어도 영혼 속에 사물들의 침묵하는 형상이 보존되어 있다는 것은 중요하다.

한 사물은 인간 내부에서 두 번 존재한다고 우리는 앞에서 말했다. 한 번은 영혼 속에서 형상으로서, 또 한 번은 정신 속에서 말로서. 영혼 속의 사물의 침묵하는 형상과 정신 속의 사물에 대한 말이 인간 내부에서 나란히 존재한다. 영혼 속의 사물의 침묵하는 형상은 언제나 정신이 깃들어 있는 말에게 침묵을 가져다준다. 영혼 속의 침묵하는 형상들은 말 속에 애써 침묵을 끼워넣어주며, 말에게 침묵을 공급하며, 침묵의 근원적인 힘을 공급한다.

한 인간의 영혼 속에 사물들의 형상이 분명하게 존재할수록 더욱 확실하게 영혼은 말을 무제한적으로 방임하지는 않는다. 형상 속에 어떤 구심력이 있기 때문이다. 한 형상의 각 부분들은 한 중심에 의해서, 즉 그 형상의 이념에 의해서 하나로 묶이고 그리하여 형상은 자기 자신 속에서 안정을 취하게 된다. 형상과 연관되어 있는 말은 형상의 그러한 구심력을 공유하게 되고, 그로 인해서 말은 지나치게 심각한 확대의 위험으로부터 보호를 받는다. 형상적인 말은 결코 추상적인 말처럼 확대되지 않으며, 따라서 그러한 말은 인간을 무제한적인 연상작용으로 부터 보호하게 된다.

침묵 속에서는 과거, 현재, 미래가 하나의 통일체를 이루어 병존한다(이 책의 "침묵의 모습" 참조). 그 통일체는 또한 영혼 속에도, 영혼의 침묵하는 형상들 속에도 존재한다. 그러나 그것은 과거에 대한 그리고 현재에 대한 앎으로서 존재하는 것은 아니다 —— 앎이란 오직 말을 통해서 정신 속에서만 존재한다. 이 통일체는 과거와 현재와 미래에 대한 예견으로서 영혼 속에 존재한다. 말은 앎이며 형상은 예견이다. 그리고 영혼 속의 형상 가까이에서는 말 자체까지도 하나의 예견하는 자가 된다.

따라서 흔히 말은 침묵하는 형상 가까이에 있음으로써 하나의 예견하는 자가 되지만, 그 때문에 말이 불명료해지지는 않는다. 오히려 말은 그로써 뚜렷하게 한계를 가진다. 형상 가까이에 있음으로써 말이 지칭하는 사물은 분명하게 보이게 되고, 형상에 가까이 있음으로써 말은 본래 말의 일부가 아닌 어떤 것이 말 속에 끼어들지 않도록 보호받는다.

꿈 역시 침묵으로 가득 차 있는 형상이다. 꿈은 침묵의 표면 위에 새겨진 다채로운 빛깔의 판박이 그림이다. 마치 꿈은 깨어 있는 동안 침묵을 지나치게 많이 소비해버린 인간에게 새로 침묵을 가져다주려는 것 같다.

꿈의 형상들은 차츰 사라져가고 —— 남는 것은 침묵이며 그 침묵의 이슬이 점차로 낮의 불안 속으로 흘러내린다.

꿈의 형상들은 깨어 있을 적의 영혼 속의 형상들보다 더 강렬한 모양의 형상이고, 그 때문에 꿈의 형상들 속에서는 과거와 현재와 미래도 더 한층 강렬하게 병존하며 —— 바로 거기서 대부분의 꿈들의 예언적 성격이 생긴다.

정신분석학은 꿈의 본질적인 점을, 그 침묵하는 힘을 파괴하고 그것을 소란스런 분석의 격론에 내맡긴다. 꿈의 정신분석학적 해석은 꿈의 침묵하는 세계를 소음으로 점령한다.

사랑과 침묵

사랑 속에는 말보다는 오히려 침묵이 더 많다.

사랑의 여신 아프로디테는 바다 속에서 나왔다. 그 바다는 침묵이다. 아프로디테는 또한 달의 여신이기도 하다. 달은 그 금실의 그물을 지상으로 내려뜨려 밤의 침묵을 잡아올린다.

사랑하는 사람들의 말은 침묵을 증가시킨다. 사랑하는 사람들의 말 가운데에서는 침묵이 커져간다. 사랑하는 사람들의 말은 다만 침묵이 귀에 들릴 수 있도록 이바지할 뿐이다. 말함으로써 침묵을 증가시키는 것, 그것은 오직 사랑만이 할 수 있는 일이다. 다른 현상들은 모두가 침묵으로 먹고살며 침묵으로부터 무엇인가를 얻는다. 그런데 사랑만은 침묵에게 무엇인가를 주는 것이다.

연인들은 두 사람의 공모자, 침묵의 공모자들이다. 사랑하는 남자가 연인에게 말할 때 그 연인은 그의 말보다는 침묵에 귀 기울인다. 그 연인은 "침묵하세요"라고 속삭이는 듯하다. "침묵해요, 내가 당신 말을 들을 수 있도록!"이라고.

침묵 속에는 과거, 현재, 미래가 하나의 통일체를 이루어 병존하고 있다. 따라서 사랑하는 사람들은 시간의 흐름에서 빠져나와 있다. 아무 일도 아직 생기지 않았으나, 모든 일이 생길 수도 있다. 미래에 있을 일이 이미 거기에 존재해 있고, 과거에 있었던 일은, 말하자면, 어떤 영원한 현재 속에 존재해 있다. 사랑하는 사람들에게 시간은 정지해 있다. 사랑하는 사람들이 지니고 있는 예견의 힘과 밝은 통찰력은 사랑 속에서는 과거와 현재와 미래가 하나의 통일체를 이루어 존재하고 있다는 사실과 관계가 있다.

일상적인 활동의 흐름은 그 어느 것보다도 사랑에 의해서 더 많이 중단된다. 세계는 그 어느 것보다도 사랑에 의해서 더 많이 소음으로부터 침묵으로 되돌아가게 된다.

사랑이 지니고 있는 침묵에 의해서 말은 말-기계장치에서 탈출하여 자신의 근원으로, 침묵 속으로 인도된다. 사랑하는 사람들은 말이 아직은 존재하지 않았지만, 어느 순간에라도 충만된 침묵으로부터 말이 나올 수 있었던 그 태초의 상태 가까이에 있다.

말뿐만 아니라 사랑하는 사람들까지도 사랑에 의해서 "파생된 현상"(괴테)의 세계로부터 풀려나서 원초적 현상에로 인도된다. 사랑 그 자체는 하나의 원초적 현상이며, 그 때문에 사랑하는 사람들은 다른 사람들 사이에서 고독하다. 사랑하는 사람들은 원초적 현상의 세계, 말하자면 움직여지는 것보다는 현존재가 더, 설명보다는 상징이 더, 말보다는 침묵이 더 잘 통하는 세계 속에서 살고 있다.

사랑의 수줍음은 원초성과 태초성의 수줍음이다. 사랑하는 사람들에게는 태초성으로부터 세속적 활동 속으로 끌려들어가는 것을 꺼리는 수줍음이 있다.

한 인간이 사랑을 통해서 경험할 수 있는 모든 변화는 그 원초적 현상이 인간을 하나의 새로운 시작 앞에 세워놓는 데에서 생기며, 인간이 사랑으로부터 얻는 힘은 사랑이 원초적 현상으로서 지니고 있는 힘으로부터 생긴다.

사랑하는 사람들의 얼굴은 환히 빛난다. 사랑하는 사람들의 얼굴은 투명하다. 사랑의 원초적 형상이 그들의 얼굴을 통해서 환히 빛나는 것이다. 그 때문에 그들의 얼굴은 더욱 아름다워진다. 사랑하는 사람들의 얼굴은 떠 있는 듯하다. 원초적 형상 위에 떠 있는 듯하다.

사랑하는 사람들이 지니고 있는 신비로움은 원초적 형상 가까이에 있음으로써 생긴다.

한 사랑 속에 원초적 형상의 성질이 많으면 많을수록 그 사랑은 더욱더 굳건하고 지속적인 것이 된다.

확실히, 사랑하는 사람들은 불안하다. 그것은 현상으로 실재화되기를 두려워하는 원초적 형상의 불안이다. 외부로 드러나면, 현상으로 나타나면 원초적 형상은 떨기 시작한다.

그럼에도 불구하고 원초적 형상은 현상에, 실재화에 이르기를 동경한다. 그리고 사랑만큼 그렇게 감히 현상 속으로, 외부 세계 속으로 나타나려고 하는 원초적 형상은 없으며, 또한 어떠한 현상 속에서도 어떠한 현실태 속에서도 원초적 형상을 사랑 속에서만큼 분명하게 볼 수는 없다. 원초적 형상과 현상이 사랑 속에서처럼 그렇게 가까이 병존하는 것은 그 어디에도 없다.

사랑에는 말보다 침묵이 더 많다고 우리는 말했다. 이 사랑의 침묵의 충만함은 죽음의 침묵에까지 건너간다. 사랑과 죽음은 서로 하나를 이루고 있다. 사랑 속에 있는 모든 생각과 행위는 침묵에 의해서 이미 죽음으로까지 뻗어 있다. 그러나 사랑의 기적은 죽음이 있을 수 있는 그곳에 사랑하는 사람이 나타난다는 것이다.

사랑에는 말보다 침묵이 더 많다. 그리고 "사랑은 말할 때보다 침묵할 때 비할 데 없이 더 쉽다. 말을 찾는 것은 마음의 감동을 크게 해친다. 보다 덜 사랑하는 것 외에는 아무것도 잃는 것이 없다고 하더라도, 사랑의 가치를 알고 있다면 그 손실은 큰 것이다."(브레몽의 「신비주의와 시」 중에서 인용된 아몽의 말)

침묵할 때에 사랑하기가 훨씬 더 쉽다. 침묵하면서 사랑하기가 더 쉬운 것은 침묵 속에서는 사랑이 가장 멀리까지 뻗어나갈 수 있기 때문이다. 그러나 그러한 침묵 속에는 위험도 있다. 가장 멀리까지 이르는 그 공간은 감독되지 않으며 따라서 그 안에 모든 것이 있을 수도 있다. 심지어는 사랑에 적합하지 않은 것까지도.

사랑에 한계를 짓고 분명하게 해주며, 사랑에게 사랑에 적합한 것만을 주는 것은 말이다. 사랑은 말을 통해서 구체화되며, 말을 통해서 진리 위에 서게 되며, 말을 통해서, 오직 말을 통해서만 사랑은 인간의 사랑이 된다. "사랑은 단순한 하나의 샘물과 같다. 그 샘물이 둘레에서 꽃들이 자라나는 자갈 바닥을 뒤로 하고 이제 하나하나의 물결과 함께 냇물로서 혹은 강물로서 자신의 성질과 모습을 변화시켜가다가 마침내 가없는 대양 속으로 흘러든다. 그 대양은 미성숙한 정신을 가진 자에게는 참으로 단조로워 보이지만, 위대한 영혼은 그 해안에서 끝없는 명상에 잠긴다."(발자크)

인간의 얼굴과 침묵

1

인간의 얼굴은 침묵과 말 사이의 마지막 경계선이다. 인간의 얼굴은 말이 튀어나오는 벽이다.

침묵은 인간의 얼굴 속에 있는 하나의 기관과도 같다. 얼굴 속에는 눈과 입과 이마만 있지 않고 침묵도 있다. 침묵은 얼굴 속 어디에나 있다. 침묵은 얼굴의 각 부분들의 밑바탕이다.

두 뺨은 양편에서 말을 가려 덮고 있는 두 개의 벽이다. 그러나 바깥을 향한 콧날의 가파른 움직임에서는 두 뺨의 표면 사이에 함께 모여 있는 말들이 바깥으로 나올 길을 찾으려고 하는 것이 보인다.

이마의 궁륭에서 침묵은 외부로 나오려고 애쓰는 것이 아니라 마치 이슬처럼 내부로 방울져 내린다.

두 눈──그 열려진 두 틈에서는 말 대신 빛이 나온다. 그것은 얼굴 안에 모여 있는 침묵에게 밝음을 가져다준다. 그렇지 않다면 침묵은 어두워지고 말 것이다.

입 —— 그것은 마치 제 스스로 말하는 것이 아니라 그 뒤에 있는 침묵의 강요에 못 이겨 말하는 것처럼 보인다. 그것은 너무도 충만된 침묵이다. 말을 통해서 긴장을 완화시키지 못한다면 그 침묵은 얼굴을 파열시킬 것처럼 보인다. 마치 침묵 자신이 입에게 말들을 속삭여주고, 그리고서 입이 말을 할 때면 침묵은 자기 자신의 말에 귀기울이고 있는 듯하다.

침묵하고 있을 때면 입의 윤곽은 마치 한 마리의 나비가 날개를 접고 있는 것 같고, 그러다가 이윽고 말이 시작되면, 그 날개를 펴고 나비는 날아가버린다.

침묵으로부터 말이 생겨나는 그 특별한 사건도 얼굴 안에서는 아무런 극적인 모습도 없이 눈에 띄지 않게 일어난다. 그 때문에 얼굴에는 평온함이 있으며 얼굴의 모든 움직임은 평온하다. 침묵으로부터 말이 생겨나는 그 커다란 사건이 평온하게 진행되는 까닭에 더 이상 중요한 일이란 아무것도 없다. 아주 신비스러운 점은 이러한 것이다. 즉 침묵으로부터 말이 생긴다고 해도 침묵은 조금도 줄어들지 않으며, 오히려 침묵은 말에 의해서 그 밀도가 더 높아지고, 그렇게 밀도가 높아진 침묵에 의해서 말 자체도 더욱 커진다는 점이다.

예전에 한 인간의 얼굴 속에 깃든 침묵의 힘은 아주 컸다. 인간의 얼굴 앞에서 벌어지는 모든 사건은 그 침묵에 흡수되었다. 그 때문에 세계는 언제나 사용되지 않은 채로, 소모되지 않은 채로 있었다.

2

인간이 언어를 가지고 있지 않다면, 인간은 하나의 형상, 상징 이외의 아무것도 아니며 따라서 자신의 형상과 동일할 것이다. 마치 짐승이 겉으로 보이는 모양 그대로이듯이. 짐승의 외양이 짐승의 본질이며, 짐승의 형상이 짐승의 말이다. 인간이 언어를 가지고 있지 않다면, 인간과 지상의 모든 피조물은 다만 형상, 상징에 불과할 것이다. 그러면 지상은 기념비로 가득 차버릴 것이고 신이 스스로 세운 창조의 기념비에 불과할 것이다.

그러나 인간은 말을 가지고 있고, 그 때문에 인간은 형상과 기념비 이상의 것이다. 인간은 자신의 형상의 지배자이며, 인간은 자신의 본질로부터 형상으로, 현상으로, 형태로 나타나는 것들을 받아들일 것인가 말 것인가를 말을 통해서 결정한다. 인간은 말을 통해서 자유를 소유하고 있는 것이다. 인간은 자신의 형상을 초월하며 자신의 외양을 초월하여 자기 자신을 고양시킬 수 있고 그리하여 인간은 자신의 형상 이상의 것이 될 수 있다.

인간은 자신의 모습을 있는 그대로 보일 수도 있지만, 꼭 그럴 필요는 없다. 인간은 자신의 얼굴의 형상을 초월하여 자기 자신을 고양시킬 것인가를 말을 통해서 결정할 수 있다. "외양을 보고 모든 인간의 성격을 알아낼 수 있다고 잘난 체하던 조피루스가 우연히 소크라테스를 보게 된 뒤에 소크라테스의 많은 악덕들을 지적하자 모든 사람들은 조피루스를 비웃었다. 그

많은 악덕들 중 어느 한 가지도 소크라테스에게서는 찾아볼 수 없었기 때문이다. 그러나 소크라테스 자신만은 비웃지 않았다. 그는 조피루스의 말이 옳다고 했다. 즉 자신은 그 악덕들을 지니고 세상에 나온 것이 틀림없지만, 이성의 도움으로 그 악덕들로부터 벗어났다고 말했다."(키케로) 인간 얼굴의 진가를 성립시키는 것은 인간이 얼굴의 형상이 침묵하면서 표현하는 것을 받아들일 것인가를 자신의 얼굴에서 결정한다는 사실이다. 그러한 결정을 통해서 인간은 단순한 자연적인 흐름에서 끌어올려지고, 인간은 자기 자신을 새로 창조하게 된다. 따라서 인간은 외양에, 형태에 구애받을 필요가 없다. 말이 외양의 심판자이며 지배자이다.

인간은 다른 그 어느 것에 의해서보다도 말에 의해서 더 많이 규정되며, 자신의 형태나 자연의 형태계보다도 말과 더 많이 연관되어 있다. 인간의 모습 주위에 드리워진 고독은 말에서 생겨난다. 즉 인간의 형태는 자연의 모든 다른 형태들 너머로 끌어올려져 있고, 말이 인간의 형태를 지켜주며, 인간의 형태는 말에 속해 있기 때문이다. 그러나 또한 인간의 형태가 가지고 있는 투명함 역시 말의 형태와의 관계에서 생긴다. 말 속에 깃든 정신이 인간의 형태를 투명하게 만들고 인간의 형태를 부드럽게 풀어놓기 때문에 인간의 형태는 마치 인간이라는 물질에 매여 있지 않은 듯이 존재하게 된다.

인간이 밖으로 나타나는 모양, 즉 자신의 형태 너머로 자기 자신을 고양시키기를 중지한다면, 즉 자신의 외양이 보여주는 것 이상의 것이 되기를 중지한다면, 외면적인 것인 인간의 형태는 말로부터 이탈하여 단순한 자연, 그것도 조악하고 타락한 자연이 될 것이다.

오늘날 인간이 야만성 속으로 뛰어들게 된 것은 아마도 정신에 의해서 말 속에 세워진 질서를 상실한 인간이 스스로 동물적인 자연으로 변해 동물적인 질서와의 결합을 추구하기 때문일 것이다.

말로부터 떨어져나오게 되면, 인간이라는 자연은 더 이상 인간 외부의 자연과 결합할 수가 없게 된다. 그런 인간의 형태는 하나의 조악한 살조각이며, 그것은 이제 자신에게는 없는 말과 인간이 스스로를 결합시킬 수 없게 된 그 나머지 자연과의 사이의 심연에 놓이게 된다. 그러한 인간의 형태는 자연과 말 사이에 사악하게 놓여 있는 것이다. 그러한 인간의 형태는 말 대신에 외침을 가지고 있으며, 침묵 대신에 공허를 가지고 있다. "인간은 신을 믿는 한에서만 자신의 인간의 형태를 보존할 수 있다."(도스토예프스키)

3

말을 가지지 못한 인간의 형태, 침묵하는 인간의 형태는 그저 단순히 하나의 현상에 불과하다. 말하자면 그러한 인간의 형태는 한순간 눈앞에 나타났다가 다음 순간에는 다시 사라져 버린다. 인간 앞에 나타나는 짐승이 그렇다. 꿈에서 나온 형상처럼 환영과도 같으며, 굳건한 현실보다는 아른거리는 꿈에 속해 있다. 인간의 눈에 비치는 짐승은 그렇다. 즉 인간의 꿈에서 떨어져나온 듯하다. 인간 자신의 꿈에서 빠져나왔으면서도 인간을 낯설다는 듯이 응시하는 그것 앞에서 인간은 언제나 조금은 놀란 상태로 서 있다. 짐승은 어떤 강렬한 현전성(現前性)을 가지고 있다. 그러나 그것은 순간의 현전성일 뿐이다. 그것은 꿈의 형상 역시 가지고 있는 순간적 현전성이다(뱀은 그러한 순간적 현전성조차도 결코 가지지 못했다. 뱀은 언제나 땅굴과 땅굴 사이를 뚫고 흘러가는 듯하다. 땅굴과 땅굴 사이의 그 가느다란 흐름, 그것이 뱀을 다른 동물들에 비해 그리고 인간에 비해 그렇게 섬뜩한, 섬뜩한 것으로 만든다. 반면에 새들은 현전성을 가지고 있다. 확실히 새들은 재빠르게 날아간다. 그러나 그 비상의 궤적은 언제나 다시금 자신의 시작으로 되돌아가는 원의 호(弧)와도 같다).

　말을 통해서 비로소 인간은 단순한 현상 이상의 것이 된다. 말을 통해서 인간은 아른거리다가 사라지는 현상성으로부터 끌어올려진다. 인간은 자기 자신의 현상을 부수고 나와 현존하게 되며, 확고해진다. 말이 굳건하게 서서 붙잡아주기 때문이다. 말은 인간을 단순히 짐승이 가지고 있는 순간의 현전성으로부터 끌어내어 지속되는 순간 속으로, 현존재 속으로 끌고 간다. 참된 말은 현존재를, 그 근거를 창조한다. 말은 말 자신이 확인하고 보장하는 것들을 위해서만 창조하는 것이 아니라, 그밖의 현존재를 낳는 힘을 만든다.

　여기에 짐승의 현상성이 있고 저기에 인간의 현존성이 있다. 그 두 가지는 아주 철저히 다른 특질인 까닭에 인간은 결코 짐승으로부터 인간으로 넘어왔을 리가 없다. 단순한 현상성으로부터 존재하는 자, 인간이 생겨나는 데에는 하나의 특수한 행위가 반드시 필요했다. 말에 의한 진리의 행위가.

　진리가 깃들어 있고 현존재를 낳는 말을 인간이 더 이상 가지지 못하게 된다면, 인간의 형태는 단순한 하나의 현상으로 변하고 만다. 그러한 현상성은 역시 현상성, 어른거리다가 사라지는 것, 일시적인 것, 도피적인 것을 낳는다. 그리하여 이제는 거대하고 급하게 흐르는 유동체가 존재하게 되고, 그 유동체 안에서 인간은 이리저리 밀리면서 유동체의 동력(動力)보다 한층 더 열심히 나아가려고 기를 쓰는 것이다.

4

　더 이상 말과 함께 정신의 결정에 의해서 자신의 현상성 너머로 자기 자신을 고양시키지 못하는 인간은 겉으로 보이는 모양 그것에 불과하며, 그의 필적 또한 그 인간 그대로이다. 그러한 인간은 그의 얼굴과 필적과 심리학적 반응을 보고 알아볼 수 있지만, 그것을 통해서 알게 되는 인간이란 실제의 인간이 아니라 축소된 인간, 참된 말로부터 분리된 인간이다. 관상학, 필적 감정, 심리학은 오직 그러한 축소된 인간에게만 들어맞을 뿐이다. 실제로는 그러한 것들이 인간에 관한 학문, 인간학을 자칭함으로써 축소된 인간의 상태를 정당화시키고 있다. 그러한 부류의 인간학이란 축소된 인간 본질과 관련된 모든 것이 그러하듯, 음침하고 하계적(下界的)이며 지하실적인 요소들을 특징으로 하고 있다.

인간이 그러한 식으로 평가되는 책임은 단지 관상가, 필적 감정가, 심리학자들에게만 있는 것이 아니라, 우선적으로는 자신이 위치해 있는 단순한 사실성 너머로 자신을 고양시키지 못하는 인간 스스로에게 있다. 그러한 인간의 얼굴은 이제는 더 이상 보이지 않는 중심을 가지고 있지 않다. 얼굴의 각 부분들이 지향하고 그 부분들에게 질서를 부여하는, 보이지 않는 중심을 가지고 있지 않다. 그리하여 얼굴의 각 부분들은 자신의 순전한 사실성 속에서 서로 대치하게 된다. 이미 분열된 얼굴은 자신을 관찰하는 자에게 자신을 더한층 분열시키도록 부추긴다. 얼굴은 스스로를 다 드러낸 채 거기에 놓여 있고, 그럼으로써 자신을 음미하라고 재촉한다. 그러한 얼굴에 결핍되어 있는 것이 바로 침묵이다. 그것은 관찰하는 자에게도 역시 침묵을 요구한다. 아니 관찰하는 자 내부에 침묵을 낳게 한다.

그러한 얼굴에는 체험들이 너무도 지나치게 뚜렷이 새겨져 있다. 너무도 강렬하게 존재하면서 지나치게 큰 비중을 차지하고 있다. 체험들이 새겨진 그 선들이 상쇄되어 사라져버릴 수 있는 드넓은 침묵이 결여되어 있다.

체험이 새겨진 깊은 선들이 침묵 속에서 사라진다는 사실은 어떤 중요한 것을 가리키고 있다. 즉 개인적인 체험 저 너머에 또 하나의 다른 세계, 주관적인 것은 중요하지 않은 객관적인 세계가 존재한다는 것이다.

얼굴에 침묵이 결여되어 있다면, 이제 더 이상 말은 입으로부터 나오기 전까지 침묵에 감싸여 있지 못한다. 그래서 모든 말들이 얼굴에 빤히 드러나 있다. 말이 말해지지 않을 때에도 언제나 말이 말하고 있는 것이다. 말을 하지 않는다는 것은 이제는 결코 침묵이 되지 못한다. 그것은 다만 말의 기계장치가 휴식하고 있음을 의미할 뿐이다. 입이 닫혀 있을 때조차도, 입에서뿐만 아니라 얼굴의 모든 부분에서 소리가 쏟아져나온다. 얼굴 전체가 얼굴의 각 부분들 사이에서 일어나는 하나의 경주, 하나의 경기의 함성이다.

5

자연, 즉 풍경은 인간의 형태, 인간의 얼굴에 작용한다. 그러나 풍경의 침묵하는 힘이 작용하기 위해서는 인간 얼굴의 침묵이 필요하다. 오직 침묵이라는 매체를 통해서만이 풍경은 인간 얼굴의 형태를 만들 수가 있다. 풍경이 가진 힘들은 크고 넓다. 따라서 그 힘들이 인간의 얼굴 속으로 파고들어서 인간의 얼굴을 형성하기 위해서는 하나의 넓은 길, 침묵이라는 넓은 길이 필요하다.

침묵하는 풍경, 그것은 인간의 얼굴 속에 들어오면 말하는 침묵이 된다.

산에 사는 사람들의 얼굴에는 산의 모습이 뚜렷이 새겨져 있다. 그들의 얼굴 속의 뼈들은 솟아오른 암석이다. 그들의 얼굴에는 고갯길, 숨겨진 곳, 산봉우리들이 있다. 그리고 두 뺨 위의 두 눈의 밝은 빛은 어두운 첩첩산중 위에 드리워진 하늘의 밝은 빛과 같다.

그와 마찬가지로 바다의 특징 또한 인간의 얼굴 속에 뚜렷이 나타난다. 바닷가에서 사는 그 누구에게나 바다의 특징이 형상으로 나타난다. 얼굴의 솟아오른 부분들, 코, 입 등의 불거져나온 부분들은 마치 얼굴이라는 드넓은 바다 속에 있는 배들과도 같다. "미끄러지듯이 빠르게 움직이는 배가 곧 바다를 가로질러 해안으로 다가왔다. 그때 포세이돈이 접근하여 손바닥으로 그 배를 쳤으니, 보라, 돌연히 그 배는 돌로 변해 바다 밑바닥에 굳게 뿌리를 내렸다."(호메로스)

"두 눈은 그들 자신의 얼굴 속에 붙박여 있는 배들을 멀리서 내려다보고 있는 듯하다. 때때로 외부의 바다가 그 깊은 속까지 잠들어 있는 듯 고요할 때면 얼굴 위의 그 붙박인 배들은 움직이려고 시도한다. 그러나 갑자기 두 척의 육중한 배들이 외부의 실제의 바다 위를 달려가고, 그러면 얼굴 위의 배들은 다시금 이전처럼 붙박여 움직이지 않는다."(피카르트,「인간의 얼굴」)

풍경은 인간의 얼굴 속에 자기 자신의 유적을 가지고 있고,

인간의 얼굴은 자기 자신의 풍경 위에 떠 있는 듯하다. 인간의 얼굴은 자기 자신 너머로 솟아올라 자기 자신으로부터 해방된다. 주관적인 것은 더 이상 강조되지 않고 인간 얼굴 속의 보편적인 것, 객관적인 것이 분명하게 드러나게 된다. 그것은 인간의 얼굴이 자기 자신에게만 속한 것은 아니라는 한 표지이다.

그렇다고 해서 인간 얼굴이 객관적인 것에 관여할 때 주관성이 파괴된다는 뜻은 아니다. 그럴 때에는 주관성이란 어떤 중세 그림 속에 있는 화가의 이름과도 같은 것일 뿐이다. 즉 이름과 성의 첫 글자 두 개로 이루어진 낙관으로서 그 그림의 한 귀퉁이에 반쯤 숨겨져 있는 것이다.

얼굴에 침묵이 결여되어 있다면, 얼굴은 말의 진정한 의미에서 살풍경해지고 도시화된다. 얼굴은 자기 자신에게 장악당한다. 마치 한 도시가 자연의 풍경보다는 자기 자신에게 장악당하듯이.

따라서 그러한 얼굴에서 풍경은 모습을 나타낼 수가 없다. 그러나 그럴 때 인간은 자주 풍경과 어떤 "관계"를 가지게 된다. 풍경을 "내면적으로" 포착하게 되는 것이다. 그러면 그러한 얼굴에는 풍경 한 점 없는 대신에 내면적인 것으로 지나치게 가득 차게 된다. 아니, 침묵이 결여되어 있고, 따라서 그 내면적인 것을 덮어주고 보호해줄 풍경이 결여되어 있다고 하는 편이 나으리라.

"오늘날 인간의 얼굴에는 어떠한 바다도 어떠한 산도 없다. 얼굴이 더 이상 그것들을 받아들이지 않고, 자신에게서 밀어내버린다. 얼굴에는 더 이상 그런 것들을 위한 자리가 없다. 그리하여 모든 것이 뾰족한 극단에 놓이게 되고, 외부 세계는 그 뾰족한 극단에서 떠밀리고 흔들려서 떨어질 것처럼 보인다. 얼굴에서 나무들이 베어지고, 산은 파여 없어지고, 바다는 말라붙었다. 그리고 그러한 텅 빈 얼굴 속에 거대한 도시가 세워졌다."(피카르트, 「인간의 얼굴」)

동물과 침묵

인간의 본질은 인간의 형상보다는 인간의 말 속에서 더 잘 보인다. 소크라테스는 말했다. "말하라! 내가 그대를 볼 수 있도록!"

반대로 동물은 자신의 본질을 철저히 자신의 형상으로 드러낸다. 동물은 겉으로 보이는 그대로이며, 그럴 수밖에 없다. 인간도 겉으로 보이는 모습을 있는 그대로 보일 수는 있지만, 그럴 필요가 없다. 인간은 말을 통해서 자신의 형상을 극복할 수 있으며, 형상 이상의 것이 될 수 있다.(이 책, "인간의 얼굴과 침묵" 2 참조) 인간은 말 속에서 뚜렷하게 드러나며 동물은 자신의 형상의 침묵 속에서 뚜렷하게 드러난다.

이것이 동물의 완벽함이다. 인간과는 달리 동물에게는 불일치가 전혀 없다. 그 존재와 형상, 내면과 외면이 하나이다. 이러한 융합이 동물의 순진무구함을 형성한다.

"인간의 외면(인간의 형상)이 그다지 화려하지 않은 것은 실은 그 내부를 위해서 비상하게 더 많은 노력을 기울였기 때문이다."(괴테) 많은 동물들의 매우 다채로운 외면은 우리에게는 강렬한 색채로 침묵을 부수어 열고자 하는 시도인 것처럼 보인다. 자기 자신으로부터 말을 생겨나게 할 수 없는 침묵이 아주 강렬한 색채로 변화된 것이다.

플라톤이 말한 대로 인간이 태어날 수 있도록 만일 동물들이 인간으로부터 떨어져나갔던 것이라고 한다면(플라톤, 「티마이오스[Timaios]」) 그 동물들과 함께 자연의 무거운 침묵 또한 말이 말로서 존재할 수 있는 자리를 가지도록 하기 위해서 인간으로부터 떨어져나간 것이리라.

그러나 동물들이 인간 가까이에 있듯이 그 동물들이 가지고 있는 무거운 침묵도 그 동물들과 함께 인간 가까이에 있다.

예전에는 동물은 인간에게 오늘날보다 더 중요한 존재였다. 동물에 의해서, 동물의 침묵에 의해서 인간이 말하는 것과 그 움직임은 보다 무겁고 완만해졌다. 동물은 인간을 위해서 침묵을 지고 다녔다. 물건이라는 짐뿐만 아니라 침묵이라는 짐을 등에 지고 다녔던 것이다. 동물은 침묵을 끌고 인간과 말의 세계를 횡단하면서 인간 앞에 언제나 침묵을 가져다주는 피조물이다. 인간의 말이 헤적거려놓은 많은 것들이 동물의 침묵에 의해서 다시 평온해진다. 동물들은 말의 세계를 뚫고 나아가는 하나의 침묵의 카라반이다.

동물들은 침묵의 형상들이다. 짐승 형상의 침묵인 것이다. 하늘의 별 형상들(Sternbild : 성좌라는 뜻/역주)이 하늘의 침묵을 읊듯이 지상의 짐승 형상들은 지상의 침묵을 읊는다.

한 세계 전체, 즉 자연의 세계와 동물의 세계는 침묵으로 가득 차 있다. 자연과 동물은 다만 침묵의 옹이처럼 보일 뿐이다. 만일 그 침묵이 성공하지 못한 말에 불과한 것일 때에는 자연과 동물의 침묵은 위대함과 고귀함을 가지고 있지 않을 것이다. 침묵은 그 자체를 위해서 창조된 어떤 것으로서 동물들과 자연에게 위탁되어 있다.

동물의 침묵은 인간의 침묵과는 다르다. 인간의 침묵은 투명하고 밝다. 왜냐하면 인간의 침묵은 어느 순간에는 자기 자신으로부터 말을 솟아나게 하고, 어느 순간에는 그 말을 다시 자기 자신 속으로 흡수하면서 말과 마주 서 있기 때문이다. 그것은 말에 의해서 움직여지며 말을 불러일으키는 풍요한 침묵이다. 인간의 침묵은 낮의 빛에 의해서 환히 밝혀지는 북극 지방의 백야와 같다.

그와는 달리 동물은 어떤 무거운 침묵을 가지고 있다. 동물 내부의 침묵은 돌덩어리처럼 화석화되어 있다. 동물은 그 침묵의 돌덩어리의 부당함을 부르짖고 그 난폭함으로 그 돌덩어리들로부터 벗어나려고 하지만, 그것에 꽉 묶여 있다.

동물 내부의 침묵은 고립되고, 그 때문에 동물은 고독하다.

동물의 침묵은 마치 물건처럼 만져질 수 있을 것만 같다. 그 침묵은 동물의 외양으로까지 파고든다. 그리고 동물이 구제받지 못하는 것은 동물이 말을 가지고 있지 않기 때문만이 아니라 동물 자체 속의 침묵이 구제될 수 없기 때문이기도 하다. 그것은 굳어진 응고된 침묵이다.

물론 까마귀는 까옥거리고 개는 짖고 사자는 으르렁거린다. 그러나 동물들의 목소리는 다만 침묵에 생긴 틈처럼 보일 뿐이다. 그것은 마치 동물이 자신이 육체적 힘으로 침묵을 찢어 열려고 하는 것처럼 보인다.

"개는 오늘날에도 천지 창조가 시작될 때 짖던 것처럼 짖는다."(야콥 그림) 개들의 울부짖음이 절망적인 것은 그 때문이다. 그것은 침묵을 찢어 열고자 하는, 천지 창조가 시작될 때부터 오늘날에까지 이어지는 헛된 노력이다. 그런데 천지 창조의 침묵을 동물이 잡아뜯는다는 것, 그것이 인간을 언제나 새롭게 동요시킨다.

새들의 목소리는 다른 동물들의 목소리만큼 절망적이지는 않다. 마치 새들은 장난으로, 자신들의 노랫소리를 공처럼 침묵을 향해서 던졌다가 그 노랫소리가 침묵의 표면으로부터 다시 떨어질 때, 날면서 그것을 낚아채는 것처럼 보인다.

시간과 침묵

시간에는 침묵이 스며들어 있다.

침묵하면서 하루는 다른 하루를 향해서 나아가고 마치 어느 신이 자신의 정적 속에서 꺼내놓은 것처럼, 알지 못하는 사이에 또다른 하루가 나타난다.

침묵하면서 나날은 해〔年〕를 뚫고 나아가고 하루하루는 침묵의 박자 속에서 움직인다. 하루의 내용은 소란스럽지만, 그럼에도 불구하고 하루는 침묵 속에서 몸을 일으킨다.

모든 하루 속에 들어 있는 똑같은 양의 시간도 그 하루하루를 데려다주는 똑같은 양의 침묵만큼 그렇게 긴밀하게 하루하루를 결합시켜주지는 못한다.

봄은 겨울로부터 오는 것이 아니다. 봄은 침묵으로부터 온다. 또한 그 침묵으로부터 겨울이 그리고 여름과 가을이 온다.

봄의 어느 아침, 꽃들을 가득 달고 벚나무가 서 있다. 하얀 꽃들은 그 가지에서 나온 것이 아니라 침묵의 체에서 널으셔나온 것 같다. 아무 소리도 들리지 않게 그 꽃들은 침묵을 따라서 미끄러져 내려왔고, 그래서 하얀 빛이 되었다. 새들이 그 나무에서 노래했다. 마치 침묵이 그 마지막 남은 소리들을 흔들어 떨쳐버리기라도 한 듯이 그 침묵의 음(音)들을 쪼아올리는 것이 새들의 노래인 것 같았다.

나무의 푸른빛 또한 돌연히 나타난다. 한 나무가 다른 한 나무 곁에 푸른빛으로 서 있는 모습은 그 푸른빛이 침묵하면서 한 나무에게서 다른 한 나무에게로 옮아가는 것처럼 보인다. 마치 대화할 때 말이 한 사람에게서 다른 한 사람에게로 전해지듯이.

그렇게 돌연히 봄이 왔다. 그래서 사람들은 먼 곳을 응시한다. 말없이 봄을 가져다준 뒤에 사라져버린 그 사람이 아직도 거기에 보이는 듯이 봄에는 사람들의 눈은 먼 곳을 응시한다.

봄의 사물들은 몹시도 연해서 큰 소리를 내며 시간의 단단한 벽을 부수고 나올 필요가 없었다. 알지 못하는 사이에 봄의 사물들은 시간의 갈라진 틈으로 스며와 돌연히 거기에 나타난다.

광장의 아이들이 가장 먼저 그 시간의 틈으로 빠져나온다. 공중에는 공, 땅바닥에는 유리 구슬들과 함께 꽃보다도 아이들이 먼저 나타났다.

돌연히 아이들은 거기에 있었다. 자기들의 집에서 나온 것이 아니라, 봄과 함께 시간의 틈에서 빠져나온 듯, 맨 먼저 도착한 아이들은 하늘 높이 공을 던지고 커다랗게 소리친다. 마치 뒤따라오는 봄의 사물들에게 길을 가르쳐주려는 듯이.

봄의 그 모든 소리들 뒤편에는 시간의 침묵이 있다. 그 침묵은 하나의 벽이다. 아이들의 말은 그 벽에 맞아 튕겨나온다. 마치 공이 집 벽에 맞아 튕겨나오듯이.

나무의 꽃들은 아주 가볍게 만들어져서 마치 침묵 자신도 알아차리지 못하게 침묵 위에 가만히 내려앉으려고 하는 것 같다. 옮아가는 계절의 순환 속에서 침묵에 실려 다음 봄으로 가기 위해서. 마치 새들이 더 멀리 실려가기 위해서 배 위에 내려앉듯이.

그 다음에는 돌연히 여름이 와 있다.

여름의 갑작스런 공격의 강한 충격으로 대기는 뜨거워진다. 마치 어떤 껍질에서 터져나온 듯이 여름의 사물들은 충만하게 거기 서 있다. 그러나 여름이 어떻게 왔는지는 아무도 듣지 못했다. 여름 역시 침묵 속에서 보내졌고, 여름의 충만함을 감싸고 있는 껍질이 침묵 속에서 갈라졌다. 시간이 거칠게 여름을 부려놓을 적의 그 소리는 누구의 귀에도 들리지 않았다. 모든 것이 침묵 속에서 일어났다.

그러나 여름이 온 지금, 여름의 모든 것은 소란스러워진다. 짐승들의 목소리는 더욱 커지고, 사람들은 자신들의 말을 마치 공처럼 높이 던져 올린다. 정원들과 살림집들에서는 온갖 목소리들이 굴러나온다. 그 목소리들을 수용하기에는 정원과 집의 공간이 너무 비좁다는 듯이. 여름 사물들의 소란스러움이 이제는 침묵에게 승리를 거둔 것 같다.

침묵은 이제 숲 속에 숨어 있다. 숲은 여름의 소란스러움에서 침묵으로 이어지는 푸른빛의 터널과도 같다. 그리고 흔히 터널 속에서 등불을 볼 수 있듯이 숲 속의 노루들이 마치 숲을 밝히는 등불들처럼 눈앞에서 번개같이 지나간다. 이제 침묵은 어딘가에 숨어 있지만, 그 어느 순간에든 다시 나와 모든 것을 뒤덮어버릴 수 있다. 그래서 어느 무더운 여름날 한낮에는 여름의 모든 소리들이 침묵 속에 잠겨 모두가 침묵의 것이 되기도 한다. 때때로 여름은 언제까지나 그렇게 머물러 있을 것처럼 보인다. 더 이상 물러나지 않을 듯이 여름은 그렇게 꼼짝 않고 서 있다. 여름의 모습은 허공에 새겨져 거기 그대로 머물러 있는 듯하다.

그 다음에는 마치 침묵이 새로 한 번 숨을 쉬고 난 뒤인 듯 가을이 온다.

먼 길을 떠나기에 앞서 전깃줄 위에 옹기종기 모여 있는 새들처럼 가지 위에 사과가 달려 있다. 때때로 나무에서 사과 하나가 바닥에 떨어지면, 한순간 정적이 생긴다. 그것은 마치 침묵이 그 떨어지는 사과를 받으려고 손을 내민 것 같다.

잎과 열매의 빛깔이 더욱 강렬해진다. 그것들을 조금만 터뜨리면 어떤 소리가 날 것만 같다. 검푸른 포도알은 악보의 음표 머리 같고, 그 검푸른 포도알의 음표 머릿속에는 이미 포도주를 마시는 사람들의 노래가 결정되어 있다. 가을에는 모든 것이 말 가까이로 이미 옮겨져 있다. 침묵 자신은 추수하는 사람들의 노래가 끊어지는 사이사이에서 공명하고 있는 것 같다.

겨울에는 침묵이 눈에 보이는 어떤 것으로 존재한다. 눈〔雪〕은 침묵이다. 눈으로 볼 수 있는 침묵인 것이다.

하늘과 땅 사이의 공간은 눈〔雪〕에 점령당했고, 하늘과 땅은 순백의 침묵의 가장자리에 불과하다.

눈송이들은 허공에서 서로 만나 그 자체가 이미 침묵 속에서 하얗게 변해버린 땅 위로 함께 떨어진다. 침묵이 침묵을 만나는 순간이다.

사람들은 길가에 묵묵히 서 있고, 인간의 말은 침묵의 눈〔雪〕으로 덮여 있다. 인간에게서 남아 있는 것은 그 모습뿐이다. 그 모습은 침묵의 이정표 같다. 인간은 가만히 서 있고, 그 사이를 헤치며 침묵이 나아간다.

이렇게 시간에는 침묵이 동행하고 시간은 침묵에 의해서 규정된다. 시간의 무음(無音)은 시간 속에 있는 침묵으로부터 온다. 그리고 잴 수 있는 시간의 소리와 박자는 침묵에 눌려 들리지 않는다.

시간은 침묵을 통해서 연장된다.

시간이 완전히 침묵 속에 흡수될 정도로 침묵이 시간 속에서 그렇게 큰 무게를 차지할 때 시간은 정지한다. 그때는 침묵 외에는 아무것도 없다. 영원의 침묵이다.

시간 속에 이제 더는 침묵이 전혀 없을 때에는 시간의 흘러가는 운동, 하나의 기계장치처럼 흘러가는 운동의 소음이 들려온다. 그때에는 시간이란 더 이상 존재하지 않으며, 다만 그 흐름의 운동량이 존재할 뿐이다. 시간은 운동량으로 전락해버린다. 그러면 인간과 사물은 시간의 운동에 밀려가고, 시간의 운동에 삼켜져 그 일부가 된다. 인간과 사물은 더 이상 존재하지 않는다. 언제나 흘러가고 있을 뿐이다. 인간과 사물과 시간은 서로 경주하고 있다. 인간과 사물과 시간은 오직 이 경주 속에서만 존재하는 것 같다.

시간 속에 깃든 침묵이 없다면 망각도 용서도 존재하지 않을 것이다. 왜냐하면 시간 자체가 침묵 속으로 입적되듯이 시간 안에서 일어난 일들도 시간 속으로 입적되고, 그 때문에 인간은 시간 속에 깃든 침묵을 통해서 망각과 용서로 인도되기 때문이다.

시간이 완전히 침묵 속에, 영원 속에 흡수되면, 위대한 망각과 용서말고는 아무것도 존재할 수 없다. 왜냐하면 영원 속에는 침묵이 배어 있는데, 일어난 모든 사건들이 그 침묵 속으로 떨어져 마침내는 사라져버리기 때문이다.

물론 정신이 시간의 우위에, 따라서 시간 속에 깃든 침묵의 하위에 있으며 또한 정신이 망각과 용서를 결정하는 것이기는 하다. 그러나 시간 속에서 침묵을 만나게 되면 정신으로서는 망각하고 용서하기가 더 쉬워진다. 침묵을 통해서 정신은 위대한 침묵이자 용서인 영원을 상기하게 되기 때문이다.

아기, 노인 그리고 침묵

아기

아기, 아기는 작은 침묵의 언덕과 같다. 침묵은 마치 아기에게 기어오르는 듯하고, 작은 침묵의 언덕인 아기는 말없이 앉아 있다. 이 작은 침묵의 언덕으로부터 이윽고 말이 나타난다. 아기가 최초로 말을 했을 때, 그 작은 침묵의 언덕은 아주 더 작아진다. 그 최초의 말이 하나의 주문인 듯, 그 말에 눌려 작은 언덕은 내려앉는다. 그러나 말은 커다랗게 일어서려고 애쓴다.

그것은 아기가 자기 입에서 나온 소리로 마치 어른이 문을 두드리듯이 침묵을 두드리는 것 같고, 침묵은 이렇게 대답하는 것 같다. 내가 여기 있다, 침묵인 내가 여기 말과 함께 있다고.

말이 아기의 침묵으로부터 빠져나오는 데에는 어려움이 있다. 아기가 어머니의 손에 이끌려오듯이 말은 입 가장자리까지 침묵에 이끌려오고, 침묵에 꼭 잡혀 있는 까닭에 한 음절마다 따로따로 침묵으로부터 떼어내야만 하는 것처럼 보인다. 아기의 말을 통해서 밖으로 나오는 것은 소리라기보다는 침묵이며,

아기의 말을 통해서 인간에게로 나아가는 것은 본래의 말이라기보다는 침묵이다.

　아기가 수런거리는 말들은 다시 침묵 속으로 떨어지려는 듯이 일직선이 아니라 곡선으로 흘러간다. 아기의 말들은 그 아기에게서 다른 사람에게로 뻗어나가고 다른 사람에게 다다르면 그 말들은 순간, 다시 밑으로, 침묵 속으로 내려갈 것인가, 아니면 사람들에게 그대로 머물 것인가 망설인다. 그리고 아기는 자신이 한 말들을 응시한다. 마치 자신이 높이 던진 공이 허공에서 사라져버릴까 두 눈으로 좇아가듯이.

　아기는 자신이 침묵으로부터 어렵게 끌어낸 한 말을 다른 한 말로 바꿔놓지 못한다. 아기는 명사의 자리에 대명사를 놓지 못한다. 모든 말들 하나하나가 마치 최초로인 듯이 존재하며 그리고 최초로 존재하게 된 말들은 새 것으로 머물려고 하며 다른 것에 자리를 내놓으려고 하지 않기 때문이다.

　아기는 자신에 대해서 결코 "나는"이라고 하지 않는다. 아기는 "안드레아스는……" 하는 식으로 자신의 이름을 말한다. 말과 함께 이제 막 침묵에서 나와 난생처음으로인 듯이 존재하게 된 자신의 이름이 하나의 대명사로 바뀐다면 아기에게는 자기 자신이 사라지는 것 같으리라.

　아기의 언어는 시적(詩的)이다. 아기의 언어는 최초로 시작되는 언어이기 때문이다. 그리고 그 때문에 아기의 언어는 시어(詩語)처럼 원초적이다. "달이 망가졌어." 초승달을 두고 아기는 말한다. "기워달라고 엄마한테 가져가야 해."

아기의 언어는 선율적이다. 수줍게 침묵에서 나온 말들은 선율 속에 숨어 보호받으며, 그 선율 속에서 거의 사라져버릴 것처럼 보인다. 아기의 말에는 내용보다 선율이 더 많다.

아기 속에는 어른을 위한, 어른의 소란스러운 세계를 위한 그리고 나중을 위한 예비로서 침묵이 수북이 쌓여 있다. 아기의 말뿐만 아니라 아기의 침묵 중의 일부를 자기 자신 속에 간직하고 있는 어른이라면 그리고 아기의 침묵에 의해서 말할 수 있는 어른이라면, 행복한 사람이다.

아기의 언어는 소리로 변한 침묵이다. 어른의 언어는 침묵을 추구하는 소리이다.

작은 침묵의 언덕들인 아기들은 말이 어디로부터 왔는가를 인간들에게 일깨우면서 말의 세계 도처에 흩어져 있다. 또한 아기들은 현대의 지나치게 동적인 말의 세계에 대항하는 하나의 반란과도 같고, 아기들은 말이 어디로부터 왔는가를 일깨움으로써 존재할 뿐만 아니라, 말이 어디로 — 침묵으로 — 다시 돌아갈 수 있는가에 대한 하나의 경고로서 존재한다. 그런데 타락한 말이 이 작은 침묵의 언덕들로 다시 끌려와 그 안에 가라앉는 것보다 더 좋은 일이 저 타락한 말에게 일어날 수 있을까! 그렇게 되면 지상에는 오직 작은 침묵의 언덕들만이 있을 것이고 말은 그 안에서 밑으로 깊이 가라앉으려고 애쓸 것이다. 그 침묵의 깊은 심연으로부터 다시 최초의 말, 근원적인 말이 생겨날 수 있도록.

노인

아기의 경우, 말은 침묵으로부터 느릿느릿 나온다. 노인의 말 또한 완만하며 그것은 다시 침묵을 향해서 접근한다. 노인의 입으로부터 말은 마치 너무도 무거운 짐처럼 다른 사람들을 향해서라기보다는 밑으로, 침묵 속으로 떨어진다. 노인들은 다른 사람들에게라기보다는 자기 자신의 침묵을 향해서 말한다. 노인들은 말을 마치 무거운 작은 공처럼 입술 사이에서 이리저리 움직인다. 그것은 말들을 비밀스럽게 침묵으로 돌려보내는 것 같다. 그것은 노인들이 자신들이 아기일 적에 거의 알지 못하는 사이에 침묵으로부터 받았던 말들을 자신이 세상을 떠나기에 앞서 침묵에게 되돌려주려는 것 같다.

저녁 무렵, 침묵 속에서 집 앞에 나란히 앉아 있는 노부부, 그 두 사람 그리고 그들에게서 나오는 모든 말들과 그 말들을 통해서 생기는 모든 행위는 침묵 속에 들어 있다. 그들은 이제 결코 침묵이 말하는 것에 귀 기울이는 것이 아니라, 그들 자신이 침묵의 한 조각으로 변해버린 것이다. 암소들을 물 마시는 곳으로 데려가듯이 그들은 이제 저녁을 침묵을 마시는 곳으로 데려가서, 저녁이 침묵을 실컷 마실 때까지 기다린다. 그리고는 그들은 천천히 몸을 일으켜 그 배부르게 침묵을 마신 저녁을 집으로, 따스한 등불 곁으로 다시 데리고 간다.

노인은 죽음의 침묵 속으로 들어가기 전에 이미 침묵의 일부를 자기 몸에 지니고 있다. 노인의 움직임은 아주 느린 것이 마치 자신이 향해가고 있는 침묵을 방해하지 않으려고 애쓰는 것 같다. 지팡이를 짚고 가는 노인은 마치 이제는 좌우에서 말이 아니라 죽음이 솟아오르는 난간 없는 다리를 걷는 듯이 멈칫거리며 걷는다. 자신의 침묵을 가지고서 노인은 죽음의 침묵을 향해서 간다. 그리고 노인의 최후의 말은 그 노인을 삶의 침묵으로부터 저 너머 죽음의 침묵으로 실어가는 한 척의 배와 같다.

농부와 침묵

1

집들의 벽이 수줍게 지면으로부터 일어선다. 처음에는 한발 한발 느리게, 길이로, 그 다음에는 높이로, 조금씩 조심스럽게, 마치 다음 순간에 건드리지 말아야 할 무엇인가에 부딪칠까 두려운 듯이.

길들은 마치 더 이상 쓰이지 않게 된 듯이, 닳아 못쓰게 된 구두가 내던져진 것처럼 그렇게 놓여 있다. 그 길들은 짧고 모퉁이를 돌면 갑자기 더 이어지지 않고 사라져버리는 것이 이제는 존재하지 않게 된 어떤 거대한 거리의 남은 토막들 같다. 단지 침묵만이 아직 그 길 위를 걷고 있다. 그리고 그 뒤를 따라서 몇 사람만이 침묵하면서 침묵을 따라간다. 그러나 집집의 작은 창문들로부터는 침묵이 자기 자신, 즉 침묵 자신이 저 아래 길 위로 지나가는 것을 응시하고 있다.

사람들은 침묵의 박자 속에서 움직이려는 듯이 느긋하다.

새벽에 길에서 나란히 서서 이야기하고 있는 두 사람. 그들은 밤의 침묵이 아직도 자신들을 감시하고 있다는 듯이 조심스럽게 주위를 둘러본다. 그들의 말은 남몰래 살그머니 오고간다. 그것은 마치 밤의 침묵 뒤에도 여전히 말을 할 수 있는지를 시험해보는 것 같다. 이미 오래도록 그들은 이야기를 나누고 있지만, 침묵은 더욱더 짙어져가는 것 같다.

2

봄에는 최초의 앵초꽃과 버들가지가, 마치 침묵의 갈라진 틈으로부터인 듯, 눈에 띄지 않게 살짝 미끄러져나온다. 그 다음에는 마치 일격을 받은 양, 사프란과 튤립이 온통 한꺼번에 나타난다. 그 일격에서 어떤 소리가 들렸다고 생각될 정도로 그렇게 돌연히 그 꽃들은 나타나고, 그러나 보라, 그 강렬한 소리는 빛깔로 변해 있다. 붉은, 아주 붉은색과 노란색으로 튤립은 거기 서 있다.

새들이 노래하기 시작한다. 그것은 대기의 침묵이 새들의 날개에 베어지는 소리 같다. 노래란 그렇게 해서 생긴다.

여름이 되면, 농가 뜨락의 꽃들은 여름의 더위 속에서 성숙한 과일들처럼 탐스럽기가 마치 침묵의 길 위에 서 있는 다채로운 빛깔의 이정표, 길 표지판 같다.

때로 어느 여름날에 마을은 마치 땅밑으로 가라앉는 듯이 침묵 속으로 가라앉는다. 집들의 벽만이 아직 가라앉지 않은 마지막 잔재이다. 그리고 교회의 탑은 구원을 청하는 외침인 양,

침묵 속에서 굳어져 돌이 된 외침인 양 높다랗게 솟아 있다.

그러한 여름날에는 정원의 꽃들도 달라진다. 어두운 빛깔의 꽃들은 침묵의 심연에서 자라는 해초들과 같고, 밝은 빛깔의 꽃은 침묵의 수면에 비치는 별 혹은 침묵의 물속을 헤엄쳐 다니는 반짝거리는 물고기와 같다.

3

들판의 암소들, 그들은 침묵의 짐승이다. 그 넓은 등짝, 그 위에다 그들은 침묵을 싣고 다니는 것 같고, 그들의 눈은 침묵의 길에 깔린 갈색 자갈들 같다.

들판 위에서 이쪽으로 오는 두 마리의 암소와 그 곁의 한 사람, 그것은 침묵의 행렬 같고, 그 사람은 소의 등에서 침묵을 아래로, 땅 위로 뿌리는 것 같다. 그는 침묵으로 밭갈이를 하는 것 같다.

그러나 암소의 울음 소리는 침묵의 갈라진 틈이다. 그것은 스스로를 파열시키는 침묵이다.

들에서 일하는 사람들의 느슨한 움직임, 그들은 도시에서 파괴된 침묵의 씨를 다시 뿌리고 있는 것이다.

4

농부의 생활은 침묵 속의 생활이다. 말들은 떠돌다가 도로 인간의 말없는 움직임 속으로 돌아왔다. 농부들의 움직임은 먼 길을 거쳐오다가 소리를 잃어버린, 하나의 기다랗게 늘어난 말과 같다. 농부들의 움직임이 말을 대신한다.

추수할 때, 씨 뿌릴 때, 우유를 짤 때, 어떤 일에서나 농부는 언제나 같은 동작을 한다. 언제나 똑같은 그 동작은 그 동작이 스쳐가는 대기 속에 새겨지는 것 같다. 그래서 그 동작들은 그 농부의 집이나 들판의 나무들처럼 그렇게 뚜렷하게 하나의 형상으로 존재한다. 그 노동의 모든 소리들과 모든 잡음들은 그 형상 속에 빨려들어가 있다. 그 때문에 농부의 노동은 침묵으로 둘러싸여 있다. 그 어떤 계층의 노동도 농부의 경우처럼 눈으로 볼 수 있는 형상으로 존재하지는 않는다.

말들과 쟁기를 앞세우고 느릿느릿 가고 있는 농부. 그 쟁기와 말의 걸음과 농부의 걸음 밑에 지상의 모든 경작지들이 놓여 있다. 농부와 말과 쟁기의 움직임은 말에 의존하지 않는다. 그러므로 그러한 움직임은 결코 말로 시작된 것이 아니다. 즉 농부는 집에서 나올 적에 "나는 이제 밭 갈러 들로 나간다"라고 말한 적도 없으며, 실제로 단 한 사람도 전답이나 말이나 밭갈이에 대해서는 이야기한 적도 없는 것 같다. 농부의 움직임은 말하자면 하나의 별의 궤도로 변했고, 그 궤도 속에 말이 흡수되었다.

농부들의 움직임은 아주 느려서, 마치 느리게 도는 별들이 그와 함께 움직이는 듯하고, 농부의 궤도와 별의 궤도가 서로 겹치는 것 같다.

농부의 손으로 파헤쳐진 땅에 가득 떨어지는 씨앗들은 하늘의 은하수에 가득한 별들 같고, 그 씨앗들도 은하수의 별들처럼 어렴풋하게 빛을 발한다.

농부의 생활은 인간 하늘의 궁륭에 붙어 있는 성좌와도 같다.

농부의 삶은 이렇게 완전히 하나의 형상으로 변함으로써, 그밖의 인간들의 범주에서 벗어난다. 농부의 삶은 침묵과 형상들의 세계 바깥에 있는 다른 사람들보다는 자연의 형상들과, 내적 삶의 형상들과 더 많이 결합되어 있다.

때때로 한 농부가 쟁기와 암소와 함께 들판으로 나가면서, 하늘과 땅이 맞닿는 지평선으로 점점 더 가까이 다가갈 때, 그 다음 순간에는 하늘의 궁륭이 농부와 쟁기와 소를 맞아들일 것처럼 보인다. 농부가 하나의 성좌로서 이제 하늘의 지면을 밭 갈이하도록 하기 위해서.

5

농부는 앞뒤로 이어지는 세대의 연속선상의 중심이며, 따라서 과거의 세대는 그 침묵 속에서 그와 함께 하며, 미래의 세대 또한 그 침묵과 더불어 그와 함께 한다. 그밖의 모든 계층의 사람들 한명 한명은 농부보다 훨씬 더 소란스러울 뿐만 아니라 농부보다 훨씬 더 심하게 현재에 빠져 있으며, 과거와 미래 그리고 과거와 미래의 침묵으로부터 훨씬 더 많이 벗어나 있다.

농부들은 자신들의 축제일에는 떠들고 소리친다. 그것은 마치 침묵을 부수고 나오려는 시도처럼 보이는데, 그들은 난폭한 힘에 의해서만 그들의 시도를 이룰 수 있다.

네덜란드 화가들이 그린 그림들 위에 나타난 농부들의 움직임, 그들의 얼굴과 사지(四肢)의 움직임은 이제 막 정적과 침묵에서 소생한 사람들의 움직임 같다. 즉 그 움직임들은 적막과 침묵을 세차게 떨쳐버리고서 온갖 동작들을 동시에, 한꺼번에 해보려고 하는 움직임이다. 마치 소리치고 웃으면서 얼굴과 사지로 할 수 있는 모든 동작들을 알아보려는 듯이, 그런 동작들을 그들은 침묵 속에서 잊어버렸던 것이다.

6

저녁 무렵, 둘 다 어떤 긴 침묵 속에서 집 앞에 앉아 있는 농부 부부. 그때 남편의 아니면 부인의 입에서 한마디 말이 침묵 속으로 떨어진다. 그러나 그것은 침묵의 중단이 아니다. 그것은 다만 침묵이 거기 있는지 시험해보려고 말이 노크를 해본 것일 뿐, 말은 다시 멀어져간다. 혹은 그것은 침묵만이 온전히 존재할 수 있도록 스스로 인간에게서 빠져나온 마지막 말, 이미 빠져나와 사라져버린 다른 말들을 좇아 달려가는 마지막 말 같으며, 말보다는 침묵의 소유인 낙오병 같다. 이러한 농부의 침묵은 결코 말의 상실을 의미하지는 않는다. 반대로 이러한 상태의 침묵 속에서 인간은 침묵으로부터 말을 받으려고 기다리는 태초의 상태에 있게 된다. 그때에는 마치 인간은 말을 결코 소유해본 적이 없으며, 이제 최초로 자신에게 말이 주어질 것처럼 보인다. 인간이 아니라 침묵으로부터 최초의 말이 다시 나타나는 것이다.

대지의 평야 위에 솟아 있는 인간, 그것은 침묵의 평야에 튀어나와 있는 말 같다. 그러나 오늘날에는 오직 농부만이 아직도 그러한 침묵의 평야를 내부에 가지고 있다. 따라서 들판 위에 솟아 있는 농부, 그는 인간의 말이 생겨나오는 침묵의 평야에 해당되는 것이다.

침묵 속의 인간과 사물

1

"우리는 침묵한다. 서로 충분히 사랑하며 서로 충분히 기쁘게 하기를 원하며, 서로를 충분히 알고 서로를 충분히 이해하며 각자 나름대로 충분히 함께 하며, 충분히 같고, 서로 나란히 오랫동안 고요한 거리를 따라 걷는 두 친구, 그들은 행복하여라. 함께 침묵할 줄 알 만큼 서로를 사랑하는 두 친구는 행복하여라. 침묵할 줄 아는 나라에서, 우리는 올라가고 있다. 우리는 침묵했다. 오래 전부터 우리는 침묵하고 있었다."(샤를 페기)

사물들의 의미뿐만 아니라, 침묵의 의미를 공통적으로 이해한다는 것은 행복한 일이다. 단순히 말을 하지 않는 것이 침묵하는 것은 아니다. 말이란 전혀 존재하지 않는 듯, 말과의 대립없이, 그 내부에 어떤 원초적인 자명한 존재로서 침묵이 내재해 있는 사람만이 침묵한다. 이 원초적 침묵 속의 생명이 오직 말에 의해서만 인간일 뿐인 인간에게 또 하나의 다른 생명, 침묵 속의 생명을 덧붙여주며, 말 속에 있는 삶을 넘어, 말의 피

안에 있는 삶으로 인간을 향하게 하며, 그렇게 자신을 넘어 저 밖으로 인간을 향하게 하는 것이다.

"플라톤 카라티예프는 자신이 이전에 말했던 것과는 완전히 정반대인 이야기를 자주 했지만, 그럼에도 불구하고 둘 다 맞는 말이었다……때때로 피에르는 그의 말의 깊은 의미에 놀랐을 때, 한 말을 다시 한 번 해달라고 그에게 부탁했다. 그러나 플라톤은 자신이 불과 1분 전에 한 말을 생각해내지 못했다. 플라톤은 말들을 전체 맥락에서 분리하여 그 의미를 개별적으로 이해하지 않았고, 이해할 수도 없었다. 플라톤의 모든 말과 행동은 그 자신도 이해하지 못하는, 그러면서도 그의 삶 전체를 형성하는 어떤 활동의 표현이었다. 플라톤이 관찰하는 그 자신의 삶은 개별적인 삶으로서는 의미가 없는 것이었으며, 자신의 주위에서 끊임없이 흐르고 있다고 느껴지는 전체의 부분으로써만이 비로소 그 의미를 얻는 그런 것이었다. 꽃에서 향기가 나오듯이 그로부터 그의 말과 그의 행동이 흘러나왔다."
(톨스토이, 「전쟁과 평화」)

이러한 인간은 한 행위를 해석하기 위해서 말을 사용할 필요가 없을 만큼 어떤 확고한 질서 속에 있다. 마치 각 시간마다 일정한 화단의 꽃들이 피어나는 해시계 속에서 꽃들이 알지 못하는 사이에 차례로 피어나듯이 그렇게 행동들이 차례로 따른다.

톨스토이의 이 플라톤이라는 인물에게는 더 이상 말이 필요하지 않다. 따라서 말은 내적으로 자유를 가진다. 말은 더 이상 직접적으로 대상에게 묶여 있지 않고 또한 다른 말들에게 묶여 있지 않다. 그렇기는 하지만, 말이 완전히 풀려난 것은 아니며 말은 대상과 행위 너머에 행복하게 떠 있다. 형식적이고 외면적인 논리에 의해서가 아니라 행복한 그러한 자유에 의해서 말들이 서로 결합되고 유지된다. 그렇기 때문에 "거기에는 어떠한 모순도 없고, 자신이 이야기했던 것과 완전히 정반대되는 이야기를 할" 수 있었으며, 그 두 가지가 모두 옳았다.

　말들은 말 그 자체를 보여주지도 않을 뿐만 아니라 사물과 행위를 보여주지도 않으며, 그 행복한 내적 자유를 보여준다. 이러한 인간은 말을 해도 거기에는 침묵이 존재할 수 있으며, 침묵을 해도 거기에는 이야기가 있을 수 있다. 실로 침묵이 말을 통해서 들릴 수 있으며, 보통 때라면 하나의 감정에 지나지 않는 행복이 하나의 가시적인 물체로 그 투명함 속에서 보이게 된다.

2

　자그마한 옛 도시들은 아직도 그 가장자리가 침묵에 둘러싸인 채, 침묵의 갈라진 한 틈 속에 놓여 있는 듯하다. 마침 침묵의 한 군데가 그 덮개가 떨어져나가서 이제 침묵 자신이 그 작은 도시를 내려다보고 있는 듯하다.

　그 집들 속에는 아직도 어떤 뻣뻣함, 어떤 놀라움이 들어 있다. 그것은 그 작은 도시가 너무도 갑작스럽게 침묵의 표면으로부터 뚫고 나왔기 때문이다.

그 작은 도시의 모든 것들, 집과 거리와 광장이 마치 철거를 위해서 포장하여 싸놓은 듯이 서로 나란히, 아주 가까이 붙어 있다. 아주 조금 밀치기만 해도 그 모든 것이 침묵의 갈라진 틈 속으로 도로 사라질 것만 같다.

도로들은 마치 침묵 속에 걸려 있는 다리들 같고 그래서 사람들은 그 다리가 자신들을 떠받칠 만한 충분한 힘이 있다는 것을 믿지 못하겠다는 듯이 그 위를 천천히 지나다닌다.

오직 대성당만이 확고하다. 그것은 마치 침묵이 보다 깊은 침묵을 향해서 밑으로 나아가는 한 갱도의 튼튼한 입구와도 같다.

오늘날의 대도시는 그와 반대이다. 마치 침묵이 돌연히 도시로부터 파열되어나온 것 같고, 침묵이 파열될 때 모든 것을 뒤죽박죽으로 만들어놓은 것 같다. 도시는 침묵이 파열될 때 파괴되어 마치 침묵이 남긴 잔해처럼, 침묵의 찌꺼기처럼 놓여 있다.

그러한 도시에서 인간의 언어는 더 이상 인간 자신에게 속해 있지 않으며, 그 도시의 전체 소음의 일부에 불과할 뿐이다. 그리하여 말들은 이제 인간의 입에 의해서 형성되지 않는다. 그것은 다만 그 도시의 기계장치에서 나오는 잇따른 끽끽거림에 지나지 않는다.

오늘날 사람들은 "자연의 정적"과 침묵을 얻기 위해서는 전원(田園)으로 가기만 하면 된다고 생각한다. 그러나 인간은 거기에서도 침묵과 만나지 못한다. 반대로 인간은 거대한 도시의 그리고 자기 자신의 내부의 소음을 시골로 가지고 갈 뿐이다. 그것이 "전원으로 돌아가라"는 운동의 위험이다. 적어도 대도시에서는 최소한 말하자면 한 감옥 안에 함께 감금되어 있던 소음들이 시골로 풀려나가게 되는 것이다. 대도시를 분산시킨다는 것, 그것은 소음을 분산시키는 것이며 소음을 도처에 분배하는 것이다.

3

때로, 어느 집의 벽이 정오의 햇빛 속에 놓여 있을 때에는 마치 그 햇빛이 침묵을 위하여 그 벽을 점유하고 있는 듯하며, 그 뜨거운 정오의 침묵이 다가오는 것이 느껴진다. 벽이 침묵에 속해 있다는 한 증거인 듯이 정오의 햇빛은 벽 위에 그렇게 고정되어 있다.

그 벽에 난 문은 닫혀 있고, 창문들은 커튼으로 가려져 있다. 그리고 그 안으로부터 마치 침묵 앞에 머리를 조아리고 있는 듯이 나직하게 음성들이 들려온다.

벽은 침묵에 짓눌려 옆으로 퍼지는 것처럼 보인다.

그때 갑자기 안에서 노랫소리가 벽으로 떨어진다. 그 노랫소리는 마치 맑은 구슬을 그 벽에 던지는 것 같고, 그리하여 이제 침묵이 벽에서 일어나서 벽을 타고 하늘을 향해서 위로 올라가는 것 같다. 벽에 나 있는 창문들은 침묵과 그 노래를 위로 인도하는 사다리의 가로대들처럼 보인다.

4

때로 어느 거리에 벤치가 하나 있고, 그 벤치 위에 고양이 한 마리가 쉬고 있고, 거친 자갈들로 뒤덮인 그 거리 저 너머에는 초원이 있고, 그 초원으로부터 가파른 비탈이 계속되어 내려간다. 벤치, 고양이, 거리 그리고 초원은 머리 위의 하늘과 밑의 비탈진 땅 사이에 떠 있는 것처럼 보인다. 그리고 여기에서, 여기 이 몇몇 사물들 속에서 침묵 자신이 휴식하고 있다. 마치 침묵이 다른 세계로부터 빠져나오면서 여기서 그 몇몇 사물들 속에서 쉬기 위해서 그 사물들을 함께 데리고 나온 것 같다. 고양이는 꼼짝도 하지 않는 것이 마치 조금 전까지만 해도 침묵 자체를 지켜줄 수 있는 침묵의 짐승인, 성당 벽에서 영원히 기다리고 있는 저 석조 동물상들 중의 하나였던 것 같다.

고양이, 햇빛 속의 벤치, 돌로 덮인 거리, 초원, 이런 것들은 침묵에 의해서 일상 세계의 흐름으로부터 끌어올려졌다. 고양이와 벤치와 땅은 밑이 존재하지 않고 침묵만이 존재했던 태초의 상태로 돌아가 있다. 그것들은 그렇게 태초의 상태에 있고, 그리고 세상이 끝날 때까지 그렇게 이끌려갈 것이다.

그 앞에서 인간은 자신의 침묵이 다시금 세계의 시작에서부터 그 끝까지 함께 여행할 수 있도록 그 침묵의 사물들에게 자기 자신의 침묵을 덧붙여놓는다. 그렇기는 하지만 인간은 자신

이 눈앞에 보고 있는 것을 그래도 말로 이야기하며, 눈으로보
다는 말 속에서 침묵을 더 분명하게 본다.

<h2 style="text-align:center">5</h2>

돌로 지은 한 거대한 벽, 프로방스의 오랑주에 있는 한 극장
의 거대한 외벽, 그것은 침묵 자체이다.

이것은 말이 부서져서 생긴 침묵이 아니다. 여기 이 침묵은
돌에 의해서 으깨어져 있는 것이 아니라 애초부터 그 돌 속에
들어 있었다. 고대 그리스의 신(神)들이 대리석 속에 있듯이 그
렇게 침묵이 돌 속에 들어 있다. 고대 그리스의 신들은 인간이
그들의 형상을 대리석으로 만든 것이 아니라 신들 자신이 지금
있는 그대로의 모습으로 대리석 속에 나타났던 것 같다. 오랫
동안 대리석 암맥 속을 지나서 마침내 대리석 산의 끝에 도달
한 뒤, 마치 어떤 문으로부터 나오듯 그 대리석 산의 마지막 문
으로부터, 그 대리석으로부터 고대 그리스의 신들은 걸어나온
다.

그리고 이 둘러싼 벽 속의 침묵 또한 정확히 그러하다. 침묵
은 지상의 모든 돌들 속을 거쳐나온 듯하고, 그리하여 이제 여
기 이 최후의 석벽에 다다라서 기다리고 있다. 그 둘러싼 벽 밑
으로 사방에 둥근 문들이 이미 뚫려 있어, 마치 침묵이 그곳으
로부터 바깥 세계로 나올 수 있도록 침묵을 위한 모든 준비를
해놓은 것 같다.

둘러싼 그 벽이 오직 단 한 개의 돌로 이루어진 것이라면, 그 것은 침묵의 유물, 다만 유물 같은 것이리라. 그러나 그 벽은 지금 보이는 대로 수많은 작은 돌들로 이루어져 있고, 그 돌들 은 밑바닥으로부터 올라가고 길이와 넓이로 뻗어나가는 것이 마치 침묵의 사자와 같다. 그 침묵은 살아 있는 것이다. 그것 은 결코 유물이 아니다. 그 돌에 침묵이 짜여져 있음을 느낄 수 있다.

여기서 온 세상이 침묵을 공급받을 수 있을 것 같고, 실로 여 기서 완전한 침묵의 세계가 세워질 수 있을 것 같다. 지상의 대 지는 침묵으로부터 생기고 냇물은 그 양 둑 사이로 물이 아니 라 침묵을 운반하고, 그 양 둑의 나무들은 마치 이 벽의 돌들처 럼 빽빽하게 서로 밀집해 있다. 그리고 그 나무들은 그 가지의 나뭇잎들 사이에 밝은 광채를 달고 있으며, 그 나뭇잎 사이의 밝은 광채들은 침묵의 열매와도 같다.

자연과 침묵

1

자연의 침묵은 인간에게는 두 가지로 나누어진다. 우선 자연의 침묵은 인간을 행복하게 한다. 왜냐하면 자연의 침묵은 말이전에 있었고, 모든 것이 발생한 저 위대한 침묵을 예감하게해주기 때문이다. 그러나 동시에 자연의 침묵은 가혹하다. 왜냐하면 자연의 침묵은 인간을, 인간이 아직 말을 가지지 않았던, 인간이 아직 인간이 아니었던 저 태고의 상태에다 도로 가져다놓기 때문이다. 그것은 말을 인간으로부터 빼앗아 도로 저태고의 침묵 속으로 가져갈지도 모른다는 위협과 같다.

인간이 다만 자연의 일부에 불과하다면, 인간은 결코 고독하지 않을 것이고, 인간은 언제나 침묵에 의해서 모든 것들과 결합되어 있을 것이다. 그렇기는 하지만 그러한 결합이란 오직인간의 본질 중에서 자연성과 관계된 것일 뿐이다. 그러나 인간은 자연일 뿐만 아니라 정신이기도 하다. 그리하여 인간이 오직 하나의 자연으로서 침묵을 통해서 사물들과 결합되어 있을 때 그 정신은 고독하다. 정신은 말을 통한 결합이 필요하다. 그래야 정신은 침묵하는 자연 곁에서도 더 이상 고독하지 않게 된다. 즉 정신은 말을 하면서도 침묵 속에 있으며, 실로 말을 통해서 침묵을 낳을 수 있다. 말로부터 말과 정반대의 것, 철저히 다른 것, 말의 외적 현상에 포함되어 있지 않는 뜻밖의 것, 곧 침묵이 생긴다는 것은 말이 신적(神的)인 것에서 기원한다는 한 증거이다.

침묵을 통한 결합은 지속적으로 존재하며, 말을 통한 결합은 순간적인 것이다. 그러나 그것은 말로 나타나는 진리의 순간이며, 따라서 영원의 순간이다.

우리는 자연의 침묵은 지속적으로 존재한다고 말했다. 자연의 침묵은 자연이 호흡하는 대기이다. 자연의 운동은 침묵의 운동이다. 계절의 교체는 말하자면 침묵의 리듬이고, 모든 계절의 모습은 침묵으로 덮여 있다.

자연의 침묵은 원초적이며, 자연의 사물들은 오직 자연의 침묵을 뚜렷하게 만드는 데에 기여할 뿐이다. 자연의 사물들은 침묵이 여러 형상들로 나타난 것으로서, 자기 자신보다도 침묵을 더 잘 보여준다. 자연의 사물들은 다만 침묵이 있는 곳을 보여주는 표지들일 뿐이다.

2

사물들에 앞서 침묵이 존재했다. 그 뒤를 따라서 숲이 천천히 자라난 것 같다. 그 나뭇가지들은 침묵의 움직임을 따라가는 검은 선(線)과 같고, 마치 침묵 자신이 숨으려는 듯이 가지들은 나뭇잎으로 빽빽하게 뒤덮여 있다.

숲에서 한 마리 새가 운다. 그것은 침묵을 향한 소리가 아니다. 그것은 침묵 자신의 눈으로부터 숲 위에 떨어지는 밝은 시선이다.

침묵이 점점 더 커져가기 때문에 숲은 점점 더 확장되고, 나뭇잎들이 더욱더 무성해지고, 새의 노랫소리는 더욱더 커져간다. 그리하여 침묵의 밝은 시선은 이제는 더 이상 숲을 뚫고 나아갈 수 없다.

드넓은 산등성이……. 그것은 인간의 눈앞에 몸을 가만히 내밀고서 인간이 어떤 말을 외치기를 참을성 있게 기다린다. 그리고 숲은 그 말을 받아서 그것을 메아리로 인간에게 되돌려준다. 말은 숲에 속한 것이 아니라 인간에게 속해 있다.

메아리 뒤의 침묵은 더한층 깊어지지만, 산을 따라 메아리가 지나가는 곳에서는 그 숲 등성이가 더한층 높아지는 것 같다.

그 숲 바깥에 있는 꽃들은 햇빛에 녹아 반짝거리는 침묵과도 같다.

그 옆의 호수, 그것은 침묵이 대지의 표면 위에 찍는 도장과
도 같다. 그러다가 그 호수는 별안간 침묵이 대지로부터 완전
히 불쑥 튀어나와 모든 것을 뒤덮지 않도록 대지 위에 놓인 청
회색 원판 같아진다.

두 척의 배가 호수 양끝에서 망을 보는 듯이, 감시하는 듯이
천천히 움직이고 있다.

호수 가까이에 우람한 나무 한 그루가 서 있다. 그 나무의 몸
통은 깊은 곳에 있는 침묵을 막는 말뚝처럼 땅 속에 박혀 있지
만, 보라, 침묵은 그 나무의 몸통을 따라 위로 기어올라왔고,
그리하여 그 나무의 수관(樹冠)은 침묵이 쉴 수 있도록 넓은 자
리를 마련한다.

자연의 사물들은 침묵으로 가득 차 있다. 침묵을 담는 그릇
처럼, 침묵으로 가득 찬 채, 자연의 사물들은 거기 존재하는 것
이다.

숲은 거대한 침묵의 저수지 같다. 그 저수지로부터 침묵이
천천히 대기를 뚫고 새어나오고, 그리하여 대기는 침묵으로 아
주 환해진다.

산, 호수, 들판, 하늘은 인간의 노시에 있는 소음의 사물들
에게 자신이 가지고 있는 침묵을 다 비워주려고 어떤 신호를
기다리고 있는 것처럼 보인다.

계곡 한편에서 다른 한편으로 새 한 마리가 날아간다. 그것
은 마치 공을 통해서 그렇게 되듯이, 새의 몸을 통해서 침묵이
공간 속으로 던져지는 것 같다. 그리고 그 새의 울음 소리는 공

이 대기를 가르는 소리인 것 같고, 그 새소리 뒤에는 침묵이 더 한층 잘 들린다.

그렇게 기다리면서, 사물들 속의 침묵은 더욱더 증가한다. 사물들은 침묵 속에 가라앉아버릴 것처럼 보인다. 사물들은 다만 침묵의 가장자리에 불과할 뿐이다. 티티노(스위스 남동부의 주/역주)의 언덕들 위에 있는 옛 마을들 또한 그렇다. 침묵의 바다 밑바닥에 누워 있는 배들인 양, 침묵 속에 가라앉아 있다. 그리고 그 마을 위의 구름들은 침묵 속의 거대한 배에 부딪쳤다가 이제 멀어져가는 빛나는 물고기들과 같다.

그 마을들을 천천히 지나가고 있는 사람들은 침묵의 바다 밑바닥에서 잃어버린 침묵의 보물들을 주워올리는 잠수부들과 같다.

그런 한 마을로 많은 사람들이 이야기하면서 들어왔다가 침묵으로 가득 찬 채 그곳을 떠나간다.

3

봄이 시작될 때면 사물들은 침묵으로부터 돌아와서 자기 자신을 더욱 깊이 성찰하게 된다.

봄에 나뭇잎들이 나비처럼 수줍게 나뭇가지에 앉아 있고, 하늘의 푸르름이 가지들 사이로 밀려와서 나뭇잎들이 가지에서라기보다는 하늘의 푸름 속에서 떨고 있을 때, 나무는 침묵에보다는 하늘에, 그리하여 자기 자신에게 더 많이 속하게 된다.

두 그루의 나무 사이로 사슴 한 마리가 뛰어 달아난다. 그 사슴의 밝은 반점들은 침묵을 뚫고 지나가는 하나의 소리와도 같다.

그러나 갑자기 달이 나타나고, 낮 모양의 달은 하나의 벌어진 틈과 같고, 그 틈을 향해서 침묵이 숲 속으로 내려와 모든 것을 뒤덮는다.

여름 한낮의 열기 속에서 침묵은 완전히 공간으로 변해버린다. 그 충격으로 마비된 듯이 시간조차 정지한 듯하다.

하늘의 궁륭은 높다랗게 뻗어올라가 있다. 하늘은 다만 침묵의 윗가장자리에 불과한 것처럼 보인다.

대지는 밑으로 꺼져내려 그 가장자리만 보일 뿐이다. 그것은 침묵의 아랫가장자리이다.

산, 나무, 흩어져 있는 집들은 한낮의 침묵의 공간 속으로 아직 빨려 들어가지 않은 마지막 사물들 같다. 침묵은 마치 응고된 듯이 정지한 것처럼 보인다. 그 침묵이 움직이기 시작하는 순간, 남아 있는 마지막 사물들까지도 침묵 속에서 소멸되고 말 것 같다.

새 한 마리가 천천히 허공 속으로 날아오른다. 그 새의 움직임은 누군가가 침묵이 그대로 정지해 있기를 기원하며 검은 획(劃)들을 그은 것과도 같다. 그렇지 않으면 그 다음 순간에 침묵이 입을 벌려 모든 것을 그 안에 삼켜버릴 것만 같다.

빛은 어둠이 아니라 침묵에 속해 있다. 그러한 사실이 여름의 한낮보다 더 분명해지는 때는 없다. 그때, 침묵은 완전히 빛으로 변해 있다.

침묵은 마치 그 덮개가 벗겨져버린 듯이, 그리하여 빛이 그 침묵의 속처럼 나타나는 것이다.

그런 한낮, 침묵 위에는 더 이상 아무런 덮개가 덮여 있지 않고, 그리하여 침묵의 속인 빛이 벌거벗겨진 채 거기 놓여 있고, 아무것도 움직이지 않으며, 아무것도 움직일 엄두를 내지 못한다.

그때에는 빛이 너무도 침묵의 본질처럼 나타나는 까닭에 말은 전혀 필요하지 않은 듯 보인다. 빛은 갑자기 침묵의 완성처럼 보인다.

"언젠가는 우리 자신으로부터 내부의 빛이 나와 우리에게는 이제 다른 어떤 것도 필요하지 않게 되는 일도 분명히 있을 것이다."(괴테)

밤이 되면 침묵은 지상에 좀더 가까이 다가간다. 지상에는 온통 침묵이 스며들어 있고 침묵은 지면 속으로까지 뚫고 들어가는 것처럼 보인다.

밤의 침묵에 의해서 낮의 말은 용해되어 가라앉아버린다.

밤에 갑자기 새 한 마리가 지저귀기 시작한다. 그 지저귐은 낮에 못다 한 소리의 나머지 같고, 그것은 무서움에 서로를 껴안아 하나의 노래를 이루고 그 노래 속에 몸을 숨긴다. 호수 위로 나룻배 한 척이 떠가고, 그 노 젓는 소리는 침묵의 벽을 두드리는 소리 같다.

밤이면 나무들은 저 높은 곳을 향해서 뻗어간다. 그것은 마치 나무들이 그 줄기를 따라서 무엇인가를 들어올려 침묵에게 넘겨주려고 하는 것 같다. 다음날 아침이면 나무들의 줄기는 전날 저녁보다 더욱 꼿꼿하게 서 있다.

사물들은 밤에는 스스로에게도 낯설게 그리고 갑자기 자신들이 있는 장소에서도 낯설게 서 있다. 마치 낮에는 결코 거기 있지 않았으며 밤이 되자 이제 막 자신들도 알지 못하는 사이에 침묵이 거기에 가져다놓은 듯이 말이다. 사물들은 비밀스럽게 배에 실려온 듯이 침묵에 실려온 것 같다. 마치 오디세우스가 이타카 섬으로 배를 타고 와서 내렸더니 그 곁에 보물들이 놓여 있었던 것처럼, 사물들은 밤중에 비밀스럽게 침묵에 실려온 듯하다.

4

때로는 자연의 침묵이 반란을 일으키려는 듯이, 인간의 말 속으로 난입하려는 듯이 할 때가 있다.

바람은 포효하고, 포효하면서 곳곳으로 돌진한다. 바람은 말을 찾고 있는 듯하며, 말을 하는 사람에게서, 그 사람의 입에서 말을 빼앗으려고 하는 것 같다. 바람의 포효 속에서 말은 사라져버린다.

이제 자연 속에서는 침묵이 자연을 떠나가고 어떤 다른 것이 생기리라는 불안이 나타난다.

침묵은 폭풍 속에 압축되어 있지만, 천둥 소리도 없이 숲을 뚫고 지나가는 번개 속에서 끓어오른다.

나무들이 휘어지는 모양 속에는 어떤 불안이 있다. 그것은 변화에 직면한 피조물의 불안이다.

그러나 갑자기 모든 것이 고요해진다. 모든 소리는 바람의 광란 속에 산산이 흩어져버린 것 같다.

바다가 울부짖는다. 마치 자기 자신을 찢어 열어젖히려는 듯, 높다랗게 파도침으로써 자기 자신을 벗겨 드러내려는 듯이.

그러나 돌연히 바다는 자신이 찾던 것을 자신의 깊은 곳에서 발견한 듯이 자신 속으로 가라앉는다. 바다 밑바닥은 갑자기 자신의 고요로 뒤덮인다.

이윽고 밤에는 달빛의 실(絲)들이 그물처럼 해저(海底)에 이른다. 그리하여 이제 바다가 자기 자신 위에 누워 있는 침묵을 통해서 자기 자신 속으로 가라앉을 때, 그때 바다의 소리와 함께 인간의 소리들도 모두 바닷속에 가라앉고, 그리하여 불안하게 인간은 자기 자신을 불러 찾는다.

불. 한순간 불꽃이 바작바작 타들어가는 소리를 멈추고 급하게 도로 지면으로 내려갈 때에는 마치 불이 그 밑바닥에서 무엇인가를 가져오려는 것처럼 보인다. 한순간 그렇게 불꽃은 멈추지만 다시 높이 타오른다. 이전보다 더욱 격렬하게, 더욱 필사적으로.

5

자연 속의 침묵이 너무도 농밀해짐으로써 자연 속의 사물들이 다만 침묵을 더욱 심하게 응축한 것처럼 보일 때에는 인간 역시 더 이상 말을 소유하지 않게 된 것처럼 보이고, 말은 다만 침묵의 갈라진 틈에 지나지 않는 것 같다.

"침묵이 저처럼 완벽한 나라가 세상에 달리 또 있을까? 여기 에스키모의 나라에는 나뭇잎들 사이로 부는 바람이 없다. 왜냐하면 나뭇잎이라는 것이 없기 때문이다. 새도 지저귀지 않고, 흘러가는 물소리도 들리지 않는다. 여기에는 놀라서 어둠 속으로 달아나는 짐승들도 없다. 누군가의 발에 걸려 흔들거리다가 물가로 떨어져내리는 돌도 없다. 왜냐하면 돌이란 돌은 모두 얼음에 들러붙어 눈 아래에 묻혀 있기 때문이다. 그럼에도 불구하고 이 세계는 죽어 있는 것이 아니다. 이 고독 속에서 살아가는 생물들은 다만 소리가 없으며 눈에 보이지 않을 뿐이다.

"그렇게 고독하게 존재했던 그리고 나를 안정시켜주고 소모된 나의 신경에 유익했던 이 정적이, 그러나 차츰차츰 납덩어리처럼 나를 짓누르기 시작했다. 우리 내부의 생명의 불꽃은 어떤 비밀의 잠복처로 자꾸만 물러났고, 우리 가슴의 고동은 점점 더 느려졌다. 심장의 고동이 멎지 않도록 하기 위해서 몸을 흔들어야만 할 날이 오리라. 우리는 그 침묵 속에 깊이 가라 앉았고 그 속에서 마비되었으며, 우리는 말할 수 없이 힘을 들 여야 겨우 빠져나올 수 있는 우물 밑바닥에 있었다."(공트랑 드 퐁생, 「카블루나[*Kabloona*]」)

　여기에서 인간은 자기 자신이 그 침묵 속에 분해되어 단지 자연의 침묵의 일부가 되는 것은 아닐까 하고 떨고 있다. 말이 란 말하자면 그러한 불안 속에서 자라나고, 그리하여 점점 더 가까이 다가오는 침묵의 벽에 커다란 그림자로 드리워지는 것 과 같다. 말이란 더 가까이 오지 못하도록 침묵의 벽을 잡아두 기 위한 마지막 기원의 의식(儀式)과도 같다.

　자연의 침묵은 인간에게로 몰려온다. 인간의 정신은 그러한 침묵의 드넓은 평원 위에 걸린 하늘과도 같다. 정신은 자연의 침묵을 인간 세계에 속하게 하고, 다만 자연에 불과한 그 침묵 을 용해하여 말을 생성시켰으며, 또한 신의 침묵의 자취가 깃 들어 있는 저 침묵과 결합시킨다.

시와 침묵(I)

1

시는 침묵으로부터 나오며, 또한 침묵을 동경한다. 시는 인간 자신과 마찬가지로 한 침묵에서 다른 침묵으로 가는 길 위에 있다. 시는 침묵 위를 비상하고, 선회하는 것과 같다.

어느 집 마룻바닥이 모자이크로 아로새겨져 있듯이 침묵의 바닥은 시로 아로새겨져 있다. 위대한 시란 침묵 속에 박아넣은 모자이크이다.

이것은 시에서 침묵이 말보다 더 중요하다는 뜻은 아니다. "가장 고귀하고 뛰어난 것이라고 해서 말로 표현될 수 없는 것은 아니다. 비록 시인이 그의 작품에서 드러내는 것보다 더 큰 깊이를 그의 내부에 가지고 있다고 하더라도, 그의 작품들이 그 예술가의 최선의 것이다. 그리고 그의 내부에 그대로 머물러 있을 뿐인 어떤 것, 그것이 시인 자신은 아니다."(헤겔)

위대한 시인은 자신의 말들로 대상을 완전히 사로잡지 않는다. 위대한 시인은 그 대상에게 다른 시인, 보다 고귀한 시인이 그 대상에 대해서 한마디 할 수 있는 여지를 남겨놓는다. 위대한 시인은 다른 시인도 또한 그 대상을 함께 나누도록 허용한다. 물론 그는 언어로 그 대상을 자기 것으로 만들지만, 그것을 전적으로 혼자 차지하지는 않는다. 그 때문에 그러한 시는 고정되지도 경직되어 있지도 않고 어느 순간에든 다른 사람, 보다 고귀한 사람의 소유가 될 준비가 되어 있다.

예를 들면, 괴테가 어떤 대상을 묘사하기 위해서 사용하는 이미지는 대상을 질식시키는 것이 아니라, 반대로 그 대상을 가볍게, 투명하게까지 만들어준다.

에른스트 윙거의 경우는 다르다. 그는 한 이미지로 대상을 완전히 사로잡아 그 대상을 감금시킨다. 대상을 덮어버릴 뿐만 아니라 질식시키는 이미지로 그는 대상을 무방비 상태로 만든다. 그는 대상을 무슨 약탈품처럼 가로챈다. 그러한 시에는 자유가 전혀 없다.

독백은 시가 침묵과 결합되어 있는 곳에서만 가능하다. 말하는 개개인은 혼자가 아니라 침묵과 마주해 있다. 독백은 실은 침묵과의 대화이다. "독백을 경시하여 심지어 부자연스러운 것이라고까지 말하려고 하는 사람은 커다란 무지를 드러내는 것이다.……어떤 강렬하고 감동적인 사건이 진행될 때 무대 위에서 사람들의 마음을 여는 어떤 열쇠가 주어지는 것은 결코 자연스러움을 거스르지 않는다."(야콥 그림)

실제의 어떤 시에든 들어 있는 침묵의 공간을, 역시 어떤 위대한 시에든 들어 있는 빈 자리와 혼동해서는 안 된다. 이 비어 있음은 비어 있음 자체가 아니다. 그것은 때로는 자연 속의 결핍과도 같은 것이다. 그것은 결코 결함이 아니다. 예를 들면 고트헬프에게 그러한 빈 자리는 활동하는 것이 아니라 쉬고 있는 자연과 같은 것이고 따라서 진정한 침묵의 자리와 같은 것이다.

시인의 말은 그것이 태어났던 침묵과 자연적으로 연관되어 있을 뿐만 아니라, 말 안에 깃든 정신을 통해서 스스로 침묵을 생산하는 능력을 가지고 있다. 그러한 말의 창조적 작용을 통해서 자연에 지나지 않을 뿐인 침묵이 정신에 의해서 되풀이된다. 그러한 말은 아주 강력하며 아주 철저히 완벽한 말일 수 있는 까닭에 그 대립물, 즉 침묵이 저절로 존재하게 되며 그 침묵은 말에 흡수된다. 즉 완벽한 침묵은 완벽한 말의 메아리로 들린다.

괴테의 「파우스트(*Faust*)」의 "천상의 서곡"에서는 강렬한 말에 의해서 각 절(節)의 뒤에 강렬한 침묵이 나타난다. 각 절 뒤에는 능동적인, 들을 수 있는 침묵이 존재한다. 말에 의해서 이끌려왔던 사물들은 그 침묵 속에서 꼼짝도 하지 않고 있다. 마치 그 침묵 속으로 소환되어 그 속에서 사라지기를 기다리고 있는 듯하다. 말은 사물들을 침묵에서 꺼내올 뿐만 아니라, 그 사물들이 도로 사라져버릴 수 있는 침묵을 만들어주기도 한다. 그리하여 지상은 사물들로 인하여 무거운 짐을 지지 않게 된다. 말이 그 사물들에게 그들이 사라져버릴 수 있는 침묵을 가져다주었기 때문이다.

2

오늘날의 시는 더 이상 침묵과 연관되어 있지 않다. 오늘날의 시는 말로부터, 실로 온갖 말들로부터 와서 온갖 말들에게로 옮아간다. 그리고 거기에는 대부분의 경우, 그 말에 의해서 전달되어야 할 실제의 사실이라고는 전혀 없다. 실제의 사실은 전혀 없으며 그것을 말로써 찾고 있을 뿐이다. 말이 실제의 사실을 사냥하고 있는 것이다. 그러나 진정한 시인은 실제의 사실을 가지고 있으며, 그 사실로부터 말을 찾아나선다.

오늘날 작가의 말은 다른 온갖 말들에게로 간다고 우리는 말했다. 그 말은 아주 수많은 것들과 결합할 수 있으며, 수많은 것들을 자기에게로 끌어들여 아주 광대해질 수 있다. 그리하여 본래의 자신 이상으로 보일 수 있다. 실로 오늘날 작가의 말은 다른 말들을 붙잡아 데려오기 위해서 보내진 것처럼 보인다. 바로 그런 이유 때문에 오늘날의 작가는 작가 자신이 원래 가지고 있는 것보다 더 많은 것들을 제시하게 되고, 그의 인격은 그 자신이 쓴 것을 따라가지 못한다. 작가는 그의 작품과 일치하지 않으며, 그 불일치로 인하여 작가가 위기에 빠지는 경향이 있다. 물론 예전에도 시인이 그 작품과 다를 수도 있었지만, 그 인격이 그 작품과 오늘날처럼 그렇게 별개의 것은 아니었다. 그때에는 작품이 시인의 인격보다는 세계의 질서에 속해 있었다. 그 말을 했던 주체가 어떤 사람인가가 아니라, 다만 그 말이 객관적으로 정당한가만이 문제였다. 따라서 시인의 인격과 그 쓰인 말 사이의 어떠한 대립도, 어떠한 갈등도 전혀 생기지 않았다.

시는 이제 더 이상 침묵과 연관되어 있지 않다고 우리는 말했다. 오늘날에는 시에게 심지어 소음의 세계를 표현하라고까지 요구한다. 인간은 시에서까지도 소음을 느끼려고 하며, 그것으로 소음이 정당화된다고 상상하며, 또한 어떤 운율 속에 끼워넣으면 소음이 제압된다고 생각하기까지 한다. 그러나 외부 세계의 소음이 시의 소음에 의해서 진정될 수는 없다. 소란한 시는 외부 세계의 소음과 경쟁에 빠지게 될 것이다. 외부의 소음과 나란히 시의 소음이 달그락거린다. 소음은 그 소음과는 완전히 다른 어떤 것에 의해서만 제압될 수 있다. 치유와 구원은 항상 전혀 별개의 것으로부터 온다. 오르페우스가 지하 세계를 제압한 것은 자기 자신도 역시 지하 세계처럼 어둡게 만듦으로써가 아니라, 완전히 다른 것, 밝은 노랫소리를 통해서였다.

3

침묵의 세계와 관계를 가지고 있는 말은 같은 말이면서도 침묵과는 떨어져 있는 말과는 완전히 다른 어떤 것을 표현한다. 예를 들면, 오늘날의 말로 횔덜린의 말을 이해하기 어려운 것은 그 때문이다. 그러나 우리가 오늘날의 말이 횔덜린 당대의 말과 더 이상 일치하지 않는다는 것을 느끼는 바로 그 이유 때문에 우리는 언제나 새로 이해하려고 시도한다. 우리가 횔덜린적인 말로부터 쫓겨나 있으며 그럼에도 불구하고 외면적으로는 그 가까이에 있다는 것, 그것이 횔덜린의 말을 캐보려고 하는 새로운 시도를 부추기고 있다. 침묵과의 연관 속에서 살고 있는 그러한 시인의 말은 오늘날 거의 이해되지 못한다. 그것은 이상한 상형문자이다. 그것은 침묵의 상형문자이다.

오늘날 횔덜린은 침묵하면서, 역시 모두 침묵하고 있는 노자(老子), 소포클레스, 셰익스피어, 괴테 등과 나란히 한 줄을 이루어 서 있는 것 같다. 그렇게 서로 나란히 서 있음으로써 그들의 본질이 침묵 속에 보이게 된다. 말이 더 이상 분명하지 않은 까닭에 그들의 본질이 분명해진다. 그들의 본질의 충만함으로부터 말이, 원초적인 말이 새로 나올 수 있을 만큼 그들의 형태는 분명해진다.

시와 침묵(II)

미개인

나의 영혼은 어디로 갔을까?
집으로 돌아오라, 집으로 돌아오라.
내 영혼은 멀리 남쪽을 향해 떠났다네.
남쪽으로, 우리들의 남쪽에 있는 사람들에게로.
집으로 돌아오라, 집으로 돌아오라.

나의 영혼은 어디로 갔을까?
집으로 돌아오라, 집으로 돌아오라.
내 영혼은 멀리 동쪽을 향해 떠났다네.
동쪽으로, 우리들의 동쪽에 있는 사람들에게로.
집으로 돌아오라, 집으로 돌아오라.

나의 영혼은 어디로 갔을까?
집으로 돌아오라, 집으로 돌아오라.

내 영혼은 멀리 북쪽을 향해 떠났다네.

북쪽으로, 우리들의 북쪽에 있는 사람들에게로.

집으로 돌아오라, 집으로 돌아오라.

나의 영혼은 어디로 갔을까?

집으로 돌아오라, 집으로 돌아오라.

내 영혼은 멀리 서쪽을 향해 떠났다네.

서쪽으로, 우리들의 서쪽에 있는 사람들에게로.

집으로 돌아오라, 집으로 돌아오라.

(라스무센 편, 「에스키모의 시들」)

여기서 말은 말로서 존재할 수 있는 용기를 아직 제대로 가지고 있지 못한 것 같다. 즉 말은 침묵으로부터 떨어져나오기는 했지만, 아직은 말로서 안정되어 있지 못하다. 그래서 말은 마치 존재하기를 배우려는 듯이 언제나 반복되며, 또한 소멸될 것이라는 불안을 가진 듯이 언제나 자기 자신을 읊고 있다. 마치 노래하던 사람이 잠들었을 때에도 그 노래는 그 사람의 입에서 저절로 계속 흥얼거려지고 있는 양, 그렇게 그 음률은 침묵의 음반에 새겨져 있는 듯이 허공에 새겨져 있다.

그러한 미개 민족들의 노래 속에는 어떤 커다란 애수가 깃들어 있다. 그것은 이중의 불안을 가지고 있는 사람의 애수이다. 그는 말에 의해서 침묵으로부터 떠밀려나온 까닭에 불안하며, 다시 침묵 속으로 던져질까, 도로 말을 잃어버릴까 불안하다.

침묵처럼 끝없고 말처럼 끝없는 그 두 가지 불안 사이에서 그 노래의 애수는 끝없이 나래를 편다.

말을 잃어버릴지 모른다는 미개 민족의 불안은 크며, 그 때문에 한 말을 언제나 다시 반복하는 것이라고 우리는 말했다. 그러한 미개인의 노랫말은 그러나 침묵 위에 드리워져 있는 밤의 파수꾼이다. 불이 적대적인 짐승들을 겁주어 쫓듯이 그러한 노랫말은 그것을 삼켜버리려고 하는 적대적인 침묵을 겁주어 쫓는다.

동화

동화 속의 사건은 아주 단순하다. "부모가 더 이상 빵이 없어 그 궁핍함에 못 이겨 자식들을 버리거나, 아니면 어느 가혹한 계모가 그 아이들을 고생시키고 완전히 죽여 없애고 싶어한다. 그렇게 해서 남매가 숲 속 외딴 곳에 버려지는 것이다. 그들은 겨울이 무섭지만 성실하게 서로를 돕는다. 그리하여 오빠가 집으로 되돌아가는 길을 발견할 수 있게 된다. 그렇지 않으면 누이동생이 마술에 걸려 노루새끼가 된 오빠를 위해서 그에게 누울 곳을 마련해주려고 풀과 이끼를 찾거나, 아니면 말없이 앉아 별 모양의 꽃들로 그 마술을 풀어줄 셔츠를 짜는 것이다. 이러한 세계의 전 영역은 한정되어 있고 폐쇄되어 있다. 왕, 왕자, 충실한 신하, 정직한 직공 그리고 무엇보다도 자연과 가장 가까이 지내는 어부, 방앗간 주인, 광부, 목동들이 그 세

계 속에 등장한다. 그 외의 다른 것들은 그 세계에서는 낯선 것이며 미지의 것이다."(야콥 그림)

동화 속의 말들과 사건들은 어느 순간에든 도로 없어질 수 있을 만큼 아주 단순하다. 그것들은 어떤 복잡한 세계로부터 우선 벗어나야 할 필요가 없다. 동화의 아늑함은 거기에서 온다. 동화 속에서는 그 어떤 것도 고착되어 있지 않으며, 모든 것들이 자신을 포기하고 사라져버릴 차비가 되어 있다.

그러나 한편으로 그 안에서는 커다란 별들이 작은 아이들과 이야기를 하고 말[馬]이 왕들과 이야기를 한다. 나무들까지도 언어를 가지고 있으며 인간에게 소리친다. 동화 속에서는 언어를 건네받게 될 것이 별인지 꽃인지 나무인지 혹은 인간인지 아직 확실하지가 않다. 동화 속에서는 모든 것이 취소 가능하며 모든 것이 잠정적인 것이다. 마치 깊은 곳에서 침묵이 언어를 누구에게 영원히 줄 것인가, 별에게인가, 나무에게인가 아니면 인간에게인가 곰곰이 생각하고 있는 것 같다. 그리하여 인간이 말을 받기는 했지만, 그러나 얼마 동안 나무와 별과 짐승도 계속 더 말을 하게 되었다.

"진정한 동화 속에서는 모든 것이 불가사의하고 신비롭고 엉뚱해야만 하고……전 자연이 불가사의한 방식으로 영계(靈界)와 뒤엉켜 있어야만 한다. 그것은 무법적이며 자유로운, 전반적인 무정부 상태의 시대이며, 자연의 자연 상태이며, 세계(국가) 이전의 시대이다. 이 세계 이전의 시대는 말하자면 세계

이후의 시대의 갖가지 단편들을 제시하는 것이다. 자연의 자연 상태가 영원한 왕국을 나타내는 기묘한 표상이듯이."(노발리스)

동화 속의 모든 사건들은 새로운 시작과 같은 것이며, 우리들 세계와는 다른 한 세계를 세울 수 있는 어떤 새로운 법칙의 실례와 같다. 동화 속에는 여러 세계들의 가능성이 가득 들어 있고, 동화로부터 어떤 끝없는 풍요로움이 나오는 것은 그 때문이다. 그런데 신비스러운 것은 그 여러 가능성들 중에서 어째서 오직 이 세계, 유일하게 말을 소유한 인간의 세계만이 생성되었느냐 하는 점이다. 동화는 우리가 그러한 신비로움을 존중하도록 이끈다. 다채로운 동화의 세계가 그 위에 드리워져 있는 동안 이 침묵의 세계는 더욱 밝고 더욱 빛나게 된다.

동화 속의 모든 것은 말이 생기기 전에 이미 존재했다. 말이 동화 속의 사물들보다 선행하여 그 사물들을 알린 것이 아니라 오히려 말이 그 사물들을 뒤따라가는 것이다. 모든 것이 이미 존재했으면서, 다만 자신이 거기 있음을 소리쳐 알릴 뿐이다. 동화 속에서는 모든 것이 말없이도 생길 수 있다. 본래 말없이도 생길 수 있는 것이 말의 안내를 받는 것, 그것이 바로 동화이다.

아이들이 침묵의 세계의 일원이듯이 동화도 침묵의 세계의 일원이며, 그 때문에 아이들과 동화는 서로 하나를 이룬다.

속담

예를 들면, "항아리가 우물가에 자주 가면 결국에는 깨어진
다(Der Krug geht solang zum Brunnen, bis er bricht : 본래 뜻은 꼬리
가 길면 잡힌다는 것이다/역주)"는 속담이 있었다. 이런 문장은 예
전에는 마치 이제 막 침묵으로부터 솟아나온 듯이 원초적인 모
습을 하고 있었다. 이 문장은 항아리와 우물로 가는 길과 우물
을 모두 가지고 있었다. 사람들은 그 항아리가 이전에 녹로에
서 돌아가던 모습을 보았고, 우물에서 물을 떠 항아리에 붓는
소리와 사람들이 우물에서 집까지 왔다갔다 하는 소리를 들었
다. 그 문장은 마치 인간과는 독립적인 존재인 듯, 그렇게 참으
로 견고했다. 그러한 문장은 인간 자신에 의해서 그 문장이 말
해지기 이전에 여러 인간에게 말해졌던 것 같다. 그러한 문장
은 인간 자신에 의해서 말해진다기보다는 인간을 위해서 인간
이 존재하기 전에 이미 생겼던 것이다.

그러나 이제는 침묵과의 연관을 그리고 자신 속에 연계성을
가지고 있지 않은 오늘날의 세계에서는 항아리와 우물로 가는
길과 우물은 서로 분리되었다. 항아리는 사실상 부서져버렸다.
그러한 속담은 오늘날의 세계에서는 마치 폐허에서 파낸 어떤
부서지지 않은 세계의 부서진 유물들처럼, 조각조각 아교로 붙
여 한 문장으로 만든 것이므로 인간은 그것을 더 이상은 올바
로 이해하지 못한다.

예전에 속담들은 한 세계의 시작이었고, 한 세계의 시작에

새겨진 명각문(銘刻文) 같았는데, 오늘날에는 한 세계의 종말이며, 아직 남아 있는 최후의 문장이며, 붕괴되어가는 세계에서 아직 한 문장으로 모일 수 있는 최후의 말들이다.

고대 비극

말 이전에 이미 사물들과 사건들이 존재했던 듯하고, 말이 그 사물들과 사건들에게로 와서 그것들에게 이름을 붙여주기까지는 많은 시간이 필요했던 것 같다. 그 시간, 침묵하면서 느리게 흘러가는 그 시간이 고대 비극 속에는 들어 있다. 때로 사물들은 아직도 완전히 침묵의 세계에 속한 채로 침묵하면서 위협적으로 자기 자신의 길을 가고, 그 뒤를 그 사물들을 붙잡으려고 하는 말들이 뒤따르고 있는 것처럼 보인다.

고대 드라마의 이 영웅적 세계, "투쟁과 왕가의 비극과 신들, 그 외에는 아무것도 없는 무효용의 세계"(야콥 부르크하르트), 이 무효용의 세계는 그 자체가 가장 위대한 무효용의 존재인 침묵이라는 배경을 필요로 한다.

고대 드라마에서는 신들의 일이 문제였고 그것에 인간이 보조 역할을 했다. 신들이 사물들과 인간을 동반했던 것이다. 신들이 있는 곳에는 신들의 침묵이 있다. "우리는 침묵을 신들로부터 배우고, 말을 인간들로부터 배운다."(플루타르코스) 고대 비극에서 인간은 인간의 이야기에서 신들의 침묵을 들었다. 고대 비극에서 인간은 그러한 침묵을 듣기 위해서 말을 하고 그러한 침묵을 듣기 위해서 죽는다. 주인공이 죽을 때 마치 신들의 침묵은 살아서 혼자 말하고 있는 것 같다.

고대 드라마의 코러스는 인간의 말과 신들의 침묵 사이의 중간에 있었다. 그 코러스를 통하여 인간의 말은 신들의 침묵에게로 넘겨진다. 말은 신들의 침묵 속으로 들어가기 전에 여기에서, 즉 코러스 속에서 멈추며, 신들의 침묵으로부터 나올 때에도 또한 코러스 속에서 멈춘다.

고대 드라마 속의 주인공들은 물론 인간을 향해서 말을 했지만, 그 이상으로 신들을 향해서 침묵하면서 행동했다. 고대 드라마 속의 말들은 신들이 그어놓은 침묵의 선을 따라갔던 것이다. 그리고 언제나 그 침묵의 선 너머로 도로 사라졌던 까닭에 그 말들은 언제나 새롭게 말해졌다. "그리하여 영예가 영원히 그대 머리에서 빛나리라, 아킬레스여."(호메로스)

소크라테스 이전의 철학자들

문장 하나하나는 마치 저 침묵으로부터 직접 나온 듯하다. 그러한 문장들은 자기 자신이 거기 존재하고 있는 것에 대해서 아직 놀라움을 지니고 있다. 그 말들은 아직도 눈을 비비며 잠을 떨어내고 있고, 정신을 차리지 못하고 있으며, 아직도 잠과 깨어 있음 사이에 있다. 그것들은 자신에 대한 확신을 가지기 위해서 말을 하고 자기 자신을 듣기 위해서 말을 한다. 그것들은 자신들이 깨어 있음과 말의 세계 속에 존재하고 있음을 아직 충분히 믿지 못하고 있다.

"인간이 밤이 되면 자기 자신을 위해서 불을 켜는 것은 그가 죽어 있으면서도 또한 살아 있기 때문이다. 자신의 눈빛이 꺼져버렸을 때, 잠 속에서 그는 죽은 자들과 접하고, 깨어 있음 속에서 잠든 자들과 접하는 것이다."(헤라클레이토스)

이러한 문장 속에서는 그 어느 것도 독자적으로 존재하지 않는다. 하나는 다른 하나로 이행(移行)되는 것이다. 즉 잠은 아직 명백한 잠이 아니다. 그것은 죽음과 접해 있으며 또한 깨어 있음과도 접해 있다. 모든 것은 아직도 의지할 데가 없다. 그러나 모든 것은 아직도 다른 모든 것과 손잡고 있다. 그렇게 깨어 있음은 아직도 잠의 손을 잡고 있고, 잠은 죽음으로 손을 뻗치고 있다. 그 어떤 것도 혼자가 되려고 하지 않는다.

그러한 말들은 아직 말의 세계에서 발견되지 않는다. 그러한 말들은 아직 그 어디에서도 발견되지 않는다. 그것은 침묵의 꿈으로부터 떨어져나와 이제 그 침묵을 신들의 침묵 속에서 몰아가는 말들이다. 그러나 그 일부가 마치 운석처럼 인간 세계 속으로 떨어져 가라앉았다. 그 자신들의 침묵, 신들에게 속하는 그 침묵으로 인간의 말들을 당황시키면서.

헤로도토스

사물들과 사건들은 현존해 있고, 그들의 현존 자체가 이미 하나의 이야기이다. 사물들과 사건들은 인간에게 자기 자신을 이야기하기보다는 각기 서로에게, 하나가 다른 하나에게 자신의 이야기를 하고 있는 것 같다. 그렇게 사물과 사건이 일차적으로 존재하며, 그 다음에야 비로소 그것들을 보고하는 인간이 존재한다. 그것은 마치 말이 난생처음으로인 양, 스스로 자신이 속해 있는 사물 혹은 사건에게로 가고, 그리하여 말과 사물이 하나가 되도록 그것을 꼭 붙잡아주는 곳에서만 가능하다.

말이 말로써, 사물이 사물로써 끊임없이 조작되는 후대에는 말과 사물의 일치를 회복하는 일이 시인에게는 여전히 가능했다. 말과 사물이 함께, 처음으로 그리고 영원히 만난 듯이. 그리고 사물이 말의 매개 작용 없이 자신의 순수한 존재로서 자신이 무엇인가를 스스로 이야기하는 듯이. 요한 페터 헤벨의 「작은 보석 상자(Schatzkästlein)」가 그렇다. 그 작품 속에서 사물들은 마치 파괴당하고 파괴시키는 어떤 소란스러운 세계로부터 어느 숨겨진 골짜기 안으로 도망을 와 있는 듯하다. 또한 거기에는 자신들의 말에 귀 기울일 인간이 전혀 없다는 듯이 스스로도 서로 자신의 이야기를 하고 있는 듯하다. 거기 숨겨진 골짜기 안에서 회상과 농담으로 시간을 보내면서, 언젠가 자신들에게도 일어났던 일, 즉 말의 그릇된, 불필요한 작용, 조작에 대항하여 사물들을 단단하게 잡아주는 일이 일어나는 그러한 세계가 되돌아오기를 기다리면서 말이다.

오늘날 침묵하는 사람은 없다. 더 이상 말하는 사람과 침묵하는 사람 간의 구별이 없다. 다만 말하는 사람과 말하지 않는 사람 간의 구별이 있을 뿐이다. 그리고 이제는 더 이상 침묵하는 사람이 없기 때문에 경청하는 사람 또한 없다. 오늘날 인간은 더 이상 경청할 수가 없다. 그리고 더 이상 경청할 수 없는 까닭에 더 이상 이야기할 수도 없다. 경청한다는 것과 이야기한다는 것은 일치되어 하나를 이루기 때문이다.

그러나 헤벨의 「작은 보석 상자」의 이야기 속에서는 이야기하는 사람의 이야기뿐만 아니라, 경청하는 사람의 침묵까지도 들을 수 있으며, 또한 그 침묵 뒤에 이제 그 경청하는 사람 자신이 이야기하기 시작하는 것을 들을 수 있다. 경청하는 것과 이야기하는 것이 서로 번갈아 나타나고 있는 것이다.

셰익스피어

셰익스피어의 작품 속의 말들과 무대 배경들은 마치 바로 이 순간에 침묵으로부터 언어 속으로 뛰어든 양 신선하게 존재한다. 그 말들과 무대 배경들에게 언어라는 요소는 아직 새로운 것이다. 언어 속에서 그것들은 마치 난생처음으로 우리에게 풀려나와 바깥 들판에서 뛰노는 어린 짐승들 같다. 그 때문에 그의 말들은 아주 자유분방하게 긴 글들을 이루어 뛰어다니고 서로의 머리에 기어오르고, 전투에 앞서서 두 진영이 서로를 이리저리 정찰해보는 것처럼 서로 대립되어 있는 것들도 많다. 그러나 보초처럼 외로운, 그리고 무엇인가를 기다리고 있는 그러한 말들도 있다.(「햄릿」 중의 오필리아의 말들) 가장 아름다운 말들은 이미지로 화했다. 그 이미지는 말의 문장(紋章)과 같은 것이며, 또한 단지 여기에 말이 존재한다는 것이 아니라 엄숙하게 거주하고 있음을 보여주는 한 표시이다. 말을 위해서 한 세계가 점지되어 있는 것이다.

장 파울

장 파울의 경우에는 모든 것이 한꺼번에 존재한다. 즉 모든 것이 발전하는 것이 아니라 자신의 모습을 드러낼 뿐이다. 그의 시는 물론 말에서 말로 나아가기는 하지만, 그럼에도 불구하고 전체로서는 정지해 있는 시이다. 그러한 시는 완전히 침묵 위에 드리워져 있다. 마치 시가 하나의 부드러운 구름이 되어 침묵 위에 누워 있는 것처럼 그 말의 이미지들은 침묵의 환상들 같다. 그의 언어의 마술은 거기에서 생긴다. 즉 그의 언어는 말에서 말로 나아가지만, 그럼에도 불구하고 정지해 있고, 움직임과 정지가 하나이다.

장 파울의 말들은 침묵의 표면으로부터 솟아오르고, 날면서 드넓은 그림자를 드리우는 커다란 새의 날개 같다.

횔덜린

횔덜린의 말들은 마치 천지 창조가 일어나기 이전에 있었던 어떤 공간으로부터 나오는 듯하다. 그의 말 속에서는 그러한 천지 창조 이전의 공간이 엄숙하게 그리고 거의 위협적으로 공명(共鳴)하고 있다. 횔덜린의 시에 나타나는 불가지성(不可知性), 무시무시함 그리고 쓸쓸함까지도 거기에서 생긴다. 그의 말은 인간을 찾아서 천지 창조 이전의 공간을 통해서 외치고 있다. 그것은 마치 인간이 아직 존재하기도 전에 제 스스로 이야기하는 말, 그리고 인간에 대한 동경으로 울리는 말 같다.

괴테

밤 노래

오, 부드러운 베개 위에서 꿈꾸면서
반쯤만 귀 기울여라!
내 현악기의 탄주 곁에서
자거라! 그대는 더 무엇을 원하는가?

내 현악기의 탄주 곁에서
별들의 무리는 축복해준다.
영원한 감정들을.
자거라! 그대는 더 무엇을 원하는가?

영원한 감정들은 나를
지상의 소란으로부터

높게, 숭고하게 들어올린다.
자거라! 그대는 더 무엇을 원하는가?

그대는 지상의 소란으로부터
나를 아주 멀리 떼어놓고
이 서늘함 속에 가둔다.
자거라! 그대는 더 무엇을 원하는가?

나를 이 서늘함 속에 가두어놓고
그대는 꿈속에서만 귀 기울인다.
오, 부드러운 베개 위에서
자거라! 그대는 더 무엇을 원하는가?

아이들이 친구의 집 앞에서 친구를 기다리면서 친구에게 들리도록 커다랗게 외치는 것처럼, 사랑하는 남자의 말은 사랑하는 여인의 말을 찾아 외친다. 그러나 아이들처럼 커다랗게는 아니고 나직하게. 왜냐하면 사랑하는 여인의 말은 잠에 둘러싸여 있기 때문이다. 마치 사랑하는 남자가 사랑하는 여인의 말을 꿈에서 꾀어내려고 하는 것 같다. 사랑하는 남자의 말들은 벨벳처럼, 부드러운 공처럼 사랑하는 여인 위로 미끄러져가다가 침묵의 이슬처럼 사랑하는 여인으로부터 굴러 떨어져내려 다시 말이 된다.

조형 예술과 침묵

그리스 신전
이집트 신전

그리스 신전의 원주의 열(列)들은 마치 침묵을 따라 서 있는 경계선들 같다. 침묵에 기대어 있음으로써 그리스 신전의 원주들은 더한층 반듯하고 더한층 하얘졌다.

그 원주의 열들은 앞으로 계속 나아갈 수 있을 것 같고, 그 하나하나가 소리도 들리지 않게 계속 걸어갈 수 있을 것 같다. 신들은 그렇게 침묵하면서 소리도 들리지 않게 창조하고, 원주들은 마치 그 신들의 작업장에서 만들어져 나온 것 같다.

이집트의 원주들 사이를 거니는 것은 어둠 속으로, 원주들 뒤의 어둠 속으로 걸어가는 것 같다. 평평한 땅 위에서 원주들 사이로 가는 것이지만, 그럼에도 마치 어떤 동굴 속으로 사다리를 타고 내려가는 듯하고, 그 굴을 거쳐 더 밑으로 내려가서 마침내 죽음에 이르게 되는 것처럼 보인다. 그것은 점점 더 큰 침묵을 향해서 가는 길과도 같다. 그 죽음의 동굴로부터 되울

려나오는 것이 이집트의 말이다.

그러나 그리스의 원주들 사이를 거니는 것은 밝은 침묵 속을 거니는 것과 같다. 거기에서는 침묵과 밝음이 하나이다. 그것은 새로운 창조를 앞에 둔 정적의 순간을 뜻하는 침묵이다. 침묵과 창조가 서로 번갈아 나타난다. 그것은 마치 신들 곁에서 침묵과 창조가 하나를 이루어 더 이상 번갈아 나타나지 않았던 올림포스로 올라가는 층계와도 같다.

무너져내린 원주들과 무너져내린 신전들. 소음의 습격을 목전에 두고 침묵이 터져나온 듯 그리고 터져나오면서 신전들을 산산이 부수어버린 듯하다. 그 대리석 덩어리들과 원주들은 침묵을 뒤따라서 땅속으로 가라앉으려고 헛되이 노력하지만, 이미 가라앉아버린 침묵에 의해서 도로 내던져져서 한층 더 산산이 부수어진 것이다.

이제 신전을 감싸고 있는 정적은 침묵의 정적이 아니다. 그것은 무덤의 정적이다. 여기에 침묵의 무덤이 있고 그리고 하얀빛의 원주들과 대리석 덩어리들은 함몰된 침묵 뒤에 놓여 있는 묘석들이다.

그리스 조각상
이집트 조각상

그리스의 조각상들은 침묵이 담긴 그릇과 같다. 그 조각상들은 줄지어 거기에 서 있었고, 사람들은 마치 침묵의 가로수 길

사이로 걸어가듯이 그 사이로 지나갔다.

침묵은 그 조각상들 속에 고여 그 흰빛 위에 어리는 광채가 되었다.

그들의 침묵은 신비로 가득 차 있다. 그들은 인간이 앞에 서 있는 동안은 침묵하지만 혼자가 되는 순간 말하기 시작하는 것 같다. 그들은 신들을 향해서는 말을 하고 인간을 향해서는 침묵한다.

현대의 소음 속에서 그리스의 대리석 신상(神像)들은 침묵의 하얀 섬들처럼 놓여 있다. 그 하얀 옛 신상들은 침묵이 오늘날의 소음 때문에 퇴각하지 않을 수 없었을 때 뒤에 남겨두고 간 침묵의 잔해와 같다.

그리스 조각상들 속에 깃든 침묵은 그 조각상들을 짓누르지 않는다. 그것은 부드럽고 밝은 침묵이다. 그 상이 침묵을 다스리는 주인이다. 그래서 그 침묵으로부터 어느 순간에든, 마치 올림포스 신처럼 말이 나올 수 있었다.

그에 반해서 이집트의 조각상들은 완전히 침묵에 예속되어 있다. 이집트의 조각상들은 침묵의 포로들이다. 신들이 그것을 통해서 침묵을 나타낼 수 있도록 이집트 조각상들의 눈은 신들의 소유이며 그 입 또한 신들의 소유이다.

그 조각상들을 무겁게 만들고 움직이지 못하게 만드는 것은 돌이 아니라 그 상들을 둘러싸고 있는, 그 상들로서는 감히 범접할 수 없는 침묵이었다.

고대 이집트인의 얼굴, 이 경직된 얼굴 속에는 말이 침묵을 지배할 수 있는 힘을 얻기 전에 세계에 있었던 공포가 아직도 깃들어 있다. 그것은 아직 아무런 말도 존재하지 않았던 때로 재귀하는 듯하다. 그것이 바로 그리스인의 얼굴보다 이집트인의 얼굴이 현대의 인간을 더 많이 사로잡는 이유이다. 오늘날의 광적인 소음의 세계 속에서는 인간은 모든 소리 저 너머에 있는 또한 모든 말 저 너머에 있는 세계에 향수를 느낀다.

가장 오랜 시대의 이집트인의 얼굴에 깃든 침묵은 그리스인의 얼굴에 깃든 침묵만큼 말에 대해서 호의적이지 않다. 그것은 말에 대해서 적대적인, 위압적인 침묵이다.

"이집트의 조각은 어떤 생기 없는 엄숙함, 어떤 풀리지 않는 신비를 보여주며, 따라서 그 형상은 자신의 고유한 개별적인 내면이 아니라 자신도 알지 못하는 그 이상의 의미를 짐작하게 한다."(헤겔)

많은 이집트인의 얼굴들은 마치 침묵을 적나라하게 보았고, 그 때문에 굳어져버린 것처럼 보인다.

태곳적에 짐승이 응고 작용을 하는 송진이나 호박(琥珀) 속에 갇혀버렸듯이, 이집트인의 얼굴은 침묵 속에 갇혀 있다.

이집트의 조각상들은 내부로 향해 있다. 마치 그 내부에 또 하나의 조각상, 또다른 보다 중요한 조각상이 있다는 듯이. 이집트의 조각상들은 내부를 향해 그 상에게 이야기하고, 내부를 향해 그 상에게 침묵한다.

그에 반해서 그리스인의 얼굴은 외부로 향해 있다. 거기에는 말이 아직 존재하지 않는 저 세계에 대한 불안이 없다. 그리스인의 얼굴은 말이 태어나는 쪽을 향하고 있다. 그 얼굴에는 어느 순간에든 침묵은 말에 의해서, 물질은 정신에 의해서 극복될 수 있다는 확신이 있고, 그 때문에 거기에는 흔히 밝음이, 언제나 자유가 깃들어 있는 것이다. 그 얼굴에서 침묵은 이집트인들의 경우처럼 과거로, 말이 없는 세계로 향하는 것이 아니라 현재와 미래로, 말의 세계로 향한다. 그리고 바로 그 때문에 그리스인의 얼굴은 모든 시대를 관통하며 오늘날에도 우리와 함께 존재하는 것이다.

이집트의 피라미드

이집트의 피라미드는 위압적이다. 왜냐하면 피라미드는 지상 너머 하늘을 향해서 지금보다 훨씬 더 멀리 뻗어나갈 힘을 가지고 있기 때문이다.

다만 피라미드는 그 안에 기록되어 있는 천체의 질서와 관계되어 있는 까닭에 위로 더 밀고 올라가지 않을 뿐이다.

그것이 위압적인 점이다. 즉 피라미드의 수많은 돌덩어리들은 인간, 인간의 질서에 의해서가 아니라 인간 외적인 것에 의해서, 즉 천체에 의해서 지탱된다.

천체의 침묵이 그 수많은 돌덩어리들을 응시하면서 마법으로 그것들이 움직이지 못하도록 한다.

피라미드 속에는 죽은 자와 죽은 자의 침묵뿐만 아니라 천체의 침묵이 묻혀 있다.

피라미드는 하나의 요새처럼 보인다. 침묵이 지상으로부터 퇴각할 때 자신을 위해서 세워놓은 요새처럼 보인다. 그 요새로부터 나와서 침묵은 다시 지상을 정복할 수 있을 것이다.

이집트의 스핑크스

이집트의 스핑크스 —— 그것은 침묵이 아니라 침묵의 심연이다.

몸뚱어리의 선(線)들은 그 심연을 누르는 주문(呪文)의 선들과 같고, 그 심연을 마법으로 움직이지 못하게 하는 부적과도 같다.

어떤 격심한 전투가 끝난 뒤에 거기서 쓰러진 사람들의 영혼들이 허공에서 계속 싸우고 있는 듯, 그 전투의 모습이 허공에 남아 있는 듯, 그렇게 스핑크스는 격렬한 침묵의 시대 이후로 그 침묵의 모습으로서 언제나 존재하며, 오늘날에도 존재한다. 모든 침묵이 사라진 뒤에도 스핑크스는 위협적으로 존재하고 있는 것이다. 소음의 세계를 뒤덮을 태세로.

고대의 조각상

고대의 거상(巨像)들, 사르디니아의 석조 기념비와 미케네 궁전의 석괴(石塊)들. 침묵이 아닌 것은 모두 돌에 짓눌려져 있다.

이 침묵의 거상들은 아주 강력하여 마치 말과 말이 가지고 있는 모든 것을 인간에게서 빼앗아 자신의 내부로 사라지게 할 수 있을 것 같다.

이러한 돌의 침묵 속에서는 모든 사물들이 분명하게 드러난다. 이제는 더 이상 사물들 위에 말이 놓여 있지 않다. 말은 사물에 흡수되어 돌의 침묵 속으로 사라져버린 것 같다.

메디아 왕국의 도시 에크바타나(현 하마단)에는 각기 서로 다른 빛깔의 첨탑을 가진 일곱 겹의 원형 성벽이 있었다. 그것은 헤로도토스에 의하면 태양의 성(城)을 둘러싼 천체들이었으며, 그 방첨탑(方尖塔)들은 돌로 된 태양 광선이었다고 한다. 그 어떠한 말도 돌의 침묵 속에 있는 그 유적들만큼 천체의 힘을 잘 나타낼 수는 없다. 천체와 태양 광선은 이 돌의 침묵 속에서 다시 한 번 이 지상에 존재했으며, 그리하여 이 돌의 침묵 속에서 인간은 움직이는 천체의 운동 소리를 들었다.

이 고대의 석상 앞에서 말은 모두 신들의 것인 침묵 속으로 함몰되었다. 그 침묵은 너무도 강렬하게 존재했고, 그래서 다음 순간에는 말 자체가 석조 거상으로 굳어질 수도 있었을 것이다. 태양 광선이 방첨탑으로, 천체의 궤도가 원형의 석벽으로 굳어졌던 것처럼 말이다.

그러나 고대의 조각상들은 땅속에서보다는 침묵 속에서 발굴된다. 고대의 조각상들은 침묵의 잔해들 같다. 눈으로 그 조각상들을 따라가면 마치 침묵을 따라가는 것 같다. 그것의 얼굴에는 침묵의 자국이 나 있다. 그 선과 면은 침묵 위에 펼쳐져 있고, 침묵에 떠받쳐져 있다. 형상 전체에 침묵이 파고들어가 있다.

인간의 형상이 그 침묵 속에 영원히 보존되어 있는 듯 보인다. 그 형상의 어떠한 선도 침묵 속에서 감히 움직이려고 하지 않는다.

중국의 문(門)

중국의 문들은 벽이나 건물에 붙어 있지 않고 중국 평원의 표면으로부터 홀로 솟아 있다. 평원도 무한하고 침묵도 무한하다. 이 문을 지나가는 것은 침묵밖에 없다. 문의 궁형의 입구는 마치 침묵이 자기 자신을 위해서 파놓은 동굴 같다. 마치 침묵을 위한 호위병처럼 문에는 신성한 신들의 형상과 신성한 동물들의 형상이 서 있다. 그것들은 호위병인 동시에 수행원이다.

때로는 눈에 보이는 한 문의 궁형 위로 매우 많은 보이지 않는 궁형들이 하나 위에 다른 하나가 차례로 궁륭을 이루면서 높이 올라가는 것처럼 보인다. 그 문의 궁형들이 사다리처럼 위를 향해서 올라가고, 그것을 밟고 침묵 자신이 하늘로 올라간다.

중국의 그림

중국의 그림들은 침묵의 세계에서 밤안개 속의 형상들처럼 떠 있다. 침묵 위에 달빛의 실로 짜여져 있는 형상들처럼.

그러한 그림들에서는 사물들이 침묵 속으로 떨어져내리고 그리하여 침묵이 그 둘레에서 결정(結晶)된 것처럼 보인다. 나뭇잎 하나가 떨어진다. 침묵이 그 잎에 달라붙어 그것을 감싼다. 나뭇잎은 완전히 침묵에 에워싸여 있고, 침묵 속에서 투명해진다. 나뭇잎은 이제 침묵의 중심이 된다.

그러한 그림 속에는 또한 침묵이 그 나뭇잎을 자신 안에 감싸넣을 수 있을 때까지 필요했던 수천 년의 세월이 깃들어 있다. 그 안에는 시간과 영속성이 깃들어 있다. 침묵이 그 나뭇잎을 완전히 감쌌을 때 시간 자체가 끝에 이르렀던 것이다.

대성당

침묵은 대성당들 안에 스스로 틀어박혀 그 벽으로 자신의 몸을 지켜왔다.

담쟁이 덩굴이 수세기를 두고 벽을 뒤덮으며 자라나듯이 대성당은 침묵의 둘레에서 자라났다. 대성당은 침묵의 둘레에 세워진 것이다.

로마네스크 대성당의 침묵은 하나의 실체로서 존재하고, 그리하여 대성당은 단지 자신이 존재하고 있다는 사실 그 자체를 통하여 마치 임신한 거대한 짐승처럼 자신으로부터 침묵의 벽들을, 침묵의 도시들을, 침묵의 인간들을 생산하는 것처럼 보인다.

대성당은 돌에 새긴 침묵이다.

원주들의 모퉁이에 여러 조각상들이 서 있다. 그 상들은 도시의 인간들에게 침묵을 날라다줄 사자(使者)들이다. 마치 물을 길어오게 하려고 하인에게 그릇을 들려보내듯이 그 상들은 침묵을 가져다주어야만 한다. 그런데 침묵 속에서 그들은 계속 움직이는 것을 잊어버렸다.

대성당은 거대한 침묵의 저수지와도 같다. 그 내부에서는, 대성당 안에서는 말은 더 이상 존재하지 않는다. 보다 큰 침묵의 심연 위에서는 말은 노래가 된다.

대성당의 탑은 무거운 사다리와도 같다. 그 사다리를 타고 침묵은 높이 올라가서 하늘가에서 사라졌다가 마침내는 하나의 호선(弧線)을 그리며 다른 대성당의 탑 위로 다시 떨어진다. 그 침묵의 호선을 통해서 모든 대성당들이 하나로 결합되어 있다.

대성당들은 오늘날 버림을 받았다. 침묵이 버림을 받았듯이. 그리고 대성당들은 침묵의 박물관이 되었다. 그러나 그것들은 서로 결합되었다. 대성당은 대성당끼리, 침묵은 침묵끼리 결합되었다. 대성당들은 그 누구도 이해하지 못하는 침묵의 어룡 (魚龍 : 쥐라기에 번성했던 대형 파충류/역주)처럼 존재한다. 전쟁이 그 대성당들에게 충격을 가한 것은 어쩔 수 없는 일이었다. 필

연적으로 절대적인 소음은 절대적인 침묵에게 충격을 가하는
법이다.

때때로 대성당은 모든 인간과 동물을 불러들여 소음의 홍수
로부터 구원해주는 하나의 커다란 방주(方舟) 같아 보인다. 대
성당 지붕 끝에 한 마리 새가 앉아 있다. 그 새의 노랫소리는
침묵에게 나오라고 침묵의 벽을 두드리는 소리 같다.

옛 거장들의 그림

그림 속의 인물들은 자신들의 말을 침묵 속으로 떨어뜨린다.
그 황금빛의 빛나는 바탕은 성스러운 인물들의 말을 통해서 흘
러나오는 침묵이다.

옛 거장들의 그림은 터져버릴 정도로 침묵으로 가득 차 있
다. 그 다음 순간에는 말이 나올 것처럼 생각되지만, 보다 더
큰 침묵이 나올 뿐이다.

그 인물들은 침묵의 세계 위에 떠 있는 광휘이다. 그 인물들
은 침묵에 의해서 침묵되고 그 때문에 빛난다. 그 광휘 속에서
그들은 침묵을 들으려고 하며, 광휘 속에서 꼼짝 않고서 귀를
기울이고 있다.

피에로 델라 프란체스카

프란체스카의 그림에는 대상들만 존재하는 것이 아니라 그것과 더불어 그 대상들의 이데아도 존재하는데, 대상들 자체만큼이나 확실하게 존재한다. 그의 그림들에서는 플라톤적 이데아의 세계를 볼 수 있다. 모든 것이 이데아와 현상이 하나인 어떤 새로운 현실 속으로 출발할 태세가 되어 있다. 말하자면 그러한 여행을 앞둔 마지막 순간에 이데아와 대상이 함께 존재하고 있는 것이다. 이 세계 너머의 어느 공간인가에 있는 플라톤의 이데아 위에 떨어지듯이 그렇게 신들의 시선이 그의 그림 속의 모습들에게로 떨어지고, 그리하여 그 모습들은 신들의 시선의 침묵 속에서 커간다.

피에로 델라 프란체스카가 그린 인간들은 신들이 그들을 창조하기 이전에 신들의 꿈속을 방황했던 것 같다. 그렇게 신들의 꿈속을 방황함으로써 그들은 침묵으로 가득 차 있다.

때로는 그가 그린 인간들은 침묵이 사물들을 깨어 있는 공간 속으로 내보내기 전에 침묵 자신이 꾸는 꿈 같기도 하다.

그의 그림 속의 인물들은 마치 바닷속에 가라앉은 도시처럼 침묵 속에 가라앉아 있다. 그 인물들은 마치 태곳적 동물들이 땅속에 보존되어 있듯이 침묵의 물 아래에 보존되어 있다.

바닷속에서 나오는 사람에게서 물방울이 떨어지듯이 그 인물들의 얼굴에서는 침묵이 방울져내린다. 피에로 델라 프란체스카의 그림들 속의 인간들은 하나의 생체기관처럼, 또하나의 새로운 감각기관처럼 침묵을 가지고 있고, 마치 침묵이 말인 양, 침묵을 통해서 말한다.

때로 그들은 침묵의 세계가 소음의 세계 속에 드리우고 있는 그림자들, 밝은 그림자들 같아 보인다. 그 그림자들은 점점 더 커진다. 마치 소음의 세계 속으로 들어가서 소음의 세계보다 더 크게 자라나 그 세계를 뒤덮으면서 소리 없이 소음의 세계에 대한 지배권을 얻으려고 애쓰는 것처럼.

잡음어

1

오늘날 말은 말과 동시에 침묵에게 의미를 부여하는 정신 활동을 통해서 침묵으로부터 나오는 것이 아니라, 다른 어떤 말, 다른 어떤 말의 잡음으로부터 생기고 있다. 또한 이제는 침묵 속으로 되돌아가는 것도 아니고, 침묵 속에서 끝나는 것도 아니고, 다른 잡음어(雜音語) 속에서 끝나며, 그리하여 그 잡음어의 소음 속에 가라앉는다. 항시 잡음어로부터 말 같은 것이 생기고, 항시 잡음어 속으로 말 같은 것이 사라진다.

말은 더 이상 정신으로서 존재하지 않고 다만 음향적 잡음으로 존재한다. 그것은 정신에서 물질에로의 변형이며, 정신인 말의 물질인 잡음어로의 변형이다.

잡음은 소리 없는 공허를 덮어버리는 소리 나는 공허이다. 그와 반대로 참된 말은 고요한 침묵의 표면 위에 드리워진 소리 나는 충만함이다.

소음과 잡음어 사이에는 차이가 있다. 소음은 침묵의 적이며 침묵과 대치해 있다. 그러나 잡음어는 침묵과 대치해 있지 않으며, 침묵이 존재했다는 사실까지도 잊어버리게 만든다. 잡음어는 결코 어떤 음향학적인 현상이 아니다. 그 음향학적 요소, 잡음어의 윙윙거림은 다만 모든 공간과 모든 시간이 그것으로 꽉 차버렸다는 표시일 뿐이다.

그에 반해서 소음은 한계가 지어져 있으며, 어떤 대상과 밀접하게 결합되어 있으면서 그 대상을 알려준다. 어떤 축제의 소음이나 농부들의 음악의 소음은 그 가장자리가 소음을 오히려 부각시켜주는 침묵에 에워싸여 있다. 침묵은 그 소음의 경계선에 정지한 채, 자신이 다시 나타나야 할 때를 기다리고 있는 것이다. 그러나 잡음어의 경계선에 있는 것은 공허의 가장자리, 무(無)일 뿐이다.

오늘날 말은 더 이상 침묵으로부터 나오는 것이 아니라, 다른 어떤 말로부터, 다른 어떤 말의 잡음으로부터 나온다고 우리는 말했다. 그와는 달리 침묵으로부터 나오는 말은 침묵으로부터 말 속으로 나아가고, 다시 침묵 속으로 되돌아가서 침묵으로부터 새로운 말로, 거기서 다시 침묵 속으로 되돌아간다. 그렇게 계속됨으로써 말은 언제나 침묵의 중심으로부터 나온다. 문장의 흐름은 언제나 침묵에 의해서 가로막힌다. 언제나 수직의 침묵이 문장의 수평적 흐름을 향해서 튀어나와 그 흐름을 가로막는다.

그와는 반대로 잡음어는 가로막힘 없이 수평으로 나아간다. 잡음어에게는 무엇인가를 의미한다는 것이 아니라, 계속적으로 증대시켜간다는 것만이 중요한 일인 것처럼 보인다.

"폭발 소동, 시종무관장 라나스는 급히 그쪽으로. 알트곳 부인은 시녀들에게 치우라고 눈짓한다. 모두 알고 있다. 폭발 소동, 국왕은 이미 궁 안에. 부인들 황급히 거울 앞으로 '믿어주세요, 저를 풀어주세요, 자비로우신 부인!' 우리들은 알고 있다. 시종무관들의 바로 뒤를 따라서 훈장을 단 부르스트 씨 재빨리 맨 앞줄로 나가. '송구스럽습니다. 각하. 각자 자기 있는 곳을 보도록!' 최후의 순간, 창백한 기대, 갑작스럽게 흥분한 가슴들의 두근거림, 한 부인이 사납게 웃음을 터뜨린다."(어느 현대 소설에서)

이것은 잡음어-언어의 한 예이다.

잡음어-언어 속에서는 주어와 술어와 목적어와 부사가 모두 서로 엉켜 있고, 그 때문에 그 문장은 거의 명확하게 발음되지 않는다. 그 문장은 거의 하나의 무정형의 소리 덩어리이다. 그 덩어리로부터 때로는 어떤 한 소리가 다른 소리들보다 더 절실하게 나타난다. 그럴 때에 그것은 무엇인가를 가리키는 소리이다. 그러나 가리키기는 하지만 의미하지는 않는다.* 그럴 때

---

* 현대에는 잡음어에 의해서도 의미가 전달된다고 말할 수도 있다. 그 말은 옳다. 그러나 그것은 단순히 물질적으로 확인할 수 있는 종류의 의미에 관해서만 그럴 뿐이다. 진정한 의미란 말을 통해서 사물의 무한성이 지시될

언어란 소리 기호를 실어나르는 기계적 운반기구에 불과하다.

여기서 언어는 더 이상 유기적이고 조형적인 것이 되지 않는다. 언어는 더 이상 확인시켜주지 못하며, 더 이상 표현해주지도 못한다. 말이란 다만 뒤엉킨 잡음으로부터 이제 그 어떤 것이 끌려나와 듣는 사람에게 던져지고 있음을 나타내는 한 표시에 불과하다. 말은 구체적인 말이 아니며 그것은 기호, 색채 기호 혹은 음성 기호로 대치될 수 있다. 그것은 하나의 기계장치이고 따라서 다른 모든 기계장치들과 마찬가지로 매순간마다 파괴의 위협에 처하게 되며, 따라서 말로부터 생명을 얻지 못하고 잡음어에 의해서 질질 끌려가는 인간 또한 매순간 파괴의 위험에 처하게 된다.

이 잡음어들은 인간이 말한 것 같지는 않다. 그것은 죽은 말들의 세계로부터 나온 말의 망령들, 그것들끼리 서로 주고받은, 죽은 말이 죽은 말에게 이야기하는 말의 망령들로서, 죽은 말 두셋이 모여 논리적인 문장을 구성하게 되면 즐거워한다. 마치 망령들이 은밀한 곳에서 서로 만나게 되면 즐거워하듯이.

"생명의 파괴는 생명이 생명의 적으로 바뀌는 데에 있다. 생명은 불멸이고, 따라서 죽음을 당하면 그것은 무시무시한 망령

때에만 가능하다.(후설) 결코 말을 통해서 남김없이 다 퍼내질 수 없는 이 무한성은 침묵 속에 존재한다. 그러므로 잡음어를 통해서 물질적 의미가 전달되기는 하지만, 그 의미를 나타나게 해주는 매체, 즉 잡음어는 그 의미의 본질 자체에 적대적인 것이다. 그것은 그 의미를 압도하고 그 의미를 삼켜버린다.

으로 나타난다."(헤겔)

　말의 파괴란 이러한 것이다. 즉 말이 말의 적으로 바뀌는 것이다. 그러나 그것은 대치하고 있는 적이 아니라, 우리에게 스며들고 파고드는 적, 그것도 망령으로서, 즉 잡음어로서 파고드는 적이다.

　그와는 달리 진정한 말의 세계에서 나온, 요한 헤벨의 다음과 같은 문장을 살펴보자. "참으로 주목할 만한 점은 사람들이 별로 기대하지 않는 한 사람이 때로는 자신이 놀랄 만큼 지혜로우며 분별력이 있다고 여기는 다른 한 사람에게 어떤 교훈을 줄 수 있다는 것이다." 이 문장에서 각 부분은 정확하고, 자신의 가치를 자각하고 있다. 각 부분은 독자적으로 존재하며, 그럼에도 불구하고 모두가 어떤 보다 높은 것과 결합되어 있다. 여기서 "참으로 주목할 만한 점은"이라는 말, 이 말을 통해서 어떤 사건을 위한 장소가 창조된다. 마치 그 안에서 어떤 특정한 사건이 일어날 수 있도록 한 공간 주위에 그 말에 의해서 줄이 그어지는 듯하다. 그리고 "주목할 만한"에서는 여기서 주목할 만한 일이 일어나리라는 것을 알리는 게시판이 보이는 것 같다. "사람들이 별로 기대하지 않는 한 사람이 때로는"에서는, 그 사람은 그 드넓은 장소에서는 작아 보인다. 그 한정된 공간 안에 한 사람이 나타나는 것이다. 그는 머뭇거리며 나타난다. "때로는"은 그 머뭇거림의 표시이다. 사람들은 그 사람에게 무슨 일이 일어날 것인가 기다리고, 그리고는 그 일이 일어난다. 즉 "다른 한 사람에게 어떤 교훈을 줄 수 있는" 일이 일어나는 것이다. 그러자 갑자기 먼저 나타났던 사람, 그 머뭇거리는, 작아 보이던 사람이 커 보이고, "자신이 놀랄 만큼 지혜로우며 분별력이 있다고 여기는" 그 사람은 작아진다. 마치 그 놀랄 만한 지혜와 분별력을, 본래 그의 소유가 아닌 가방이라도 되는 듯이 그에게서 가져가버린 것 같다.

헤벨의 이 문장 안에 있는 모든 말들은 그 문장이 확고한 세계 위에 서 있음을 보여준다. 그 세계와 그 세계 안에 있는 말들은 아주 안전한 까닭에 그 세계는 자신이, 즉 하나의 온전한 세계가 거기에 존재하고 있음을 알리기 위해서 그러한 짧은 문장밖에 필요로 하지 않으며, 그 세계의 모든 말들은 그 문장과 밀접하게 연결되어 있다.

2

오늘날, 말을 대신하는 잡음어는 말처럼 어떤 확고한 행위를 통해서 생기는 것이 아니다. 잡음어는 실제 생식에 의해서가 아니라, 단세포 생물처럼 세포분열에 의해서 생긴다. 말하자면 한 잡음어가 자기 몸에서 다른 잡음어를 분열시키는 것이다. 말의 발생은 질적인 영역에서 이루어지고, 잡음어의 발생은 양적인 영역에서 이루어진다.

잡음어는 생성된 적이 전혀 없는 것 같다. 잡음어는 지속적으로 현존하는 듯하다. 마치 태초부터 말이 아니라 잡음어가 존재해왔던 것 같다. 잡음어 외의 다른 것이 존재할 수 있는 어떠한 공간도 없다. 모든 것이 잡음어에 침윤되어 있다. 잡음어는 공기처럼 아주 당연한 것이 되어 사람들은 그 유래에 의문을 품지 않는다. 모든 것이 잡음어와 함께 시작되고, 모든 것이 잡음어와 함께 끝난다. 잡음어가 존재하는 것은 인간과는 전혀 상관없는 일처럼 보인다. 그것은 인간으로부터 독립된 인간 외적인 객관적인 어떤 것 같다. 결코 인간이 잡음어를 말하는 것이 아니라, 잡음어가 인간의 주위에서 말하는 것이다. 잡음어가 인간 속으로 침투함으로써 인간을 그 끝까지 가득 채워서 인간의 입 끝에서 흘러나오는 것, 그것이 바로 잡음어이다.

아무도 말하는 사람에게 귀를 기울이지 않는다. 귀 기울이는 것은 인간 속에 침묵이 존재할 때에만 가능하고, 귀 기울이는 것과 침묵하는 것은 서로 하나를 이루고 있다. 모든 사람들이 자신에게 쌓여 있는 말들을 털어버리기를, 입에서 쏟아버리기를 기다릴 뿐이다. 말은 순전히 동물적이고, 배출하는 기능을 하게 된다.

잡음어는 침묵도 아니며 소음도 아니다. 잡음어는 침묵과 소음에 똑같이 스며들고, 그리하여 인간은 침묵과 말을 잊어버리게 된다.

단일한 잡음어가 말하는 사람과 말하지 않는 사람에게 똑같이 파고들기 때문에 더 이상 말하는 사람과 침묵하는 사람 사이에는 구별이 없다. 침묵하는 사람이란 단지 말하지 않는 사람일 뿐이다.

잡음어는 사이비 말이며 동시에 사이비 침묵이다. 말하자면 잡음어는 말해지는 어떤 것이기는 하되 그것은 결코 말이 아니며, 그 잡음어 속으로 뭔가 사라지기는 하지만 그것은 결코 침묵이 아니다. 잡음어가 일단 더 계속되지 않으면, 침묵이 나타나는 것이 아니라, 잡음어가 한층 더 큰 위력으로 뻗어나가기 위해서 정지하여 고여 있는 하나의 휴지(休止)가 나타날 뿐이다.

잡음어는 자신이 소멸되리라는 불안을 가지고 있는 것 같고, 그래서 오직 그 때문에 끊임없이 계속 움직이고 있는 것 같다. 잡음어는 자신이 존재하고 있음을 언제나 자기 자신에게 증명해야 하기 때문이다. 잡음어는 스스로 자신의 존재를 믿지 못한다.

그와 반대로 말은 자신의 존재에 대해서 불안해하지 않는다. 아무런 소리가 없을 때, 말은 침묵 속에서 비로소 올바르게 감지된다.

그러나 잡음어의 부속물에 지나지 않는 인간은 자신이 현재 존재하고 있음을 점점 더 믿지 못하게 된다. 그래서 영화와 삽화가 있는 신문의 수천 가지 영상들 속에서 순간순간 자기 자신을 관찰한다. 마치 그럼으로써 자기 자신이 아직 존재하고 있는지, 아직은 인간 같은 모습을 하고 있는지 알게 되리라는 듯이.

오늘날 인간은 매우 비현실적이다. 그래서 방 안의 커다란 거울 앞에 서면, 인간은 실제의 인간으로 보이는 것이 아니라 다만 거울 속의 영상으로부터 내보내진 것처럼 보인다. 휴가를 위해서 거울로부터 내보내진 듯이. 그리하여 불이 꺼지면 도로 거울 속으로 떨어져 그 암흑 속으로 사라질 것처럼 보인다.

그러나 침묵이 작용하고 있는 곳에서 인간은 침묵에서 나오는 말에 의해서 언제나 새로 재창조되며, 그리고 언제나 다시 신 앞의 침묵 속으로 사라지는 것이다. 그러한 인간의 실존은 신에 의한 말 속에서의 지속적인 생성이며, 신 앞의 침묵 속으로의 소멸이다.

그러나 오늘날 인간의 실존은 잡음어로부터의 지속적인 떠오름이며, 잡음어 속으로의 지속적인 소멸이다.

3

말은 질서인 로고스로부터 유래된 까닭에 인간적 질서 바깥에 있는 많은 것들을 인간 세계 속으로 들여놓지 않는 특성을 가지고 있다. 말은 인간을 위한 방어물이다. 많은 악마적인 것들이 인간에게 침투하여 인간을 파괴시키려고 기다리지만, 인간은 그러한 악마적인 것에 접하지 않도록 보호되고 있다. 실로 인간이 그 악마적인 것을 알아차리지 못하는 까닭은 그것이 말 속으로는 뚫고 들어오지 못하기 때문이다. 말이 악마적인 것으로부터 인간을 보호한다. 그러나 인간이 말을 그 진정한 본질대로 보존할 때에만 말은 악마적인 힘에 대항하는 위력을 간직할 수 있다. 잡음어에는 구멍이 뚫려 있어서 악마적인 힘들이 드나들 수 있다.

모든 것이 잡음어 속으로 숨어서 들어올 수 있고, 모든 것이 잡음어와 뒤섞일 수 있으며, 악마적인 것 또한 그렇다. 실로 잡음어 자체가 악마적인 것의 한 부분이다.

잡음어에 의해서 온갖 것들이 사방팔방으로 파급된다. 반유대주의, 계급투쟁, 국가사회주의, 볼셰비즘, 문학주의 등 온갖 것들이 사방팔방으로 퍼져나간다. 인간이 도착하기 전에 이미 잡음어가 와서 인간을 기다린다. 잡음어는 무엇보다도 불확실함을 퍼뜨린다. 잡음어 자체가 불확실함인데, 그것이 또한 그 불확실함을 낳기도 한다. 그것은 한계를 지워버리고 모든 것을 무절제한 것으로 만든다. 말은 한계를 세우지만, 잡음어는 한계를 뛰어넘는다.

따라서 그런 곳에서 전쟁은 "총력전"이 되기 쉽다. 왜냐하면 그 전쟁은 모든 것을 쉽게 자신에게 끌어들일 수 있기 때문이다. 전쟁이 모든 것을 잡아 끌어들이기 이전에 모든 것이 이미 전쟁에 뒤섞여 있으며, 이미 전쟁 속에 들어와 있다.

이 잡음어 속에서는 모든 것이 말해질 수 있지만, 또한 그 속에서는 모든 것이 하나가 다른 하나에게 밀려 취소될 것이다. 말해지기 이전에 이미 취소되는 것이다. 잡음어 속에서는 가장 어리석은 것도 혹은 가장 현명한 것도 이야기될 수 있지만, 그 둘 다 잡음어 속에서는 똑같은 것이 되어버린다. 결국 중요한 것은 다만 잡음어의 전체적인 음조(Ton)일 뿐이다. 그 음조가 만들어지는 것이 현명함에 의해서든, 어리석음에 의해서든, 악에 의해서든, 선에 의해서든 다 마찬가지이다. 그것은 **무책임한 기계장치**이다.

이 잡음어 속에서는 하나가 다른 하나의 속으로 옮아가며 또한 모든 것이 모든 것의 곁에 있는 까닭에 인간 외부와 내부에는 어떠한 한계도 존재하지 않는다. 각자가 모든 것에 다가갈 수 있으며, 각자가 모든 것을 이해할 수 있다. 그래서 거기에서는 이를테면 누군가가 괴테처럼 횔덜린을 이해하지 못하거나, 혹은 누군가가 야콥 부르크하르트처럼 렘브란트를 멀리하는 일은 생길 수 없다(진정한 한 인격이 존재하는 곳에서는 그 인격 속에 어떤 한계가 있고, 바로 그것이 그 인격을 결정짓는다). 잡음어 속에서는 한 사람이 괴테와 횔덜린과 렘브란트와 야콥 부르크하르트를 동시에 이해하는 것이다.

따라서 모든 것이 잡음어에 붙어다니고, 잡음어로부터 모든 것이 생성, 발전될 수 있다. 그 어떤 것도 이제는 하나의 특별한 행위에 의해서, 어떤 결단이나 창조적 행위에 의해서 생기지 않는다. 모든 것이 잡음어로부터 저절로 나타난다. 말하자면 일종의 흉내에 의해서 잡음어로부터 주변 상황이 요구하는 것이 나오게 되어 인간에게 주어지는 것이다.

예를 들면, 주변 세계가 나치적일 때에는 나치적인 것이 인간에게 주어지는데, 그것은 그 인간이 양심의 행위를 통해서 나치즘에 대한 결단을 내리는 일이 없이 일어난다. 인간은 완전히 잡음어의 일부가 되어 자신에게 어떤 것이 주어져도 그것을 전혀 알아차리지 못한다. 그리고 그 잡음어가 인간에게 나치적인 것을 가져다주기를 그치는 것은 잡음어가 어떤 새로운 상황에 적응할 때, 아니 그보다는 잡음어가 스스로 싫증을 내거나 그 음조를 바꾸었을 때이다. 인간의 행동거지는 더 이상 인간의 의지에 달려 있지 않고 잡음어의 움직임에 달려 있다. 인간은 이제는 말과 더불어, 말에 의해서 살지 않는다. 말은 더 이상 인간이 진리를 위한, 혹은 사랑을 위한 결단을 내리는 장소가 아니다. 잡음어에 의해서 인간을 위한 결단이 내려진다. 잡음어가 주된 것이며, 인간은 다만 잡음어가 펼쳐지는 장소에 불과할 뿐이다. 인간은 잡음어를 위한 공간에 지나지 않는다.

잡음어는 또한 더 이상 행위로부터 퇴적된 것이 아니라 이미 그 행위의 일부이고, 그 때문에 위험스러운 것이 된다.

그와는 달리 말은 로고스로부터 나와서 로고스의 연속성과 엄격성에 의해서 제어되며, 깊은 곳까지 미치는 로고스와의 결합에 의해서 그 움직임을 규제받게 된다. 따라서 인간이 단행하는 행위는 말과 나란히 직접적으로 생기는 것이 아니라, 한층 더 깊은 곳으로부터, 즉 말이 로고스로부터 나오는 그곳에서 생긴다. 그러므로 행위는 단순히 말에 매여 있는 것이 아니라, 한층 더 깊은 곳에서 로고스에 매여 있고, 그 때문에 그러한 행위는 무절제의 위험으로부터 보호된다.

오늘날의 전반적인 잡음어 속에서 인간의 행위는 아무런 제어도 받지 않으며, 말에게 제어되지 않는 까닭에 무제한적이며 무절제한 것이 된다. 인간의 행위는 잡음어에 뒤덮여 잡음어 속에서 사라진다. 그리하여 어떠한 행위도 진정으로 존재하지 않는 까닭에 언제나 또다시 새로운 행위들을 추구한다.

그러므로 그것은 잡음어와 행위들과 함께 자기 스스로 움직이는 세계이다. 그러한 세계는 마술의 세계처럼 보인다. 그 세계 속에서는 모든 것이 인간의 결단 없이, 말하자면 저절로 행해지고, 그러한 세계는 바로 그러한 마법의 가면으로 인간을 유혹한다.

4

잡음어의 세계에서는 개개의 사건에, 마치 개개의 인간에게 그 특유의 얼굴을 부여하듯이, 그 사건 특유의 얼굴을 부여하는 특정한 성격이 결여되어 있다.

"역사와 현실 속에 존재하는 당연한 것들, 그러니까 우리가 가장 맹목적으로, 가장 쉽게, 가장 부주의하게, 가장 아무렇지도 않게 지나치는 당연한 것들 속에 존재하는 가장 큰 신비 중의 하나는 사건들의 가치 속에 있는 절대적인 차이이다. 즉 어떤 특정한 사건은 어떤 특정한 가치를 가지며, 자신의 가치를, 어떤 특정한 고유의 가치를 가진다. 같은 범주에 속하는 또는 인접 범주에 속하는 서로 다른 사건들이 같은 소재를 혹은 같은 범주, 같은 가치에 속하는 소재를 가진다고 하더라도 그 사건들의 가치는 무한히 다를 것이다. 개개의 사건이 같은 소재를 생성하고, 같은 형태 아래에서, 같은 형태 속에서, 같은 소재가 됨에도 불구하고, 모든 사건이 그 고유의 신비한 값을 지니며, 그 자체의 고유한 힘을 지니며, 그 고유의 신비한 가치를 지니고 있다……."(샤를 페기)

잡음어의 세계에서 개개의 사건들은 더 이상 서로 구별되지 않는다. 잡음어가 모든 것들을 똑같이 만들어버린다. 오늘날의 사건들이 그렇게 큰 부피를 차지하는 것도 그 때문이며, 그렇게 시끄럽게 울부짖는 것도 그 때문이다. 마치 개개의 사건들은 각자 자기 자신을 다른 사건들과 구별시켜줄 수 있는 본질이 자신에게 결여되어 있기 때문에 소음을 통해서 다른 사건들보다 두드러져 보이려고 애쓰는 것 같다.

얼마 전에 「유럽 1848년(*Der Jahr 1848 in Europa*)」이라는 책이 나왔다. 그 한 해 동안 일어났던 매일의 사건들을 편집한 책이다. 1848년 당시에는 수많은 사건들이 일어났다. 많은 민족들이 혁명을 일으켰고 많은 왕들이 쓰러졌다. 노동자들은 그 어느 때보다도 더 불만에 차 있었고, 부유층은 그 어느 때보다도 더 노동자들의 요구를 억압했다. 신흥 강국인 이탈리아와 독일이 불안정하나마 국가의 형태를 갖추기 시작했다. 전쟁이 시작되었고 혹은 임박한 듯이 보였다. 어느 하루도 신문이 흥분할 만한 소식을 전하지 않고 지나가는 날이 없었다. 세계가 사건들로 가득 뒤덮였던 것이다. 어쩌면 그 당시의 그러한 사건들의 연속은 오늘날의 사건들의 뒤엉킴과 같은 종류의 것이라고 생각될지도 모른다.

그러나 그것은 틀린 생각이다. 1848년 당시에는 모든 사건들이 제각기 다른 사건들로부터 뚜렷하게 경계 지어져 있어서 다른 어떤 사건과 뒤바뀔 수 없었다. 1848년의 사건들은 각기 자기 특유의 성격을 가졌고, 또한 바로 그 사건만이 가질 수 있는 특유의 작용을 했다. 그리고 그 무엇보다도, 한 사건이 존재할 수 있기 위해서는 어떤 특정한 행위가 필요했다. 그리하여 사건은 전적으로 특정한 한 사건으로서 실제로 존재했다. 그 사건이 중요했을 뿐, 그 사건을 둘러싼 흥분이 중요하지는 않았다. 그 사건의 존재를 알렸던 매체 자체가 그 사건에 의해서 처음으로 창조되었다.

그러나 오늘날은 거꾸로 되었다. 먼저 매체가 존재한다. 말하자면 잡음어가 먼저 존재하는 것이다. 중요한 것은 잡음어이며 그 잡음어가 사건들을 길러낸다. 말하자면 잡음어는 자기 자신으로부터, 즉 잡음어에 의해서 그 어떤 것을 사건처럼 보이는 그 어떤 것으로 만들어낸다. 그 사건은 결코 특정한 현상이 아닌, 잡음어의 응고물에 불과할 뿐이다. 모든 사건이 그러한 응고물이며 그 이상의 것이 아니다. 그 때문에 한 사건은 다른 한 사건과 똑같다. 또한 그 때문에 사람들은 그 사건들에 관심이 없다. 그 사건들이 지겨워져서 오늘날 사람들은 정치에 마음을 쓰지 않는다. 또한 사건들은 쉽사리 잊혀진다. 사건들은 잡음어 속에서 떠올랐다가 도로 잡음어 속으로 사라지므로 결코 인간이 스스로 잊어버릴 필요가 없다. 잡음어가 인간을 대신해서 잊어주기 때문이다.

사건들이 잡음어 속에서 용해되지 않는다면, 사건들이 여전히 실제로 존재한다면, 그렇게 빨리 한 사건 뒤에 또다른 한 사건이 따라올 수 없을 것이다(93쪽의 각주 참조). 왜냐하면 한 사건에는 특정한 양의 시간이 필요하기 때문이다. 한 사건의 실제성과 그 사건의 지속 사이에는 특정한 관계가 있다. 한 사건은 시간 안에서 존재하려고 하며 시간의 지속에서 자기 자신의 지속을 얻으려고 한다. 만일 한 사건이 더 이상 시간 속에서 지속되지 못한다면, 시간 속에서 떠올랐다가 시간 속에서 사라지는 것이라면, 그 사건은 유령이 되고 만다.

1920년경까지는 그래도 "작업(Betrieb)"이라는 것이 존재했다. 말하자면, 잡음어는 아직은 분명하게 구별되는 어떤 일을 둘러싸고 움직였던 것이다. 그리고 하나의 일을 둘러싸고 움직이는 잡음어의 움직임, 그것이 바로 "작업"이었다. 예를 들면, 그래도 아직은 사람들은 그 잡음어가 둘러싸고 떠들어대는 문학 장르를 알아보았다. 즉 사람들은 표현주의를 알아보았다. 그리고 그것이 그것을 둘러싸고 있는 잡음어보다 중요한 듯 보였다. 또한 사람들은 아직은 "사회 복지"라는 이념을 잡음어가 그것을 휘젓고 뒤덮어버렸음에도 불구하고 분간할 수 있었다. 게다가 어떤 정치적 원칙에 대해서도 그것을 둘러싸고 있는 잡음어보다 더 분명하게 이해했다.

오늘날에는 전혀 다르다. 이제는 대상이 예전처럼 자기 자신의 주위에 잡음어를 만들어내는 것이 아니라, 잡음어가 우선적이며 잡음어가 대상을 찾는다. 잡음어와 대상이 더 이상 서로 구별되지 않는다. 작업과 대상이 어떤 하나의 잡음 속에 잠기고 만 것이다. 물론 오늘날에도 이러저러한 특정한 문학적 혹은 정치적 대상에 대해서 이야기하고는 있지만, 그것은 다만 잡음 안의 길에 있는 표지판들일 뿐이다. 그것은 다만 대상들이 전체적인 잡음 속으로 들어가는 자리일 뿐이며, 그리하여 거기에서 인간도 그 대상들을 뒤쫓아 그 대상들과 함께 잡음 속으로 사라진다.

5

잡음어는 모든 것을 평준화시키고 모든 것을 똑같게 만든다. 그것은 하나의 평준화 기계가 될 뿐이다. 거기에는 더 이상 개인은 존재하지 않는다. 모두가 잡음어의 한 부분에 불과하다. 거기에서는 또한 어떠한 것도 더 이상 개인의 소유가 아니다. 말하자면 모든 것이 전체적인 소음 안에 쏟아져 있다. 모든 것이 모든 사람에게 나아가고, 그 때문에 모든 사람이 모든 것에 대한 요구권을 가진다. 군중의 신분은 정당화된다. 군중은 잡음어와 짝을 이룬다.

군중은 잡음어와 같다. 존재하면서도 존재하지 않으며, 모든 것을 가득 채우지만 어디서도 붙잡을 수 없다.

잡음어는 아주 멀리까지 미치고 무한한 것이기 때문에 그 안에서 인간은 무엇이 어디서 시작해서 어디서 끝나는지 그리고 자기 자신까지도 그 시작과 끝이 어디인지 방향을 종잡을 수 없다. 잡음어는 들끓는 벌레떼와 같다. 분명하지 않은 구름장, 벌레들의 구름장만이 보일 뿐이다. 그 구름장으로부터 윙윙거리는 소리가 나와 모든 것을 뒤덮고 모든 것을 똑같게 만든다.

인간은 그 무엇인가가 나타나서 그 분명하지 않은 잡음어들을 날카로운 소리로 산산이 부수어버리기를 기다린다. 인간은 그 윙윙거림의 단조로움에 지쳐버렸다. 그리고 형체도 없이 불분명하게 이리저리 움직이는 그 잡음어 자신도 그 무엇인가가 자신 속으로 떨어져내려 자신을 파멸시키기를 바라는 듯 보인다.

독재자의 외침과 독재자의 슬로건, 그것이 바로 잡음어가 기다리는 것이다. 독재자의 외침과 그 명확함, 잡음어와 그 불분명함이 서로 호응한다. 하나가 다른 하나를 불러내고, 하나는 다른 하나가 없이는 생존이 불가능하다.

이 독재자의 슬로건에서 중요한 것은 내용이 아니라 오직 소리 높음과 명확함뿐이다. 인간은 이제 하나의 표지판을 가지게 되고, 그것을 통해서 자신이 존재하고 있음을 안다. 이전에 인간은 불분명한 잡음어의 한 부분에 불과했지만 이제는 명확한 슬로건[*]의 한 부분이다.

---

[*] 슬로건과 상투어 사이에는 차이가 있다. 상투어에서는 그것이 유래한 말이 아직 느껴진다. 그 말이 그 말의 본질에서, 말하자면, 그 진리로부터 떨어져나와 상투어가 되었다. 그러나 슬로건은 결코 말에서 떨어져나온 것이

독재자의 슬로건은 내용 없는 외침일 뿐이다. 독재자가 한 나라를 침략할 때, 그 중요성은 국경선의 확대가 아니라 고함의 확대에 있는 것처럼 보인다. 다른 나라의 침묵, 다른 나라의 침묵하는 현실을 고함으로 눌러버리려고 한다. 이전에는 침묵이 있던 곳에 고함을 내던지는 것이다.

우리는 슬로건은 잡음어에 속한다고 말했다. 그러나 지나치게 불거져나온 야만성, 잔혹한 행위, 침략 전쟁 또한 잡음어에 상응한다. 잡음어는 무정형(無定形)이고 그래서 그 어떤 정형(定形)의 것, 분명한 것이 자기 안에 굴러오기를 기다린다. 잡음어 속에서 헤매는 인간은 자신 앞에 나타난 전쟁이라는 확고한 구조물을 통해서, 심지어 잔혹한 행위라는 확고한 구조물을 통해서 구제받는다. 그 때문에 잡음어의 세계에서는 그토록 쉽게 전쟁과 잔학 행위가 벌어지게 된다. 그 잡음어 세계의 공허가 전쟁과 폭탄들을 흡수한다.

세계가 시작되었을 때에 거의 들리지 않게 말들이 행위를 선행했듯이 —— 말이 마치 마술처럼 어떤 행위를 불러일으키는 것을 아는 까닭에 인간은 겁이 나서 말소리를 낮추는 것이다 —— 세계가 끝날 때에도 행위들은 거의 언어 없이 나타날 것이다. 말이 더 이상 창조적인 힘을 지니고 있지 못하기 때문이다. 말은 파괴되어버린 것이다.

아니다. 슬로건은 무엇인가 말 비슷한 것으로 꾸며진 순전히 음향학적인 소리에서 생긴다. 슬로건은 잡음어를 기계적으로 압축한 것에 불과하다고 할 수 있다.

6

말이 더 이상 어떤 특정한 행위를 통해서 생기는 것이 아니라 계속적인 잡음으로서 존재하고 있듯이 인간의 활동 또한 더이상 어떤 특정한 행위에 의해서 일어나지 않는다. 어떤 하나의 계속적인 활동, 하나의 계속적인 작업 과정만이 존재한다. 그 작업 과정이 우선이며 인간은 다만 그 작업 과정의 부속물에 지나지 않는다. 이 작업 과정은 너무도 확고하게 존재해서 이제는 전혀 인간에게 의존하고 있는 것 같지 않다. 그 작업 과정은 인간과는 거의 독립적인 하나의 자연 현상처럼 보인다. 그리고 이 작업 과정의 멈출 수 없음, 붙잡을 수 없음은 잡음어의 멈출 수 없음, 붙잡을 수 없음과 완전히 일치한다. 이 작업 과정은 모든 것에 침투함으로써, 그 작업 과정이 쉬고 있을 때에도 들리지 않게 계속되는 것처럼 보인다.

여기에서는 그 작업 과정의 목적이 아니라, 그 작업 과정이 그치지 않고 계속된다는 것만이 중요하다. 말이 잡음어 속에서 으깨져버리듯이 인간의 창조적인 행위는 이 작업 과정 속에서 짓밟히고 만다. 이 멈추지 않는 작업 과정 속에서는 모든 감각이 소실되고, 그리하여 어떤 새로운 존재가, 감각을 가지지 않은 어떤 단순한 존재가 생기게 된다. 그리고 그 존재는 오직 작업 과정의 지속을 통해서만 자명한 외양을 획득한다. 그 존재는 너무도 자명하게 존재하여 전혀 논의의 대상이 되지 않으며 논의의 범위 바깥에 세워져 있다는 것, 그것이 이 작업 과정의 큰 위력이다.

그러한 작업 과정을 개선하려고 해봐야 별 소용이 없다. 오늘날의 작업 과정 전체는 하나의 기만적인 존재이고, 여러 가지 변화들을 통해서 개선될 수 있는 것이 아니다. 반대로 그러한 변화들로 인해서, 마치 여기에 어떤 실제의, 개량 가능한 존재가 있는 것으로 보이게 된다. 그 변화들이 하나의 기만적 존재를 정당화시킨다.

7

기계는 이 작업 과정보다도 훨씬 더 멈추지 않는 지속과 균일한 움직임을 통해서 잡음어의 멈출 수 없음과 불모의 균일함을 구체적으로 보여준다.

기계는 쇠로 전환된 잡음어이며, 잡음어가 자신이 항시 공간을 채우고 있지 않으면 소멸될 것이라는 불안을 가지고 있는 듯 결코 멈출 엄두를 내지 못하는 것과 마찬가지로, 기계에도 또한 자신이 존재하고 있음을 계속적인 움직임을 통해서 스스로 입증하지 못하면 유령처럼 소멸될 것이라는 불안이 있다.

오늘날 인간은 사후의 영생을 믿지 못하지만, 그 대신에 어떤 종류의 막연한 영속성을 요구하고 있다. 그런데 그 막연한 영속성이 인간에게는 잡음어의 영속성에 의해서, 그보다는 영속적인 작업 과정과 영속적인 기계의 움직임에 의해서 보장되는 것처럼 여겨진다. 인간은 영속적으로 움직이는 기계들을 통해서 자기 눈앞에 손에 잡은 듯이 그 영속성을 소유하게 된다. 기계들이 움직임을 그치면 인간 자신이 존재하기를 그칠 것처럼 보인다. 더 이상 아무런 영속성도 존재하지 않을 듯한 세계에 최소한 기계들의 영속적 움직임은 존재하고 있다.

공장의 거대한 기계들은 마치 쇠막대기들 사이의 빈 공간 속에 침묵을 쏟아부어 소음을 제조하는 듯하다.

기계들이 지상의 침묵을 모두 바수려는 듯하다. 아니, 이미 바수고서 이제는 그저 그 최후의 소화 운동을 하고 있는 듯하다.

기계들은 의기양양하게 서 있다. 마치 침묵의 파괴가 끝난 뒤에 이제 또다른 파괴를 꾀하고 있는 듯이.

정지해 있을 때의 기계는 움직이고 있을 때보다 공간을 더한층 꽉 채워버린다. 이제는 모든 것이 기계의 것이다. 대기도 강철처럼 변하고 정적도 강철처럼 변한다. 기계들은 인간을 향하여 위협적으로 서 있다. 그래서 그 기계들이 다시 움직이게 된다면, 그 첫 번째 움직임은 인간에게 대항하는 것일 것이다.

기계가 움직임을 멈출 때 나타나는 정적은 침묵이 아니라 진공 상태이다. 그 때문에 노동자들은 노동이 끝난 뒤에는 진공 속에 있게 된다. 기계들의 진공 상태가 노동자를 압박하는 것이다. 그것이 노동자의 커다란 괴로움이며 실제적인 압박이다. 그와는 달리 농부는 침묵 속에서 일하고 일이 끝난 뒤에도 계속 그 침묵 속에서 산다. 노동자는 말이 없지만, 농부는 침묵한다.

"노동자의 세계"라든가 그 노동자들의 기계의 세계에 관해서 사람들은 말해왔다. 그러나 자기 자신이 진공 속에 살면서 노동자들을 그 진공 속으로 밀어넣는 기계는 한 세계가 아니라 한 세계의 종말이다. 한 세계가 종말을 고할 때 인간은 다만 슬픔과 절망으로 가득 찰 뿐이다. 그 때문에 노동자는 결코 기계에서 행복을 느낄 수 없다.

인간은 기계로부터 결코 도움을 받을 수 없다. 왜냐하면 기계가 영원의 한순간인 저 시간으로부터 인간을 떼어놓기 때문이다. 영속적으로 움직이는 기계가 시간으로 어떤 기계화된 지속성을 만들어내고, 그 지속성 안에서 영원을 향해 나아갈 수 있는 독립된 순간은 존재하지 않는다. 이 기계화된 지속은 시간과는 전혀 아무런 관계가 없으며, 기계화된 지속은 시간을 가득 채우는 것이 아니라 공간을 가득 채운다. 시간은 멎고 굳어져 공간으로 변해버리는 것처럼 보인다.

이렇게 인간은 시간으로부터 분리된다. 그 때문에 인간은 기계 앞에서 그렇게 고독하다. 그는 다만 하나의 공간적인 존재에 불과하고 시간이 움직이는 대신에 기계의 운동에 의해서 오직 공간만이 움직이는 것처럼 보이는 것이다. 그리하여 인간은 공간, 오직 공간 속에서만 살고 있다. 마치 기계에 의해서 점점 더 깊어가는 끝없는 갱도와도 같은 공간 속에서.

잡음어가 쇠로 변한 것인 기계들의 세계에서는 결코 시인의 말이 생길 수 없다. 시인의 말은 잡음어가 아니라 침묵에서 나오기 때문이다. 오늘날의 모든 인쇄 문학은 마치 기계 자체에 의해서 찍혀나오는 것 같다. 그것은 강철 같은 잡음어이다.

그리고 기계의 세계에서 존재할 수 있는 신은 기계 자체에 의해서 생산된 신인데, 그것은 문자 그대로 기계에서 나온 신 (deus ex machina)이다(문자 그대로 말하면, 기계로부터 나온 신이라는 뜻의 라틴어 deus ex machina는 원래 고대 그리스나 로마 극에 나오는 신이나 초자연적인 힘 등을 뜻하는데, 연극 중에 신이나 초자연적인 힘이 무대장치에 의해서 무대로 나와 사건에 개입하곤 했던 데에서 생긴 말이다/역주).

8

이 잡음어의 세계에서 인간에게 중요한 것은 현실성이 아니라 가능성이다. 그 가능성들은 분명한 어떤 것으로서 확고하게 서 있는 것이 아니다. 그 가능성들은 한 불분명함에서 다른 한 불분명함으로 나아가며, 시작도 끝도 가지지 않는다. 그것들은 명료하지 않으며, 막연한 윙윙거림과도 같다. 말과 현실이 서로 하나를 이루듯이 잡음어와 그 가능성들도 서로 하나를 이룬다.

이 잡음어의 세계는 또한 실험의 세계이기도 하다. 하나의 실험은 그 본질상 완결된 것이 아니며 한정된 것도 아니다. 그것은 다른 실험들과는 무관한 행위에 의해서 생기지는 않는다. 하나의 실험이란 독자적으로 생기는 현상 같은 것이 아니라,

다른 많은 실험들의 계속 혹은 다른 많은 실험들의 변주 같은 것이다. 마치 한 잡음어가 다른 잡음어의 계속에 불과한 것처럼 말이다. 그 때문에 또한 실험들은 결코 중단되지도 않는다. 자동적으로 계속된다. 인간은 다만 그 실험들이 자신들에 관해서 전하고자 하는 것만을 기록할 수 있는 실험실 조수에 불과하다(이 책의 "인식과 침묵" 참조).

오늘날 사물들이 인과율의 법칙에 의해서 단순히 인과율의 법칙을 위한 재료에 지나지 않도록 서로 결합되어 있는 방식, 그러한 인과율의 방식 또한 잡음어와 한 짝을 이루게 된다.

이 말은 인과율 자체에 대해서 반대하려는 것이 아니다. 인과율은 필연적이며, 인간에게 당연한 것이다. 그리고 사물들 자신도 인과율 속에서 서로 연결되려는 태세가 되어 있다. 그러나 그 연결이 자동적이어서는 안 되며, 연결 그 자체를 위한 것이어서도 안 된다. 그 연결은 사물과 인간을 위해서 존재하는 것이어야 한다. 원인과 결과 사이에 연결이 이루어질 때에는 사물들이 이제는 이 연결 이전보다 더 서로의 일부를 이루고 있음이, 사물의 본질이 전보다 한층 더 분명해졌음이 느껴져야만 한다.

정신분석학, 심층심리학 그리고 기타 대부분의 심리학의 방법은 하나의 현상을 끝없는 일련의 설명들 속에 분해시킨다. 그리하여 현상은 설명 속에 매몰되어 그 설명 안에서 사라지고 만다. 말이 잡음어 속으로 허물어지듯이 하나의 현상 혹은 하나의 사실도 설명 속으로, 설명의 잡음 속으로 허물어져버린다. 명확하게 한정된 말은 더 이상 존재하지 않고 다만 막연한 잡음어만 존재하는 것과 마찬가지로, 분명한 현상 혹은 사실은 더 이상 존재하지 않고 다만 막연한 설명만이 존재한다.

오늘날에는 하나의 설명 기계가 있어서 그것이 말하자면 자동적으로 작업하면서 모든 현상들을 자신의 작동 속으로 끌어들인다. 그리하여 현상들은 다만 이 설명 기계를 위한 재료에 불과하다. 현상 자체가 나타나기 이전에 이미 모든 것이 미리 설명되어 있다. 현상들을 위해서 설명을 찾는 것이 아니라, 미리 준비해놓은 설명을 위해서 대상과 현상들을 찾는다.

현상들은 정신분석학적, 심층심리학적 설명들에 의해서 분해된다고 우리는 말했다. 예를 들면 아버지, 어머니, 아들 같은 현상들이 정신분석학적 설명에 의해서 소멸된다. 오이디푸스는 자신의 아버지를 살해하고서 자신의 어머니의 남편이 되었다. 이 무서운 사실과 아버지, 어머니, 아들이라는 현상들은 정신분석학에 의해서 하나의 성적 콤플렉스의 부속물로 전락해버린다. 그와는 달리 소포클레스에게 아버지라는 현상은 살해에 의해서 비로소 제대로 분명하게 드러나며, 원초적 현상으로서 분명하게 드러난다. 한 아버지가 참살되었다. 한 아버지가! 그리고 아들과 어머니의 근친상간으로 인해서, 물론 그 근친상간의 순간에는 어머니 상(像)은 파괴되지만, 아들의 참회를 통해서 어머니 상은 다시 이전보다 더욱 분명하게 나타나고, 그리하여 원초적 현상으로서의 어머니 상이 이루어진다. 오이디푸스가 아니라 운명 자체가 아버지, 어머니, 아들이 강렬한 고통 속에서(강렬한 설명 속에서가 아니라) 죽었다가 다시 살아나는 모습을 보지 않으려고 자신의 눈을 빼어버린 것 같다.

이 비극이 끝난 뒤에는 원초적 현상으로서의 아버지와 어머니는 보다 확고히 존재하게 되고, 대지는 이전보다 더 단단해진 것처럼 보인다. 대지에서 마치 난생처음으로인 듯 그 원초적 현상들이 주어졌기 때문이다. 그러나 정신분석학은 그 원초적 현상들을 대지로부터 빼앗아서 이 세계와 함께 분해시킨다.

현대의 실존철학은 말과 사물의 작동 메커니즘으로부터 탈출하려는 시도이다.

인간은 자기 자신을 무(無) 속에 던진다. 인간은 단순히 말과 사물의 메커니즘의 한 부분이라기보다는 차라리 무 속에 던져지기를 바란다. 이 내던져지는 추락에 의해서 말과 사물의 작동 메커니즘은 중단되는 듯하고, 무 속의 인간은 다시 하나의 새로운 시작 앞에 서게 된다.

그러나 하나의 새로운 시작 앞에 설 수 있는 인간은 전혀 존재하지 않는다. 이러한 인간은 무 속에는 전혀 존재하지 않는다. 무 속에서 인간은 분해되고 만다. 거기에는 "불안", "근심", "죽음" 등의 실존철학의 카테고리들을 통해서 다시 근원적인 사물들에게 다가갈 수 있는 인격은 존재하지 않는다. 거기에는 다만 인간과 불안과 근심과 죽음이 어떤 같은 하나의 무 속에서 소멸되는 하나의 텅 빈 공간이 있을 뿐이다. 그러면 인간은 물론 이제는 더 이상 꽉 찬 말과 사물의 작동 메커니즘 속에 있지는 않겠지만, 그는 어떤 텅 빈 광야에 있게 된다. 아니, 그 자신이 하나의 텅 빈 광야이고 그 광야에서는 소음을 만들어내는 말과 사물의 작동의 메아리가 이전보다 더한층 커다랗게 들리는 것이다.

실존철학은 무엇인가 뚫고 들어가는, 지하로 뚫고 들어가는 성질을 가지고 있는데, 그 뚫고 들어가는 소음이 전체적인 말과 사물의 작동의 소음과 일치한다.

9

이 전체적인 잡음 속에서는 더 이상 말의 내용이 중요하지 않고, 다만 그 음향학적 운동만이 중요해지며, 모든 것이 잡음에 뒤덮이게 되어, 평준화된다. 시인의 말도, 그 어떤 인간의 잡담도 모든 것이 그 한 가지 잡음 속에 가라앉아버린다.

거기에는 홀로 있음도 없고, 함께 있음도 없고, 다만 잡음 속에 뒤섞여 있음만이 존재할 뿐이다.

본질적으로 서로 대립되어 있는 두 개의 대상도 여기에서는 서로 대립하지 않는다. 잡음어 속에서 미끄러지듯이 서로를 스쳐갈 뿐이다.

여기에는 대립이란 전혀 존재하지 않으며, 따라서 열정과 운명도 존재하지 않는다. 운명처럼 보이는 것은 다만 수많은 잡음들이 하나의 격한 소란(예를 들면 나치즘의 소란)으로 응축된 것일 뿐이다. 그것이 운명으로 나타나기는 하지만, 그저 잡음 속의 한 혼란일 뿐이다.

거기에서는 또한 환상도 필요하지 않다. 모든 것이 이미 잡음 속에 마련되어 있다.

누군가 거짓말을 하려고 할 때에도 진실을 거짓이라고 뒤바꿔놓을 필요가 없다. 잡음어 속에서는 진실과 거짓 간에 전혀 차이가 없다.

거기에서는 삶이란 잡음어 속으로부터 떠오르는 것이며, 죽음이란 잡음어 속으로 사라지는 것이다.

그런데 잡음어의 기계장치에 의해서는 선보다는 악이 더 널리 퍼진다. 잡음어의 구조, 그 불확실함과 불분명함이 선의 현상들보다는 악의 현상들에 더 알맞기 때문이다. 선은 거의 언제나 분명하게 존재하며 한계가 지어져 있다. 반대로 악은 불명료함과 몽롱함을 좋아한다. 몽롱함 속에서 불명료함은 곳곳으로 미끄러져 들어갈 수 있다.

잡음어 자체가 악은 아니지만, 그것은 악을 예비한다. 잡음어 속에서 정신은 쉽게 무너진다.

그러나 잡음어 속에서 생기는 악은, 예를 들면, 리처드 3세의 악과는 다르다. 잡음어 속에서 생긴 악은 인간이 그 악을 결심하지 않아도 인간 속에 깃들어 있으며, 그 악은 인간이 그것을 깨닫지 못하고 있으나 인간 속에 깃들어 있다.

잡음어와 이 악의 관계는 늪과 늪지대 식물의 관계와 같다. 그 둘은 원래 서로 하나였다. 그래서 하나가 나타나는 곳에 다른 하나가 나타난다. 늪지대 식물과 늪, 거짓과 잡음어, 그 하나는 다른 하나의 표현이다.

물론 잡음어의 세계에도 탄생과 죽음과 사랑 같은 분명한 사건들이 존재한다. 그러나 그것들은 말하자면 말없이 존재하는 순수 현상들로서 이 잡음어의 기계장치 속에서 고독하게 존재한다. 그리고 그 현상들은 —— 다른 어디에서보다 여기에서 더 밝게 —— 광휘를 발하고 있다. 마치 그 광휘의 불길로 자신을 둘러싼 그 기계장치를 불태워버리려는 듯이.

잡음어의 분주한 활동 속에서 사랑으로부터 혹은 죽음으로부터 혹은 한 아이로부터 하나의 광휘가 뿜어져나온다. 그 광휘는 한 현상으로부터 다른 현상에게로 옮아가고 그리하여 그 광휘를 통해서 그 현상들은 더 이상 고독하지 않으며, 광휘 속에서 서로 결합된다. 그 광휘를 통해서 사물들이 서로 함께 이야기를 한다. 말이 붕괴된 곳에서는 광휘가 근원적인 사물들의 언어로 변한다.

라디오

1

잡음어는 오늘날 단순히 세계의 작은 한 부분에 지나지 않
는 것이 아니다. 잡음어 위에 한 세계가 세워져 있다. 라디오의
세계가.

라디오는 순전히 잡음어를 생산하는 기계장치이다. 이제 내
용은 전혀 중요하지 않고 잡음이 생긴다는 사실만이 중요하다.
말은 라디오 속에서 짓밟혀 하나의 무정형(無定形)의 덩어리로
변해버린 것 같다.

라디오에는 더 이상의 침묵도, 말도 없다. 여기에서 한 상태
가 만들어진다. 즉 더 이상 침묵이 없음을 깨닫지 못하고, 더
이상 말이 없음을 깨닫지 못하며, 말이 으깨어져 라디오의 잡
음으로 변하고, 모든 것이 존재하지만, 아무것도 존재하지 않
는 상태가.

라디오가 침묵의 모든 영역을 점령했다. 침묵은 이제 전혀
존재하지 않는다. 반면 라디오를 꺼놓았을 때에도 라디오의 잡

음어는 여전히 거기 있는 듯하며, 들리지는 않지만 계속되는 것 같다. 형체가 없는 라디오의 잡음어는 시작도 끝도 없는 것 같다. 그것에는 한계가 없다. 그러한 라디오의 잡음어에 속해 있는 인간 자신도 그렇다. 인간 또한 무정형이며, 내적으로나 외적으로나 불확실하고, 한계와 기준이 없다.

거기에는 더 이상 침묵이 이루어질 수 있는 공간은 존재하지 않는다. 그러한 공간은 이미 빼앗겨버렸다. 사람들은 그 어디 로부터 침묵이 갑자기 나타나서 라디오의 잡음을 없애버릴까 두려워하는 것 같다. 그 때문에 모든 공간을 잡음으로 가득 채 워놓는다. 잡음어는 스스로 멈출 용기가 없고, 항상 침묵을 막 기 위해서 경계하고 있다.

이제 침묵은 전혀 존재하지 않고 다만 바로 그 다음 잡음어 가 시작되기 이전의 휴지(休止)가 있을 뿐이다.

지금 존재하는 것뿐만 아니라 미래에 존재할 것까지 이미 라 디오가 차지하고 있다. 인간은 현재의 잡음에 의해서 어떤 미 래로 이끌려가지만, 미래 역시 잡음이므로 그것에 대해서는 이 미 훤히 알고 있다. 이제 인간에게는 현재와 미래가 권태롭다.

라디오의 잡음어 세계에서는 어떠한 현재도 존재하지 않는 다. 라디오가 전달하는 것은 인간에게는 결코 직접적으로 존재 하지 않으며, 대상도 결코 직접적으로 존재하지 않는다. 모든 것이 라디오의 잡음어 속에서는 언제나 가고 있는 도중이다. 그 어디로부터 무엇인가가 흘러나와 그 어떤 것으로 향하고, 다시 그 어떤 것으로부터 그 어느 곳으론가 흘러가고, 말하자면 그 어떤 것도 존재하지 않는다. 과거, 현재, 미래가 모두 길게 지속되는 한 잡음 속에 뒤섞여 있다.

따라서 라디오의 잡음은 인간을 파괴시킨다. 하나의 현존재로서 대상들과 마주 서야 할 인간에게서 라디오의 잡음은 그 현존성을 빼앗아간다.

그것이 라디오 세계의 인간을 우울하게 만들며, 그것이 인간 내부에 불쾌감을 낳는다. 라디오에 의해서 모든 것이 인간에게 던져지지만, 그 무엇도 실제로 존재하지 않으며, 모든 것이 인간에게서 가만히 떠나가버린다.

과거, 현재, 미래가 여기에서는 서로 뒤섞여 용해되어 있다고 우리는 말했다. 미래에 일어날 수 있는 모든 것은 이미 그 뒤섞여 있음 속에 들어 있고, 바로 그것이 라디오 세계에 사는 인간을 절망하게 만든다.

항상 똑같으며 당연하다는 듯이 도처에 존재하는 이 영속적인 라디오 잡음은 그 지속성과 자명함을 통해서 인간에게 어떤 자연적인 것, 실로 자연스러운 것으로 작용한다. 그것은 끊임없이 이어지는 냇물 혹은 바람의 속삭임처럼 그렇게 자명해 보인다. 비자연적인 라디오의 잡음이 자연적인 것으로 나타날 수 있다. 그리하여 인간이 정신으로부터 이탈했기 때문에 생긴 이 "자연스러운" 라디오의 잡음은 끊임없이 인간의 내부에 단순히 육체적인 모든 것을, 단순히 본능적이고 충동적인 모든 것을 불러일으킨다.

라디오는 인간에 의해서 만들어지는 것 같지가 않다.[*] 라디오가 인간을 만든다. 라디오는 인간에게서 나오는 어떤 것이 아니다. 라디오는 인간에게 다가가 인간을 에워싸서 뒤덮는 어떤 것이다. 인간은 라디오 잡음의 부속물일 뿐이다. 라디오는 인간에게 잡음의 모범을 보여주고 인간은 그 움직임을 따라한다. 그것이 인간의 삶이다.

라디오는 모든 것을 가득 채우고, 모든 것이 라디오로부터 나타난다. 인간의 모든 느낌, 의욕, 지식이 라디오에 의해서 생기고 인간 자체가 라디오를 통해서 비로소 인격체가 된다. 라디오를 통해서 비로소 인간이 생긴다. 라디오를 통해서 처음으로 인간은 자기 자신을 느낀다. 자기 자신이 존재하고 있음을 느끼려고 많은 사람들이 다른 누군가 혹은 일거리를 필요로 하듯이 오늘날 많은 사람들이 라디오를 통해서 비로소 자기 자신을 느끼게 된다.

그러나 다른 누군가 혹은 일거리와 관계를 맺기 위해서는 그래도 어떤 개인적인 행동이 요구되는 반면에, 라디오는 인간이

---

[*] 물리적 인과관계에서는 라디오가 인간에게 종속되어 있는 것이 분명하다. 그러나 그 물리적 관계는 이제 일어나게 될 어떤 것을 위한 중립적 기반일 뿐이라는 것 또한 분명하다. 라디오가 인간의 손으로 작동된다는 사실은 아무래도 상관없는 문제이다. 한 현상의 본질은 결코 물질적 인과관계 속에서 분명하게 드러나지 않는다. 왜냐하면 물질적 인과관계는 한 사물이 어디에서 유래되는가를 제시할 수 있을 뿐, 그 사물이 무엇인가를 제시하지는 못하기 때문이다. 한 현상의 구체성은 현상학적, 인상학적 측면에서 비로소 인식될 수 있다.

라디오로 마음을 정하기 이전에 이미 거기 존재하고 있다. 인간이 아니라 라디오가 관계를 확립시키는 것이다.

인간은 오직 라디오를 통해서만 세계와 관계를 맺을 수 있는 것 같다. 인간은 그렇게 라디오에서 모든 것을 얻는다. 그 어떤 것, 사람들에게 억지로 가지게 하고 싶은 그 어떤 의견을 라디오의 잡음 속에 뒤섞기만 하면, 그것은 인간에게 받아들여진다. 라디오의 잡음을 통해서 모든 것이 인간 속으로 몰래 파고들 수가 있다.

2

따라서 라디오 잡음은 현실이다. 라디오 잡음 안에 포함되어 있는 것만이, 라디오 잡음에 의해서 일어나는 것만이 유효하다. 하나의 사건은 라디오 잡음의 일부가 될 때에만, 라디오 잡음으로부터 나타날 때에만 현실적인 것으로 보인다. 사람들의 눈앞에서 폭탄이 터지고 공장이 온통 무너질 때, 그 일은 눈의 망막 속으로 들어오기는 하지만, 거의 뚜렷하게 지각되지는 않는다. 그 일은 전체적인 라디오 잡음에 수용되었을 때에야 비로소 사실로 통하게 된다. 인간은 다만 자기 자신에게만 보이는 것은 믿지 못한다. 라디오 잡음을 통해서 비로소 어떤 일은 하나의 실제적인 사건이 된다.

라디오 잡음이 인간과 대상 간의 직접적인 관계를 변조시킨다.

라디오에 의해서 올바른 인식 방법이 완전히 파괴된다.

말하자면 어떤 사람의 말에 귀를 기울일 때, 혹은 책을 읽을 때 올바른 인식 방법이란 이런 것이다. 즉 말한다는, 혹은 읽는다는 행위는 반복될 수 없는 어떤 것, 살아 있는 어떤 것이다. 그러한 전달은 보다 더 반복될 수 없는, 보다 더 살아 있는 행위이다. 그렇게 다른 사람의 말을 들을 때, 혹은 책을 읽을 때 진실이 어떤 일회적인 것, 따라서 인격적인 것으로서 나타난다. 그와는 달리 라디오를 통해서 인간에게 내던져지는 인식은 **기계적으로** 반복될 수 있는 것이다. 라디오의 전달과 라디오의 청취에는 인격적인 요소가 결여되어 있다. 라디오 속에서는 인간에 의한 것이며 인간을 위한 것이라는 인식의 근본적 특성이 파괴되어 있다. 물론 라디오를 통해서 하나의 확증이 전달되기도 한다. 그러나 확증은 결코 진실이 아니다. 왜냐하면 진실 속에서 한 대상이 분명하게 드러난다는 것뿐만 아니라, 대상 속에서 모습을 드러내는 진실이 인간과 관련되어 있다는 것이 진실의 구성 요소이기 때문이다.

독서를 통해서 혹은 한 인간과의 **직접적인** 만남을 통해서 인간에게 전달되는 진실은 다시 다른 사람에게 직접적으로 다가가려고 애쓴다. 즉 화자 혹은 저자가 이미 이루어놓은 정신적 행위를, 말을 듣거나 혹은 책을 읽을 때, 다시 한 번 실현하도록 인간을 환기시키는 것이다. 그렇게 말을 들음으로써 혹은 책을 읽음으로써 대상과의 직접적인 관계가 유지된다. 이러한 자연스러운 관계는 라디오에는 더 이상 존재하지 않는다. 라디

침묵의 세계

오에서 인식은 영구히 완결되어 있는 것으로 나타난다. 듣는 사람에게 그 인식의 과정을 다시 한 번 반복하도록 환기시키지 않고, 마치 한 물건을 빈 상자 속에 채워넣듯이 인식을 인간 속에 채워넣는다. 인식은 인간에 의한 것이 아니며 또한 인간을 위한 것도 아닌 듯하다. 인간의 의미가 라디오에 의해서 변조된 것이다.

3

오직 라디오 잡음 속에 나타나는 것만이 가치가 있는 것으로 여겨진다고 우리는 말했다. 그리고 사람들은 사건들을 라디오가 전달해주는 대로만 볼 뿐 아니라, 심지어는 그 사건들을 처음부터 그렇게 체험한다. 마치 사건들이 전적으로 라디오의 소유인 것처럼, 말하자면, 인간은 사건들을 라디오가 그 사건들 자체를 전달해주기 전에 이미 라디오가 사건들을 전달해주는 그대로 체험하고 있는 것이다. 사건들이 애초부터 라디오를 위해서 만들어지게 된다면 그것은 비인간적이다. 예를 들면, 전투 행위를 당연히 그래야 하는 대로 진행시키는 것이 아니라, 때로는 라디오에서 어떻게 표현될 것인가를 고려하여 진행시키는 것이다. 참으로 존재하는 것, 참으로 존재해야 할 것이 일어나는 것이 아니라 다만 라디오의 잡음이 될 수 있는 것만이 일어난다. 그것은 모든 현실의 정지이다.

그 때문에 현대의 전쟁은 그렇게 무시무시하다. 말하자면 인간은 그 전쟁의 무서운 현실을 보지 않고, 그 전쟁을 다만 라디오 잡음의 한 부분으로서만 본다. 전쟁은 인간 정신과 마주해 있지 않으며, 그런 이유 때문에 제어되지 않는다. 그리고 어쩌면 오늘날 전쟁이 점점 더 격렬해지고 점점 더 무시무시해지는 것은 전쟁 자체가 라디오 잡음의 일부로서가 아니라, 그 본질대로, 말하자면, 분명하고 무시무시한 전쟁으로 보이기를 원하기 때문인지도 모른다.

여전히 침묵이 작용하는 시대에는 전쟁이 침묵의 배경을 통해서 알려지게 된다. 전쟁은 침묵의 배경에 부딪쳐 분명하게 반향되었다. 그리하여 이 침묵의 배경 위에서 전쟁은 아주 분명한 모습으로 드러났다. 그래서 전쟁의 무시무시함은 원초적인 무시무시함을 지녔고, 전쟁에 수반되는 죽음 속에서 전쟁의 소음은 도로 가라앉았다. 그럴 때 인간은 전쟁에 관해서 떠들 수가 없다. 다만 침묵하면서 전쟁을 견딜 수 있을 뿐이다.

오늘날 전쟁은 결코 침묵에 대한 반란이 아니다. 전쟁은 다만 전체적인 소음, 소동 속의 가장 큰 소음의 소용돌이일 뿐이다. 오늘날 매순간 전쟁에 관한 보고가 라디오에서 소란스럽게 쏟아져나오지 않는다면, 대포의 굉음과 죽어가는 사람들의 절규가 도처에서 들릴 것이다. 침묵 속에서는 죽어가는 사람들의 절규가 들리고, 그 절규는 대포 소리를 압도할 것이다. 침묵 속에서는 전쟁의 소리가 너무도 크게 들려 인간은 전쟁을 견딜 수 없을 것이다. 그러나 전쟁을 보고하는 계속적인 잡음은 대

침묵의 세계

포의 굉음과 죽어가는 사람들의 절규를 보편적인 잡음으로 평준화시킨다. 전쟁은 전체적인 라디오 잡음의 일부가 되어 거기에 순응하게 된다. 그뿐만 아니라 인간은 인간의 전쟁을 라디오 잡음 속에 나타나는 모든 것들과 마찬가지로 당연한 것으로 받아들인다.

오늘날의 많은 위대한 죽음들은 최소한 죽음을 통해서나마 침묵의 영역을 세워보려는 시도처럼 보인다. 오늘날처럼 잡음 기계장치가 극한에 이르면 침묵은 죽음의 극한으로서 자신의 모습을 드러낸다.

4

라디오는 자동 잡음 그 자체이다. 우리는 라디오가 모든 공간을 점유하고 있다고 말했다. 인간은 가장자리로 밀려나서, 그 공간의 균열인 한두 개의 틈바구니를 통해서 겨우 힘겹게 나아가게 된다. 아침 6시에는 체조에 불려가고, 6시 20분에는 음악에, 7시에는 "월드 뉴스"에, 그 다음에는 다시 음악에, 8시에는 기도에, 8시 반에는 "주부 요리"에 포위되고, 9시에는 바흐에게, 9시 20분에는 추상 예술, 이같이 끊임없이 포위된다. 라디오라는 기구는 이제는 전혀 인간에게 종속되어 있는 것 같지 않다. 라디오는 마치 자기 자신에게 귀를 기울이고 있는 듯하다. 그래서 쇼팽의 피아노 곡이 재즈에 응답하고, 거기에 비타민 강연이 응답하고, 거기에 철금(鐵琴)이 응답하는 듯하다. 라디오는 자기 자신과 즐겁게 이야기하고 있는 것처럼 보인다. 인간은 밀려났고, 다만 라디오 잡음의 시중을 드는 일꾼에 불과하다.

전 세계가 라디오 잡음으로 변했다. 오직 라디오에 등장하는 것만이 통하고 있다. 라디오를 위해서 이용될 수 없는 다른 모든 것은 내던져지고 거부당한다. 라디오는 그렇게도 위력이 막강한 존재이다. 한 사람이 어느 집 앞을 지나가고 있다. 그 집 창문에서 차이코프스키의 교향곡이 그의 머리 위로 흘러내린다. 그러나 그는 계속 가고 있다. 바로 그 다음 집 창에서 다시 그 차이코프스키 음악이 그에게로 흘러내린다. 그가 가는 곳 어디에나 이미 그 음악이 있다. 그 음악은 어디에나 있다. 그가 계속 나아가는 데도 전혀 나아가는 것 같지 않고 언제나 똑같은 그 자리에 머물러 있는 것 같다. 말하자면 움직인다는 사실이 비사실적인 것이 되는 것이다. 이렇게 라디오 잡음은 공간과 시간에 종속되지 않은 것처럼, 공기와 같은 당연한 것처럼 보인다.

도처에서 라디오 잡음이 밀려들어오고, 도처에서 그리고 언제나 라디오 잡음이 존재한다. 라디오는 연속성의 속성을 가지며 그 속성으로 인간을 지배한다. 그리하여 본래 비연속적인 인간은 자신이 비연속적인 존재라는 것을 전혀 깨닫지 못한다. 무엇인가가 지속적으로 거기 존재한다. 인간 자신의 내적 불연속성은 계속적으로 이어지는 라디오의 지속성에 가려 사라진다. 그러나 라디오의 지속성이란 다만 불연속성의 연속일 뿐이다. 연속성과 불연속성의 차이가 없어지는 것이다. 라디오 잡음 속에서 모든 차이가 완전히 사라지는 것과 마찬가지로.

라디오 잡음의 연속성에 의해서 그릇된 방식으로, 비연속적 존재인 인간은 무엇인가 지속적으로 존재하고 있으며, 자기 자신이 지속적으로 존재하고 있다고 안심하게 된다. 한 사람이 일을 하러 간다. 라디오 잡음이 그 사람을 따라간다. 일할 때에도 역시 그와 함께 있다. 일 자체가 그저 라디오 잡음에 장단을 맞추는 것에 불과한 것처럼 보인다. 그 사람이 잠든다. 잠들기 전에 마지막까지 그와 함께 있는 것은 라디오 잡음이다. 그 사람이 깨어난다. 그러면 마치 인간과는 독립된 어떤 것처럼 라디오 잡음이 다시 와 있다. 라디오 잡음이 인간보다 더 실재적인 존재처럼 보이고 인간에게 인간 자신의 지속성을 보장해주고 있는 것 같다. 라디오 잡음은 항상 인간 주위에 있고 항상 인간을 위해서 거기 있다. 그리고 바로 그것이 인간을 염려하는 것처럼 보인다. 영원한 존재인 신이 물러나고 그 대신 끊임없는 라디오 잡음이 들어섰다. 물론 인간에 의한 것이기는 하지만, 인간으로부터 독립된 어떤 독자적인 것처럼 존재한다는 사실이 라디오에게 박명(薄明)과도 같은 어슴프레한 신비의 속성을 부여한다.

인간이 라디오에 의해서 반드시 비연속적인 존재가 되는 것은 아니라고, 인간은 실로 라디오 프로그램들로부터 지기 마음에 드는 것을 선택할 자유가 있다고 사람들은 말해왔다. 그러고 보니 생각나는 일이 있다. 1930년대 초 바덴바덴에서 열린 형법학자 대회에서 사형 제도의 존폐에 대한 토론석상에서 한 연사가 말했다. 자신은 왜 사람들이 사형에 관해서 그리도 말이 많은지 이해할 수 없으며, 죽음이 오는 순간은 괴롭지 않고 괴로운 것은 죽음에 앞선 불안뿐이므로, 불안을 가질 것인가 말 것인가는 그 범죄자의 자유라는 것이었다. 정확히 그와 똑같이 자신의 연속성을 보장해주게 될 것을 라디오 프로그램에서 선택할 것인가 말 것인가는 라디오 앞에 있는 인간의 자유이다.

모든 것이 저절로 거기 존재하고 있는 것처럼 보이는 이 사이비 연속성 속에서 인간은 모든 본질적인 것이 어떤 특별한 한정된 행위에 의해서, 어떤 창조적인 행위에 의해서 생긴다는 사실을 잊어버린다. 자유 의지적인 요소와의 연관성을 완전히 상실한다. 그것이 바로 라디오의 구제불능적인 점이다. 이 라디오 잡음의 세계에서는 진리, 신의 사랑, 믿음 같은 원초적 현상들까지도 존재할 수 없다. 왜냐하면 원초적 현상들은 직접적인 것, 분명하게 한정된 것, 일회적인 것인 데 반해서 라디오 잡음의 세계는 우회적인, 서로 뒤엉켜 있는, 간접적인 세계이기 때문이다. 이런 세계에서는 원초적 현상들도 파멸되고 만다.

5

많은 사람들이 라디오의 교육을 받으면 인간이 진, 선, 미에

이를 수 있다고 생각한다. 그러나 라디오에서 인간은 진, 선, 미를 가져다주는 말과 만나는 것이 아니라, 다만 진, 선, 미가 떠올랐다가 도로 사라지는 잡음어만을 만날 뿐이다. 그 내용들은 다만 잡음어를 충전시키는 데 봉사할 뿐이다. 잡음어는 애초부터 진, 선, 미에서 그 특유의 본질을 없애버렸다. 어떠한 실제적인 차이도 존재하지 않는 잡음어 속에서 진, 선, 미는 평준화된다.

사람들은 어느 외딴 지역에 사는 농부도 라디오를 통해서 외부 세계와 연결될 수 있다고 말한다. 그러나 라디오에 의해서 농부가 수용하는 외부 세계는 개개인이 자신의 구체적인 자연을 연결시켜 자신의 자연을 키워갈 수 있는 유기적인 세계가 아니다. 그것은 개인이 점점 더 작아지고 해체되는 추상적인 세계이다.

외로운 산골 마을의 농부에게는 산의 고독이 구체적으로 존재하고 있다. 그 농부는 산의 고독을 표현한다. 그는 자연의 고독을 처음으로 자신의 인격 속에 구체화시키고, 그리하여 산의 고독은 비로소 전적으로 인간의 것이 된다. 이 구체성, 그 농부 속에 깃든 산의 모습이 라디오에 의해서 파괴된다. 라디오는 농부를, 다만 막연하기 때문에 외관상 보편적으로 보일 뿐인, 평준화된 추상 개념의 일부로 만든다. 실제로 그것은 막연하고 해체된 것일 뿐, 보편적인 것은 아니다.

인간은 라디오 잡음이 자신을 둘러싸고 있다는 것을 이제는 인식하지 못한다. 라디오 잡음이 윙윙거리지만, 인간은 그것을 전혀 듣지 않는다. 라디오 잡음은 그 소음과 함께 전혀 존재하지 않는 듯 보인다. 라디오는 인간에게는 시끄러운 소리를 내는 벙어리에 불과하다. 라디오는 하루 종일 크게 떠들어댈 수 있지만, 인간은 그것에 전혀 귀 기울이지 않으며, 라디오로부터 인간 자신에게 불려나온 것들을 거의 전혀 듣지 않는다.

인간이 말에게 말하게 하고서 그것을 말로 받아들이지 않는다는 것은 말에 대한 가장 깊은 경멸이다.

라디오는 인간을 더 이상 말에 귀를 기울이지 **않도록** 길들인다. 그것은 곧 인간이 인간에게 귀 기울이지 않는다는 뜻이며, 인간을 당신으로부터, 당신에게 마음을 기울이는 것으로부터 당신을 떼어놓는다는, 따라서 사랑으로부터 당신을 떼어놓는다는 뜻이다.

인간은 자신이 이제는 말을 가지고 있지 않다는 것을 당연히 진정으로 슬퍼해야 되겠지만, 이전에 말이 있었던 그의 내적 공간을 잡음어가 가득 채워놓는 까닭에 자신에게서 말이 사라져버렸다는 사실을 인식하지 못한다. 그는 그 사실을 인식하지 못하지만, 그의 내부에서는 그 사실이 인식되며, 단지 그가 그것을 모를 뿐이다. 그 때문에 인간은 불안해지며 신경질적이 된다.

내가 보기에는 현대의 수많은 정신병은 그 때문에 발생하는 것 같다. 라디오에 의해서 무수한 양의 말들이 인간에게로 내던져지는데, 말이란 본래가 인간에게서 어떤 응답을 요구하는 것이다. 그러나 이제 그 말들이 너무도 많아져서 응답이 전혀 불가능하며, 또한 응답을 전혀 기대하지도 않으면서 매순간마다 새로운 엄청난 양의 말들이 내던져진다.

그러나 인간 앞에 주어지는 모든 것에 어떤 응답을 주어야만 한다는 것을 아직은 알고 있는 사람들은 곧바로 곤혹스러워할 것이다. 그들은 응답을 주어야만 한다는 것을 느끼지만, 응답을 줄 수 있는 시간과 공간이 전혀 존재하지 않는다. 그리하여 그러한 곤혹으로부터 온갖 종류의 심리적 압박 속에서 모습을 나타내는 어떤 정신병이 생긴다. 그러한 정신병은 인간에게서 본질적인 것, 즉 응답하는 것을 빼앗아간 세계로 인간을 도피하게 한다.

6

라디오는 침묵을 향해서 계속적으로 사격하는 자동 권총처럼 존재하고 있다.

그러나 그 적, 즉 침묵은 그 모든 소음 뒤에 숨어서 기다리고 있다.

라디오의 잡음은 점점 더 거세진다. 왜냐하면 자신이 침묵에 의해서 그리고 참된 말에 의해서 불시에 기습당할 것이라는 불안이 점점 더 커지기 때문이다.

때로 라디오의 그 모든 잡음 너머로 침묵의 하늘을 볼 때, 그리고 거기에서 모든 것을 빨아들이는, 거의 하늘의 벽까지도 빨아들이는 빛을 볼 때 인간은 깜짝 놀라고 동시에 기뻐하면서, 다음 순간에는 라디오의 잡음마저도 그 빛에 흡수되어 그 안에서 사라지기를 기다린다.

침묵의 잔해

1

아직 남아 있는 침묵의 마지막 잔해까지도 쓸어내려고 하는 것 같다. 마치 모든 사람, 모든 집의 침묵을 적으로 규정하고서 그것을 없애라는 명령이 내려진 것 같다. 비행기들은 구름 뒤에 주둔하고 있는 침묵을 찾아 하늘을 샅샅이 뒤지고, 프로펠러의 진동 소리는 침묵을 공격하는 아우성 같다.

대도시는 거대한 소음의 저수지이다. 소음은 마치 하나의 상품처럼 도시에서 제조된다. 소음은 그것이 나온 대상과는 완전히 절연된 채 쌓여 그 도시 위에 진을 치고 있다가 인간과 사물 위로 떨어져내린다.

그러나 밤에 불들이 꺼지게 되면, 거리는 마치 소음이 그 안으로 굴러떨어져 사라져버린 갱도처럼 보인다. 그 도시의 인간들과 사물들은 이제는 더 이상 소음이 그들을 채워주지 않는 까닭에 수축된다. 사람들은 그림자처럼 가볍게 집들을 스쳐 지나가고, 집집마다의 벽들은 무너져버린 거대한 묘석의 전면처럼 보일 뿐이다.

그러나 베개에 귀를 대고 잠자고 있는 사람들은 저 밑 땅속 깊은 곳으로 사라져버린 소음을 찾아, 아니 어쩌면 사라져버린 침묵을 찾아 귀를 기울이고 있을 것이다.

대도시는 침묵에 대항하는 요새이지만, 그 주위는 파멸의 냄새로 둘러싸여 있다. 대도시의 격렬함 속에는 말하자면 몰락을 향한 어떤 몸부림이 있다. 도시는 죽음을 찾고 있다. 살아 있는 침묵을 가지지 못한 도시는 몰락을 통해서 침묵을 찾는다.

침묵은 이제 더 이상 하나의 세계로서 존재하지 않으며, 다만 산산조각이 난 한 세계의 잔해에 불과하다. 그리고 그 잔해는 그것이 잔해인 까닭에 사람들을 무섭게 만든다.

때로 어떤 도시에서 갑자기 한 사람이 거리의 소음 한가운데에서 쓰러져 죽는다. 그럴 때는 마치 가로수 꼭대기에 아직 여기저기 앉아 있는 침묵의 조각들이 갑자기 죽은 그 사람에게로 다가가는 것 같다. 그 침묵의 잔해들이 죽은 자의 침묵에게로 느릿느릿 걸어가는 것 같다. 한순간 그 도시는 정지하게 된다. 침묵의 잔해들은 이제 그 죽은 사람의 곁에 있으며, 죽음의 틈을 통해서 그와 함께 죽음 속으로 사라지려고 한다. 죽은 자가 침묵의 마지막 잔해들을 동반한다.

2

침묵은 이제 자명한 것으로 존재하지 않는다. 때때로 어떤 사람에게는 아직도 깃들어 있는 침묵이 발견되기도 한다. 그것은 박물관의 소장품이나 유령 같은 인상을 준다.

크리스티네는 침묵하고 앉아 있을 때면 더할 나위 없는 모습이었다. 그럴 때는 그녀의 모든 것이 다 괜찮았다. 그녀는 마치 그녀가 존재한다는 것만으로도 커다란 농장을 운영할 수 있는 농가의 주부 같았다. 크리스티네가 아무런 말도 없이 앉아 있을 때에도 사람들은 침묵으로부터 들리지 않게 말들이 나오는 것을 알았고, 그 말들에 귀를 기울였다. 사람들은 크리스티네와 함께 있었으나 동시에 침묵으로부터 나온 그 말들이 소리로 변하는 먼 곳에 가 있었다. 사람들은 이 침묵의 마술에 의해서 여기에 있으면서 동시에 먼 곳에 가 있었다.

그러나 크리스티네가 이야기를 하면 곧바로 그녀의 말들은 소란스러웠고, 또한 그녀라는 인간 전체까지 소란스러웠다. 어쨌든 내부에 존재하는 침묵을 그녀는 전혀 소유한 것 같지 않았다. 그녀가 그렇게 신경질적으로 행동하는 것은 마치 그녀 자신 속에뿐만 아니라 다른 그 어디에도 침묵이 더 이상은 존재하지 않음을 보여주는 것 같았다.

크리스티네는 물론 여전히 자신의 내부에 침묵을 지니고 있었다. 그러나 그 침묵은 그녀로부터 고립되었고, 말로부터 차단되었으며, 다시 말하자면 인간으로부터 차단되었다. 말들은 저희들끼리 자신만의 삶을 살았고, 침묵은 침묵 자신만의 삶을 살았으며, 그래서 침묵은 고독했다. 그녀에게서는 말과 침묵이 그렇게 서로 고립되어 있어서, 그녀가 말을 할 때면 그녀에게는 완전히 말만이 존재하고, 그녀가 침묵할 때면 그녀에게는 완전히 침묵만이 존재하는 것처럼 보인다. 침묵 속에서 크리스티네는 자기 자신의 말로부터 단절됨으로써 침묵이 그녀에게 속속들이 파고들어 마치 그녀는 이 세상에 아직도 남아 있는 침묵의 잔해에 의해서 귀신이 들린 것 같다. 그녀는 다른 사람들의 소음 가운데에서 침묵의 유령처럼 거기 앉아 있었던 것이다.

3

물론 소음의 세계에도 아직은 침묵으로부터 나오는 말들이 존재하기는 하지만, 그러한 말들은 소음의 세계 속에서 고독하다. 그러한 말들의 가장자리를 둘러싸고 있는 침묵, 그 침묵에는 우울이 스며들어 있다. 말은 침묵의 어둠으로부터가 아니라 우울의 어두운 밑바닥으로부터 나오는 것처럼 보인다. 그러한 외로운 말이 이 소음의 세계에서 마치 날개 가장자리가 검은색인 들신선나비처럼 이리저리 날아다닌다.

물론 소음의 세계에도 아직은 침묵의 세계로부터 나오고 있는 말들이 존재하지만, 그 말들은 마치 땅속에서 파낸 고대의 유물들처럼 다른 세계에 속한다. 그러한 말 앞에서 소음 세계의 인간은 한순간 놀란다. 그리고 그 놀람의 순간은 동시에 침묵의 순간이지만, 이윽고 스스로 굴러다니는 소음 덩어리가 그 말과 침묵을 데리고 가서 자기 안에서 소멸시킨다. 오늘날의 소음 한가운데에서도 아직 침묵과 연관된 그러한 말들은 마치 땅속에서 파낸 하얀 대리석의 신상(神像)으로부터 신 바로 그 자신이 걸어나오는 것과도 같다. 그때, 사람들도 자동차들도 비행기들도 한순간 그대로 서 있을 수밖에 없다. 신의 출현은 모든 움직이는 것에 대한 "정지" 신호와 같다. 그러나 그 다음 순간 한 자동차가 와서 이미 다시 시작된 소란스러운 움직임 속으로 그 신을 데리고 사라져갈 것이고, 그리하여 신은 그 소란스러운 움직임의 작은 일부에 불과한 것이 되리라.

확실히 하나의 세계로서의 침묵은 파괴되었다. 소음이 모든 것을 차지했고, 이 지상은 소음의 것인 듯이 보인다. 정신이나 종교, 박애, 정치에 의한 세계의 하나됨은 존재하지 않는다. 소음 속에서의 세계의 하나됨이 존재할 뿐이다. 모든 인간과 모든 사물이 소음 속에서 서로 하나로 결합되어 있다.

그러나 아직도 소리 없이 아침이 열리고, 나무들이 소리 없이 하늘을 향해서 뻗어나가고, 마치 남모르게 생기는 일처럼 밤이 내리는 그런 일들이 존재한다. 그러한 것들의 침묵이 오늘날보다 더 완벽했던 적도 결코 없었고, 오늘날보다 더 아름다웠던 적도 결코 없었다. 그러한 것들의 침묵은 고독하다. 예전에는 그러한 것들로부터 지상의 다른 사물들에게, 인간에게까지 영향을 주었던 침묵의 위력이 이제 완전히 자기 자신 안에서만 작용한다. 그것들은 자기 자신을 향해서 침묵한다. 어느 가난한 사람이 한번은 다른 가난한 사람에게 이렇게 말했다. "아무도 나를 존중하지 않아. 그래서 스스로 나 자신을 존중하게 되었지. 나 혼자서만." 그러한 경우들도 마찬가지이다. 아무도 그것들에게 침묵을 주지 않고, 아무도 그것들에게 침묵을 가져가지 않는다. 그것들은 침묵을 자기 자신에게 주고, 자기 혼자서만 가지고 있다.

병, 죽음 그리고 침묵

1

오늘날 인간에게 잠이 없는 것은 인간에게 침묵이 없기 때문이다. 잠 속에서 인간은 자신의 내부에 있는 침묵과 함께 보편적인 거대한 침묵 속으로 되돌아간다. 그러나 오늘날의 인간에게는 잠의 보편적인 거대한 침묵에게로 데려다줄 자기 내부의 침묵이 결여되어 있었다. 오늘날 잠이란 소음에 의한 피로현상이며, 소음에 대한 반작용일 뿐이다. 잠은 이제 결코 독자적인 세계가 아니다.

"잠자는 사람 또한 일을 하고 있으며, 우주에서 일어나는 일에 협력하고 있다."(헤라클레이토스)

2

오늘날 이 소음의 세계에서도 병(病)의 주위에는 의사들이 맞는 이야기로든 틀린 이야기로든 떨쳐버릴 수 없는 침묵이 있다. 그 침묵은 도처에서 쫓겨나와 아픈 사람에게 숨어 있는 것 같다. 침묵은 지하 묘지에서 살 듯이 병자와 함께 산다.

종종, 한 병자가 병석에 누워 있을 때면, 그 병자는 마치 침묵이 자리잡고 앉은 한 장소에 불과한 것처럼 보인다. 병이 오고, 침묵이 그 뒤를 따라왔던 것이다. 병은 다만 침묵을 위해서 자리를 만들어주는 한 가지 길인 것 같다. 천천히 침묵이 병자의 몸을 점령해가고, 병자의 말과 문병객의 말은 이 침묵을 뚫고 나가기 어렵다.

병자에게는 항시 침묵이 있다. 그러나 오늘날 병자에게 있는 침묵은 예전과 같은 침묵이 아니다. 오늘날 병자 곁에 있는 침묵은 조금 섬뜩한 것이다. 왜냐하면 건강한 생명의 일부여야 하며, 그 건강한 생명 안에서 작용해야 하는 침묵이 이제 거기서 쫓겨나서 병자 곁에만 머물기 때문이다.

오늘날 소음은 예전에는 침묵의 소유였던 생명의 좋은 부분으로 옮아갔지만, 침묵은 생명의 나쁜 부분 속으로, 즉 병에게로 도피했다. 그리하여 침묵은 병이라는 지하의 통로를 통해서 이제 인간에게 온화하게가 아니라 고약하게 다가온다. 예전에는 복(福)이었던 침묵이 오늘날에는 위협과 화(禍)로 변해버렸다.

고약한, 복수심에 찬 침묵 자체인 듯한 질병들이 있다. 침묵이 복수하려고 하는 것은 자신이 쫓겨났기 때문이며, 병이라는 어두운 굴을 통하지 않고는 위로, 인간에게로 뚫고 올라갈 수가 없기 때문이다. 암(癌)이 바로 그러한 병이다. 암이라는 병은 침묵에 싸여 있다. 침묵에 싸여 있다는 것은 우리가 그 병의 원인을 모른다는 뜻이 아니라, 인간은 어떤 고약한 침묵의 징후와 같은 것일 뿐인 그 모든 증상들이 보여주는 것 이상으로 더 심하게 암에 의해서 병들어 있다는 뜻이다.

3

L 교수는 뇌졸중을 앓은 이후로는 아주 느리게밖에 말할 수 없게 되었다. 그 교수는 침묵으로부터 말이 소리가 되어 나오기 어려워진 것을 어떤 손해로 받아들이지 않았다. 그는 이렇게 말했다. 이전에는 말하는 것이 쉬운 일이었고, 너무 쉽게 말이 나왔다. 그러나 그 말은 다른 어떤 말로부터 재빨리 튀어나온 것일 뿐, 침묵으로부터 천천히 솟아오른 것은 아니었다. 그러나 지금은 병 덕분에 한마디 말이 음성으로 변할 때, 그것은 하나의 사건과 같은 것이며, 침묵으로부터 다시 한마디 말을 끌어내는 데 성공하면 그것은 하나의 창조와 같다. 그것은 그의 경우에는 침묵으로부터 말이 나오는 움직임 하나하나가 하나의 행위였던 중세시대 인간의 경우와 같았다. 건강했을 적에는 그 자신이 결코 이루지 못했던 것, 즉 침묵으로부터 말이 나오는 것을 비상한 일로 체험하는 일을 이제는 병을 통해서 이룰 수 있게 되었다고 그는 말하고 있었다.

L 교수는 자신의 병을 그렇게 극복했다. 뿐만 아니라 그는

병을 통해서 이전의 그가 아니라 더 나아졌다.

4

꽃들, 들판, 산들은 인간 앞에 완전하게 현존했다. 그것들은 언제나 그 현존성 안에서 계속 머무는 것 같았고, 그래서 그것들이 겨울을 향해서 미끄러져갈 때에도 그것들을 기억해줄 인간이 전혀 필요하지 않는 것 같았다.

한 사람이 그것들 앞에 서서, 자기 자신의 죽음에 대해서 그리고 어느 날엔가는 그것들을 다시 바라볼 수 없게 될 것이라고 생각하고 있었다.

그가 죽음을 생각하는 그 순간, 그는 단번에 그 현존성으로부터 떠밀려나서 마치 벌써 죽음의 나라에서 내다보듯이 이제 그 꽃들과 풀들과 나무들을 바라보게 되었다. 그것들은 이제 그에게는 망원경을 거꾸로 해서 사물을 볼 때처럼 보였다. 말하자면 멀고 작게 보였으며, 장난감들 같았고, 가물가물 보였던 것이다. 그것들은 난생처음 본 듯이 아름다웠고, 그는 조금은 불안하게 기다리고 있었다. 그것들이 더 작아지고 작아져서 가물거리다가 완전히 사라지기를, 그가 지금 있는 곳인 죽음의 나라 속으로 완전히 사라지기를.

이 사람에게서 일어난 그 영혼의 움직임, 아직 살아 있는 자로서 현재를 과거로부터 그리고 죽음으로부터 바라다보는 그러한 영혼의 움직임은 그 사람의 내부에 크나큰 침묵이 존재할 때에만 가능하다. 그럴 때에는 그 침묵이 그의 영혼을 현재로부터 멀리 죽음으로까지 데리고 간다. 영혼에게 그러한 움직임이 생길 때에도 그는 자신이 길을 잃었다고 느끼지 않는다. 영혼은 침묵의 벽을 따라서 걸어가고, 침묵의 벽에 의지하고 서 있다.

인간 내부에 침묵이 결여되면, 대상성(Gegenstandlichkeit)이 나타나게 된다. 대상성은 모든 과거와 모든 미래를 이미 자기 곁에 가지고 있으면서 그것들을 자기의 소유라고 선언한다. 대상성에게 죽음이란 다만 그 소유 상태에 생긴 하나의 구멍에 지나지 않으며, 따라서 전혀 존재하지 않는다.

5

"우리가 집 안에 그리고 마음속에 가지고 있는 것들, 신과 인간 앞에 서 있는 그대로의 우리, 밭과 숲과 부엌과 지하실에서 우리가 사용하는 것들, 그것들은 그들(죽은 사람들)이 체험하고 발명한 것이며, 그들이 획득하고 발견한 것들이다. 그것들은 우리에게 도움이 되며, 그것들을 기반으로 하여 우리는 보다 고귀한 것, 보다 훌륭한 것을 얻을 수 있다. 그렇게 모든 사람들은 그 거대한 유산의 몫을 가지고 있으며, 그다지 심각한 오만에 의해서 병든 사람이 아니라면, 저 지하에 있는 사람들의 수고에 감사할 것이다. 우리는 그 수고의 열매들을 풍요롭게 거두어들인다."(고트헬프)

인간이 죽은 자들의 세계와 결합되는 것은 인간 자신이 하나의 살아 있는 자로서 침묵의 세계와 결합되어 있을 때뿐이다. 자신의 생명 속에 깃든 침묵 속에서만 인간은 죽은 자들의 말을 다시 듣게 된다. 그때에는 죽음도 역시 인간의 세계, 말의 세계에 침묵을 날라다주며, 침묵 속에 있는 힘을 가져다주고, 또한 인간과 사물로 하여금 침묵으로부터 나오는 힘을 잘 받아들이도록 만들어준다.

오늘날 죽음은 더 이상 독자적인 세계가 아니다. 그것은 다만 삶의 마지막 잔해, 모두 소비해버린 삶일 뿐이다. 이제 침묵은 결코 죽음의 소유가 아니며, 다만 죽음에게 대여된 것, 동정심에서 대여된 것일 뿐이다.

그러나 죽음은 돌연히 하나의 온전한 세계로서 다시 나타나고 삶이란 다만 그 세계의 전경(前景)에 지나지 않는 것처럼 보인다. 죽음은 전쟁의 형상으로 나타난다. 그리고 전쟁에서의 수백만 명의 죽음도 침묵을 가져다주지 못하기 때문에 전쟁의 공포가 침묵을 가져오게 된다. 삶에서도, 죽음에서도 쫓겨난 침묵은 이제 공포에 질려 인간이 빠지게 되는 마비 상태를 통해서 나타난다.

"죽음이 우리에게 세계의 불가사의를 가장 잘 느끼게 만든다는 바로 그 이유 때문에 죽음은 우리에게 반대로 삶을 더 무게 있는 것으로 만드는 역할을 할 수도 있는 최후의 것일 수밖에 없다. 죽음이 공동의 운명으로 우리 모두의 머리 위에 어쩔 수 없이 드리워놓은 침묵 속에서 우리는 오히려 죽음을 우리의 공동성의 분명한 상징으로 존중하도록 하자."(오버베크)

침묵이 없는 세계

침묵의 상실만큼 인간을 크게 변모시킨 것은 없다. 인쇄술의 발명, 기술 공학, 일반 의무교육, 그 어느 것도 인간이 이제는 침묵과 연관을 가지지 않는다는 사실, 침묵이 더 이상 자명한 어떤 것, 하늘의 구름처럼 혹은 공기처럼 자명한 것으로 존재하지 않는다는 사실만큼 인간을 바꾸어놓지는 못했다.

침묵을 상실한 인간은 그 침묵과 함께 단지 한 특성만을 잃어버린 것이 아니라, 그로 인해서 자신의 전체적인 구조까지도 변해버렸다.

예전에는 침묵이 모든 사물을 뒤덮고 있었고, 그래서 인간은 한 대상에 다가가기 이전에 먼저 그 침묵의 막을 뚫고 나가야만 했으며, 인간이 생각하려고 하는 그 자신의 사상 앞에까지도 침묵 자체가 서 있었다. 인간은 여러 사상들과 사물들에게로 직접적으로 뛰어들 수 없었다. 사상과 사물은 그것들을 둘러싸고 있는 침묵에 의해서 보호되고 있었고, 그리하여 인간은 그것들의 급박한 변화에 민감하게 반응하지 않았다. 사상과 사물 앞에 침묵이 서 있었던 것이다. 침묵은 객관적으로 존재했다. 침묵은 사상과 사물 앞에 하나의 대상처럼 가로누워 있었다. 그리하여 인간은 느릿느릿 조심스럽게 그 사상과 사물들에게로 다가갔다. 한 사상에서 다른 한 사상으로, 한 사물에서 다른 한 사물로 가는 그 움직임 사이에는 언제나 침묵이 있었다. 침묵의 리듬이 그 움직임에 장단을 맞추었다.

모든 움직임들은 각기 하나의 특별한 행위가 되었다. 인간은 앞으로 나아가기 전에 먼저 침묵을, 침묵의 시원(始原)의 암석을 치워야만 했다. 그러나 그렇게 하여 한 사상에 도달하게 되면, 인간은 진정으로 그 사상 속에 있는 것이고 그 사상 혹은 사물은 비로소 완전히 현존하게 된다. 그리하여 현재가 나오게된다. 그처럼 인간은 그 사상 혹은 사물과 가까이 있었다.

그러나 오늘날 인간은 더 이상 능동적으로 사상과 사물을 향해서 나아가지 않는다. 사상과 사물 편에서 인간에게로 흡수되었다. 그것들은 인간에게 달려들어 인간의 주위에서 소용돌이친다. 인간은 이미 생각하는 인간이 아니라 다만 생각되는 대상일 뿐이다. "나는 생각한다. 고로 존재한다"는 더 이상 통하지 않는다. "나는 생각된다. 고로 존재하지 않는다"가 되었다.

지상은 예전에도 오늘날 못지않게 점령되어 있었다. 그러나 그때는 침묵에 점령당했고, 인간은 지상의 모든 것을 붙잡을 수는 없었다. 침묵이 모든 것을 꽉 쥐고 있었기 때문이다. 그리고 인간은 모든 것을 알 필요도 없었다. 침묵이 인간을 대신해서 모든 것을 알고 있었다. 그리고 인간은 그 침묵과 연결되어 있었기 때문에 그 침묵을 통해서 많은 것을 알았다.

오늘날 사상과 사물들의 위에는 그 무게로 사상과 사물들을 누르고 제어하는 침묵의 하늘이 없다. 이전에 그 침묵의 하늘이 있었던 곳에는 이제 공기가 없는 진공의 공간이 있을 뿐이다. 말하자면, 사물들은 예전에는 침묵의 하늘이 있었던 그 진공의 공간 속으로 흡수되어간다. 사물들의 덮개가 벗겨졌고, 그리하여 사물들은 위를 향해서 솟아오른다. 언제나 새로운 사물들이 위를 향해서 솟아오른다. 더 이상 침묵에 억제되지 않는 이런 사상과 사물의 반역, 이것이 진정한 "대중의 반란(Aufstand der Massen)"(오르테가 이 가세트의 저서의 제목/역주)이다.

인간은 침묵을 잃어버렸다는 것조차도 깨닫지 못하고 있다. 이전에 침묵이 있었던 곳도 이제는 사물들이 빼곡히 차 있어서 빈 자리가 없다. 예전에는 침묵이 한 사물 위에 놓여 있었지만, 이제는 한 사물이 다른 한 사물 위에 놓여 있다. 예전에는 사상이 침묵에 덮여 있었는데, 이제는 수천 가지 연상들이 그 사상에 밀려들어 그것을 파묻어버린다.

모든 것이 직접적인 수익성에 따라서 계산되는 현대 세계에는 더 이상 침묵을 위한 자리가 없다. 침묵은 추방당했다. 침묵은 수익성이 없고, 단지 존재하는 것일 뿐이기 때문이다. 침묵은 아무런 목적도 없는 듯했고, 비생산적이었기 때문이다.

오늘날 침묵은 거의 말을 할 수 없다는 무능력, 무엇인가 축소된 것, 소극적인 것으로서만 존재할 뿐이다. 침묵은 오늘날 그런 형태로만 나타난다. 침묵은 다만 지속적인 소음의 흐름에 생긴 구조적 결함에 불과한 것처럼 보인다.

어쩌면 아직도 약간의 침묵은 존재하고 있을 것이다. 인간이 조금은 묵인하고 있기 때문이다. 거의 멸종되어가는 인디언들에게 초라한 보호구역 내에 약간의 공간을 허락해주듯이 오늘날에도 때때로 침묵에게 약간의 공간이 허락된다. 이를테면 요양소에서 오후 2시와 3시 사이의 "1시간 묵상"이나, 대중들이 "……을 추모하여" 1분간 침묵해야만 하는 "1분 묵념" 등이 그것이다. 그러나 이제는 존재하지 않는 침묵을 추모하여 침묵하는 일은 결코 일어나지 않는다.

물론 수도원의 수도자 공동체에서는 침묵이 아직도 진정한 침묵으로 존재하고 있다. 중세까지도 이 수도자들의 침묵은 수도원 밖의 다른 사람들의 침묵과 연결되어 있었다. 그러나 오늘날 수도원의 침묵은 고립되어 있다. 침묵은 수도원의 밀실 안에서만 존재한다.

희망

1

대도시의 주택들은 침묵을 막기 위한 요새들 같다. 마치 총구처럼 그 창문들에서 침묵을 향해 사격이 가해지는 듯하다.

밤이면 집들과 광장은 불빛들에 의해서 들어올려져서 더 이상 땅바닥에 붙어 있지 않고 떠 있는 것처럼 보인다. 불빛이 도시를 높이 끌어올리는 듯, 도시는 하나의 거대한 풍선처럼 위로 떠오른다. 초록색으로 또 푸른색으로 점점 더 많은 불빛이 타오르고, 도시는 점점 더 높이 떠오른다. 그러나 그 도시 위의 하늘은 별들과 함께 떨며 도망친다.

그러다가 갑자기 불빛들이 꺼지고, 한순간 침묵이 생기고, 그러면 이제 도시는 자신이 땅바닥으로 추락하여 스스로 파멸될 것인가 말 것인가를 생각하고 있는 것 같다.

그러나 돌연히 어느 집의 꼭대기 층에서 창 틈을 뚫고 다정한 불빛 줄기가 새어나온다. 그 불빛 줄기들은 마치 노아의 방주에서 나온 비둘기처럼 보내지는 것 같다. 이제 이 도시가 침묵의 산에 닿을 때가 아닌가 알아보기 위하여, 다시, 또다시 그 빛들은 그 집의 꼭대기 층으로 되돌아간다. 그 빛들은 헛되이 보내졌던 것이다. 그리하여 이윽고 달이 떠오르고 새벽 무렵 사라져버리기 전에 그 빛들을 자기 자신의 빛 속으로 함께 데리고 간다.

2

아마도 침묵은 아직은 완전히 사라지지는 않았을 것이다. 아마도 침묵은 그래도 아직은 인간 속에 있겠지만, 그러나 잠들어 있을 것이다. 왜냐하면 때로는 한 사람 혹은 한 민족의 어떤 특성이 다른 특성에 뒤덮여서 오래 전에 죽은 것처럼 보이는 일이 있기 때문이다. 예를 들면, 한 민족의 시적(詩的) 창조력이 과학적 혹은 정치적 능력에 의해서 지나치게 부추겨짐으로써 오랫동안 죽어 있는 것처럼 보일 수 있다. 그러나 어느 날 그 시적 창조력이 다시 나타나게 되는데, 그것도 그 충만함으로 그동안의 저 공백기까지 다시 꽉 채워버릴 것처럼 강렬하게 나타난다. 아니 한 시대가 너무도 합리주의적일 때 그 합리주의 외에는 아무것도 존재하지 않는 것처럼 생각될 정도이지만, 갑자기 그 합리주의는 사라져버리고 다시 어떤 합리주의적 시기가 나타난다. 인간 내부의 형이상학적 능력은 파괴되었던 것도 죽었던 것도 아니고, 다만 잠자고 있었을 뿐이었던 것이다. 때때로 정신의 어느 한 방향이 그것이 본래 원하는 것 이상으로 분명하고 강렬하게 나타날 수밖에 없는 것은 다른 정신이 숨어 휴식하면서 자신을 더 강하게 만들 수 있도록 하기 위한 것처럼 보인다.

아마도 침묵 또한 그럴 것이다. 아마도 침묵은 죽어버린 것이 아니라, 다만 잠자고 있을 뿐이며, 휴식하고 있을 뿐이리라. 그렇다면 소음은 침묵이 잠자고 있는 것을 가려주는 벽에 불과하고, 그렇다면 소음은 침묵을 누른 승리자나 침묵의 주인이 아니라, 자신의 주인, 즉 침묵이 잠자고 있는 동안 소란스럽게 소리를 내며 지키고 있는 시중꾼에 지나지 않을 것이다.

"아," 젤리나는 말했다. "우리 영혼 속에 그런 숨겨진 보배가 있다는 것은 하나의 위안이 아닐까요? 우리가 우리 자신이 의식하고 있는 것 이상으로 무의식중에 신을 더 진정으로 사랑하고, 자신도 모르는 사이에 외부 세계에 대해서 깊이 열중해 있을 때에도 우리 내부에서는 제2의 세계에 대한 어떤 조용한 본능이 작용하고 있다고 기대할 수는 없을까요?"(장 파울)

3

때때로, 침묵과 소음 사이에 전투가 벌어진 것처럼 그리고 침묵이 남몰래 습격을 준비하고 있는 것처럼 보이기도 한다.

소음도 강력하지만 침묵은 그보다 한층 더 강력해 보이고, 너무도 강력해서 소음이 있는지 없는지 따위에는 전혀 아랑곳하지 않는 것처럼 보인다.

물론 소음은 점점 더 늘어나고, 모든 것이 소음 안으로 모여들어 소음의 일부가 되지만, 모든 것이 모여드는 것은 어쩌면 다만, 침묵이 소음을 습격할 때 모든 소음이 함께 모여 있어서 한꺼번에 파괴될 수 있도록 하기 위함일 뿐인지도 모른다.

이 거대한 소음의 기계장치는 아마도 그 자신의 격렬함 자체로 인해서 폭파될 것이다. 그때 기계가 폭파되는 그 폭음은 침묵을 위한 때가 왔음을 침묵에게 알리는 외침일 것이다.

> 파수꾼아, 얼마나 있으면 새겠느냐?
> 파수꾼아, 얼마나 있으면 새겠느냐?
> 파수꾼이 대답한다.
> 아침이 오면 무엇하랴!
> 밤이 또 오는데
> 묻고 싶거든
> 얼마든지 다시 와서 물어보아라.
>
> (「이사야」)

침묵과 신앙

1

침묵과 신앙 사이에는 어떤 관계가 있다. 신앙의 영역과 침묵의 영역은 하나를 이루고 있다. 침묵이라는 자연적 기반 위에서 신앙의 초자연성이 실현된다.

한 신이 인간을 위해서 인간이 되었다. 이 사건은 너무도 경이적인 것이고, 또 이성(理性)이 체험했던, 눈이 보아왔던 그 모든 것에 너무도 어긋난 것이어서, 인간은 그것에 대해서 말로 답할 수 없었다. 따라서 그 경이적인 사건과 인간 사이에, 말하자면 저절로 하나의 침묵의 층이 가로놓이게 된다. 그리고 그 침묵 속에서 인간은 그 신을 둘러싸고 있는 침묵에게로 다가간다. 침묵 속에서 인간과 신의 신비가 처음으로 서로 만난다. 그런데 그 침묵으로부터 나오는 말은 아직 아무것도 표현해본 적이 없는 최초의 말처럼 원초적이었고, 그 때문에 신의 신비에 관해서 이야기할 능력이 있다.

신의 신비가 자기 앞에 하나의 침묵의 층을 펼쳐놓은 것은 신의 사랑의 한 표시이고, 그것을 통해서 인간은 신의 신비에 다가가기 위해서는 인간 자신도 하나의 침묵의 층을 마련해야 한다는 것을 상기하게 된다. 인간 내부에 그리고 인간 주위에 오직 소음만이 존재하는 오늘날에는 신의 신비에 접한다는 그 경이적인 일은 평범한 것, 즉 일상적인 흐름과 연결되고, 그리하여 그 경이적인 일은 일상적인 것, 기계적인 과정의 한 부분으로 격하된다.

　신의 신비에 대한 많은 설교자들의 말은 흔히 생생하지 못해서 효과가 없다. 그들의 말은 다만 수천 개의 다른 말들과 뒤섞인 말로부터 나오는 것일 뿐, 침묵으로부터 나오는 것이 아니다. 그러나 침묵 속에서는 인간과 신의 신비 사이의 최초의 만남이 실현될 뿐만 아니라, 또한 그 침묵으로부터 말은 그것이 신의 신비의 경이로움처럼 경이로운 것이 되는 힘을 얻는다. 그리하여 말은 마치 신의 신비가 일상적인 흐름을 넘어서듯이 일상적인 말들의 질서를 넘어서게 된다. 말은 온전히 오직 그 경이로움을 표현하려고 만들어진 것처럼 보인다. 그렇게 해서 말 자체가 그 경이로움과 신의 신비와 동일한 것이 되며, 신의 신비와 같은 힘을 지니게 된다.

　물론 인간은 정신을 통해서 말을 원초적인 것, 강력한 것으로 만들 수 있는 능력이 있지만, 침묵으로부터 나오는 말은 애초에 원초적인 것이기 때문에 말에게 원초성을 부여하려고 말이 스스로 많은 힘을 기울일 필요가 없다. 침묵이 이미 말에게 원초성을 부여한 것이다. 그렇게 침묵은 정신을 돕는다.

물론 인간은 오직 정신 하나만으로도 신앙 한가운데에 계속 머물 수 있을 것이다. 그러나 그렇게 하려면 정신은 항시 깨어 있어야 하고 언제나 자기 자신을 감시해야 한다. 그렇게 되면 신앙은 노력으로 되는 것이 아닌 어떤 자명한 것으로 존재하지 않게 되고, 그리하여 신앙 자체보다 지속적으로 신앙 속에 있으려고 하는 노력이 중요한 것으로 보이게 된다. 그리고 그렇게 노력해서 신앙을 가지게 되는 자는 자신을 신으로부터 직접적으로 신앙을 위임받은 사람, 신이 직접적으로 신앙의 짐을 지워주신 사람으로 여길 수 있다. 그러한 사람은 자신을 소명받은 자, 예언자로 여길 수 있다. 물론 신앙은 경이로운 것이지만, 신앙의 외적 상태, 신앙을 얻기 위한 노력이 경이로운 것은 아니다. 침묵이라는 자연적 기반이 결여되면, 그 외적 상태가 경이로운 것으로 변하게 된다.

2

신의 침묵은 인간의 침묵과는 다르다. 신의 침묵은 말과 대립되는 것이 아니다. 신에게는 말과 침묵이 하나이다. 말이 인간의 본질이 되듯이, 침묵은 신의 본질이 된다. 그러나 그 침묵 속에서 모든 것이 분명하게 드러난다. 그것은 말이며 동시에 침묵인 것이다.

"신의 목소리는 자연의 어떤 한 목소리도 아니고 자연의 모든 목소리들을 합친 것도 아니고, 침묵의 목소리이다. 주께서 목소리들을 빌려주지 않았더라면 모든 피조물들이 벙어리였을 것임이 분명하듯이, 또한 그 때문에 숨쉬는 모든 것은 주를 찬미해야 함이 분명하듯이, 들리지 않는 목소리를 듣는 자만이 모든 목소리들 중에서 주 자신의 목소리를 들을 수 있음도 분명하다."(빌헬름 피셔)

때로는 인간과 자연이 말을 하는 것은 다만 신이 아직 말을 하지 않았기 때문인 것처럼 보이고, 인간과 자연이 침묵하는 것은 다만 인간과 자연이 아직 신의 침묵을 듣지 못했기 때문인 것처럼 보인다.

신의 침묵은 사랑을 통해서 말씀으로 변한다. 신의 말씀은 스스로를 바치는 침묵, 인간에게 스스로를 바치는 침묵이다.

누군가가, 이를테면 사도 바울처럼 "인간에게는 말하도록 허락되지 않은 말할 수 없는 말들"을 들었다면, 그 말할 수 없는 말은 인간의 침묵 속으로 무겁게 떨어질 것이다. 그것은 침묵을 더욱더 깊게 만들고, 그리하여 그 말할 수 없는 말이 놓여 있는 그 깊은 곳으로부터 나오는 말은 그 내부에 신적인, 말할 수 없는 것의 자취를 간직하고 있다.

> 나는 가장 많은 빛들을 받아들이는 천국에 있었고
> 그리고 많은 것들을 보았으되 그러나 그곳에서 도로 내려온
> 어느 누구도 그것들을 말로 이야기할 수 없었으니,
> 왜냐하면 동경의 자취를 따라 황급히
> 한없이 깊은 곳으로 들어가면 우리의 정신은

기억을 더듬어도 되돌아갈 길을 찾지 못하기 때문이다.

(단테, 「신곡」 "천국")

3

기도 속에서 말은 저절로 침묵 속으로 되돌아간다. 기도란 애초부터 침묵의 영역 안에 있었다. 기도는 인간으로부터 떨어져나가 신에게 받아들여진다. 그것은 침묵 속으로 빨려들어가고 그 안에서 사라진다. 기도는 그치지 않고 존재할 수 있지만, 기도의 말은 항시 침묵 속으로 사라진다. 기도는 말들을 침묵 속으로 쏟아붓는다.

기도의 말은 모든 진정한 말이 침묵으로부터 솟아오르듯이 침묵으로부터 올라온다. 그러나 그것이 침묵으로부터 나오는 것은 다만 신에게로, "떠도는 침묵의 목소리"에게로 가기 위함일 뿐이다.

기도 속에서 지상적, 인간적 침묵의 영역은 천상적, 신적 침묵의 영역과 결합하게 되고, 그리하여 지상적 침묵은 천상적 침묵 속에서 휴식을 취한다. 기도 속에서는 말이, 따라서 인간이 그 침묵의 두 영역 사이의 중심이 된다. 기도 속에서 인간은 그 두 영역 사이에 놓인다.

그밖에 기도 이외의 경우에는 인간의 침묵은 말에 의해서 그 완성과 의미를 얻는다. 그러나 기도 속에서 인간의 침묵은 그 의미와 완성을 신의 침묵과의 만남으로 얻는다.

그밖에 기도 이외의 경우에는 인간 내부의 침묵이 인간의 말에 봉사한다. 그러나 이제 기도 속에서는 기도의 말이 인간 내부의 침묵에 봉사한다. 기도의 말이 인간의 침묵을 신의 침묵에로 인도하는 것이다.

"세계의 현상태, 생활 전체가 병들어 있다. 만일 내가 의사이고 그래서 당신이 무슨 충고를 해주겠느냐고 물어온다면, 나는 이렇게 대답할 것이다. 침묵을 창조하라! 인간을 침묵에게로 데려가라. 이렇게는 신의 말씀이 들릴 수 없다. 그리고 소음 속에서도 들릴 수 있도록 소란스런 방법을 사용하여 신의 말씀을 떠들썩하게 외친다면, 그것은 더 이상 신의 말씀이 아니다. 그러므로 침묵을 창조하라!"(키에르케고르)

옮기고 나서

현대는 모든 것이 스스로 요란한 소리를 냄으로써 자신이 살아 있음을 확인하고 확인받으려는 소음 대량생산의 시대이다. 그리고 소음이 이번에는 자유로운 사고를 억압하고 획일화된 사고를 강요하면서 끊임없이 거짓 진실들을 생산한다. 세계 자체가 거대한 하나의 소음 기계장치로 변해버린 듯한 시대에, 저자 막스 피카르트의 침묵에 관한 탐구는 우리에게 인간의 본질과 신에 대한 성찰을 다시 한 번 권유하며, 시원(始原)의 침묵과 진정한 말, 침묵과 신의 말씀과의 관계를 보여주면서 우리에게 무한한 침묵의 세계, 침묵의 우주를 가르쳐주고 있다.

이 책은 Max Picard의 *Die Welt des Schweigens*(Erlenbach-Zürich : Eugen Rentsch Verlag, 1948)의 번역판이다. 당연히 "침묵의 세계"로 번역해야 했으나 "침묵에 관하여"로 바꾸었다. 그렇게 된 것은 단순히 역자의 기호라고 변명하고 싶다. 아울러 영어판 *The World of Silence*(Chicago : Henry Regnery Company, 1952)와 일본어판 「沈默の世界」(東京 : みすず書房, 1964)를 참조했다. 그러나 의미가 잘 잡히지 않는 부분에서는 영어판보다는

일본어판이 훨씬 큰 도움이 되었다. 그리고 이 책을 이미 번역한 바 있는 박갑성 선생님의 「침묵의 세계」도 참조했다.

피카르트는 1888년 독일의 슈바르츠발트 지방에서 태어나서 하이델베르크 대학 의학부 조교를 거쳐 뮌헨에서 개업한 의사이다. 만년에는 스위스에서 문필 활동을 하다가 1965년에 영면했다. 그의 주요 저서로는 「사람의 얼굴(*Das menschengesicht*)」(1929), 「신으로부터의 도주(*Die Flucht vor Gott*)」(1934), 「우리 안의 히틀러(*Hitler in uns selbst*)」(1946) 등이 있다.

생소한 이름들이 많이 등장하여 번역하면서 애를 먹기도 했지만, 찾을 수 있는 한에는 찾아서 "부록"으로 책 끝에 설명을 붙였으나 끝내 찾지 못한 이름들도 더러 있었다. 양해를 바랄 뿐이다. 그리고 맨 앞에 붙인 가브리엘 마르셀의 글은 영어판의 것이다.

얼핏 보기에는 별로 난해한 것 같지는 않지만, 하나씩 문장을 이어나가는 과정에서 너무도 미묘한 단어의 뉘앙스의 미로를 뚫고 나가야 하는 작품이기 때문에, 그리고 의미들이 직선적으로 전달되기보다는 오래 씹고 있어야 마치 즙처럼 스며나오는 것들이 많기 때문에, 번역하는 동안 역자 자신의 고생은 둘째로 치더라도 편집 과정에서 편집진의 고생이 너무 컸던 것 같다. 이 책이 마침내 햇빛을 보게 된 즐거움을 까치글방 편집부 여러분들에게 드리고 싶다.

1985년 4월 역자 씀

재쇄에 부쳐

　태어나자마자 죽은 줄로 알았던 책이 되살아나는 것을 보니 여간 기쁘지 않다. 이 책을 이미 읽었던 이들이 바로, 이 책의 부활에 결정적으로 기여했다는 점에서 더더욱 그러하다. 한 씨앗이 뿌려져 싹을 틔우고 그 싹이 자라나서 또 하나의 씨앗을 맺는 것을 바라보는 것도 마음 흐뭇한 일이겠지만, 이 기회에 초판의 제목인 「침묵에 관하여」가 원서 제목 그대로인 「침묵의 세계」로 복원되는 것 또한 역자에게는 작은 즐거움이다.

1993년 7월 역자 씀

부록

갈바(Galba) 로마 황제(재위 기간 68-69). 네로를 추출하고 황제에 추
대되었으나, 곧 살해되었다.

고트헬프(Gotthelf, 1797-1854) 스위스의 소설가. 농촌에서 살며 농민
교육을 위해서 소설을 썼다.

괴레스(Görres, I. F., 1901-?) 현대 독일의 여류 작가. 현대적인 입장
에서 성인과 성녀를 묘사했다.

그림(Grim, Jacob, 1785-1863) 독일의 언어학자. 언어학에 과학적 방
법을 도입했고 운율 변이에 관한 "그림의 법칙"을 세웠다.

노발리스(Novalis, 1772-1801) 독일 낭만파 최고의 시인.

라스무센(Rasmussen, 1879-1933) 덴마크의 북극 탐험가. 민속학자.

르낭(Renan, Joseph Ernest, 1823-1892) 프랑스의 종교사가, 사상가.
그의 저작 「예수(*Vie de Jésus*)」는 이름이 높다.

리처드 3세(Richard III, 1452-1485) 요크 왕조 최후의 영국 왕. 어린
조카 에드워드 5세를 축출하고 왕이 되었으나, 그 역시 리치몬드
백작과 싸우다가 전사했다. 곱추이자 절름발이인 리처드 3세를 소
재로 한 셰익스피어의 희곡이 유명하다.

마르셀(Marcel, Gabriel, 1889-1973) 프랑스의 철학자. 가톨릭으로 개
종한 후에는 기독교적 실존주의의 입장에서 신의 실존을 철학적

고찰의 주제로 삼았다.

베르그송(Bergson, Henri, 1859-1941) 프랑스의 철학자. 기계론적 유물론에 반대하고 생명의 내적 자발성을 강조했다.

브루크하르트(Bruckhardt, Jacob, 1818-1897) 스위스의 역사가, 미술사가.

브레몽(Brémond, Henri, 1865-1933) 프랑스의 문학사가. 적정주의적 경향을 띠었으며 낭만주의에 가깝다.

블루아(Bloy, Léon Marie, 1846-1917) 프랑스의 평론가, 작가. 가톨릭을 포기한 적도 있으나 다시 귀의하여 당시의 반기독교적 사상과 열렬히 대결했다. 그는 20세기의 재앙을 계시적 환시에 의하여 예시함으로써 오해와 경멸을 받기도 했으나, 제1차 세계대전 이래 예언적인 작가로서 그리고 가톨릭 정신 생활의 혁신자로서 추앙되었다.

비랑(Biran, Maine de, 1766-1824) 프랑스의 철학자. 마음과 몸의 대립에 기초하는 "인간적 생"의 상위에 개인 정신과 신의 신비적 합일을 "영적 생"으로서 생각하고, 정신에 대한 신체의 생은 "동물적 생"으로서 독립시켰다.

수에토니우스(Suetonius, 69-122?) 로마의 문인.

슈베르트(Schubert, G. H. von, 1780-1860) 독일의 자연철학자이자 자연과학자. 처음에는 셸링의 자연철학의 영향을 받았으나, 뒤에는 신비주의에 기울어져 특히 마음의 문제를 논했다.

스왐메르담(Swammerdam, Jan, 1637-1680) 네덜란드의 자연과학자, 생물학자.

오버베크(Overbeck, Franz, 1837-1905) 독일의 프로테스탄트 신학자. 니체와의 친교로도 유명하다.

우나무노(Unamuno, Miguel de, 1864-1936) 스페인의 사상가, 시인,

소설가. 남유럽의 키에르케고르라고도 한다.

윙거(Jünger, Ernst, 1895-1998) 독일의 소설가. 전쟁의 형이상학적 해명을 찾아서 전쟁을 신화화하기에 이르렀다. 그러나 뒤에는 평화와 유럽 동맹과 개인의 존엄성을 열렬히 옹호했다.

졸거(Solger, K.W.F., 1780-1819) 독일의 철학자. 미학 영역에 업적을 남겼으며, 예술에서의 아이러니의 특수 의미를 해명했다.

주베르(Jourebert, 1754-1824) 프랑스의 수필가. 모랄리스트.

콩디야크(Condillac, E. B. de, 1715-1780) 프랑스의 철학자, 심리학자, 경제학자. 인간의 인식을 감각과 기호로 재구성하려고 했다. 프랑스에서 존 로크의 이론을 대변했다.

클라우디우스(Claudius, Matthias, 1740-1815) 독일의 시인. 자연의 미와 가정 생활의 즐거움을 간결하고 절실하게 노래했다.

키케로(Cicero, Marcus Tullius, BC 106-43) 로마의 정치가, 웅변가, 철학자.

파울(Paul, Jean, 1763-1825) 독일의 작가.

페기(Péguy, Charles Pierre, 1873-1914) 프랑스의 시인, 평론가. 초기에는 사회주의에 기울기도 했으나, 자신의 신비주의적 경향과 사회주의의 정치적 경향 때문에 이탈했다. 제1차 세계대전에 병사로서 출전하여 전사했다.

프란체스카(Francesca, Piero della, 1416-1492) 이탈리아의 화가.

하이데거(Heidegger, Martin, 1889-1976) 독자적인 존재론, 해석학적 현상학을 수립했다. 철학 일반의 기초 문제를 존재 의미의 해명으로 보았다.

헤라클레이토스(Herakleitos, BC 500년경) 그리스의 철학자. 그의 근본 사상은 만물의 생성을 생과 사와 같은 절대적 모순과 대립의 관계로서 파악하여 이러한 모순과 대립의 사이에서 생기는 조화를 강

조하고, 동시에 다시 이러한 대립물이 생성을 통하여 동일한 것이
된다는 것이다. 특히 그는 불이 우주의 기본적인 물질이라고 주장
했다.

헤벨(Hebel, Johann Peter, 1760-1826) 독일의 작가, 교육자.

후설(Husserl, Edmund, 1859-1938) 독일의 관념론 철학자. 현상학파
를 창설했다. 그는 철학을 엄밀하게 규정된 과학으로 파악하고 과
학적 지식에 관한 순수논리학을 세우려고 했다.

훔볼트(Humboldt, Karl Wilhelm von, 1767-1835) 독일의 언어학자.
대표적인 독일의 인문주의자. 언어는 개인과 사회를 연결하는 힘
이며, 국어는 국민성의 표현이라는 언어철학을 제창했다. 비교언
어학의 기초를 닦았다.